读客科幻文库

跟着读客读科幻，经典科幻全看遍。

烟与镜

[英] 尼尔·盖曼 著

王爽 译

江苏凤凰文艺出版社
JIANGSU PHOENIX LITERATURE AND
ART PUBLISHING

图书在版编目（CIP）数据

烟与镜/（英）尼尔·盖曼(Neil Gaiman) 著；王
爽译. -- 南京：江苏凤凰文艺出版社，2021.2
书名原文：Smoke and Mirrors
ISBN 978-7-5594-5602-1

Ⅰ.①烟… Ⅱ.①尼… ②王… Ⅲ.①短篇小说-小
说集-英国-现代 Ⅳ.① I561.45

中国版本图书馆 CIP 数据核字 (2020) 第 265469 号

烟与镜

［英］尼尔·盖曼 著　　王爽 译

责任编辑	丁小卉
特约编辑	顾珍奇　　叶 子
装帧设计	苏 哲　　李子琪
责任印制	刘 巍
出版发行	江苏凤凰文艺出版社
	南京市中央路 165 号，邮编：210009
网　址	http://www.jswenyi.com
印　刷	三河市龙大印装有限公司
开　本	890 毫米 × 1270 毫米 1/32
印　张	11
字　数	257 千字
版　次	2021 年 2 月第 1 版
印　次	2021 年 7 月第 7 次印刷
标准书号	ISBN 978-7-5594-5602-1
定　价	48.00 元

江苏凤凰文艺版图书凡印刷、装订错误，可向出版社调换，联系电话：010-87681002。

SMOKE
AND
MIRRORS

NEIL GAIMAN

目 录

导读：十四行诗

"我的意思是，一个人不可能不长大。"她说。

"一个人确实不行，"蛋胖子说，"但两个人就行。只要有恰当的帮助，你就能永远停在七岁。"

——刘易斯·卡罗尔《爱丽丝镜中奇遇记》

他们称之为机会、运气或宿命——
卡片和星星随他们的心意翻转，
日复一日，一切代价不言自明，
亲吻、谋杀，自有价格转圈。
你想知道未来？那请擦亮眼睛。
你问题急切我必定回答，但——
那可是机会、运气或宿命，
卡片和星星随他们的心意翻转。

我今晚定会去找你，待到夜深人静。
你不会看见我，你只会觉得阵阵阴寒。
我会等你睡着，再取走我的报酬。
你的未来则任你恣意享受。
他们称之为机会、运气或宿命。

前　言

写作是在梦中飞行。

只要你记得。你要明白。只要梦还在。

就很简单。

——作者笔记，一九九二年二月

他们用镜子变戏法。当然，这是陈词滥调，但那也是真的。自一百多年前的维多利亚时代人们能生产出清晰好用的镜子开始，魔法师就都用镜子，通常摆成四十五度角。一八六二年约翰·内维尔·马斯基林首创这种方法，他巧妙地安放了一面镜子，将一座大衣柜变得无影无踪。

镜子是奇妙的东西。它们看似反映了真实，将生活的影像呈现给我们，但是只要摆在恰当的角度，它就能撒下令人信服的谎言，让你坚信某些东西凭空消失，以为装满旗子和蜘蛛的箱子竟然是空的，将藏在侧面或凹陷处的人当作飘在舞台上的幽灵。只要摆得正确，镜子就是魔法之门，它能给你展示一切你能想象到的东西，甚至还有你想象不到的。

（烟则让事物的边界变得模糊。）

故事在某种程度上也是镜子。我们用故事来对自己解释为何世界如此运转，或为何世界不那样运转。和镜子一样，故事帮我们准备好迎接未来的日子，让我们不去注意黑暗中的事物。

一切小说在某种意义上都是奇幻，奇幻故事也是镜子，是一面扭曲的镜子，准确来说是隐藏真相的镜子，和现实呈四十五度角。但它终究还是镜子，通过它我们可以得知原本看不见的东西。（切斯特顿[1]曾说过，童话无比真实。并不是因为童话告诉我们龙真实存在，而是因为它告诉我们龙是可以被击败的。）

从今日起就是冬天了。天空变灰，雪花飘落，可能到天黑这雪也不会停。我坐在黑暗中看下雪，雪花飘入灯光时闪闪发光，旋即又飘入黑暗，我在想故事究竟从何而来。

当你以编故事为生的时候就会开始思考这种事情。对成年人来说这居然是个正当职业，我到现在也难以相信，但难以相信也没用了。我还是很享受这样的工作：不必早起。（我还小的时候大人们都说不要编假话，还吓唬我说编瞎话会遭到惩罚。但目前为止，我觉得编故事的工作不光不必早起，还能经常出国旅行。）

这本书中的大部分故事都是各自应不同选集的要求写给不同编辑的（"这是一个关于圣杯的故事集""……关于性""……为成年人重述童话""……关于性和恐怖""……关于复仇的故事""……关

---

1 G.K.切斯特顿（Gilbert Keith Chesterton，1874—1936），英国著名作家，主要作品有侦探小说"布朗神父"系列等。——译注（本书中注释如无特别说明，均为译注。）

于超自然""……更多关于性的内容"）有几个故事是写来自娱自乐的，准确来说是为了描述我脑海中的某个想法或画面，把它们牢牢地固定在纸上，在我看来这是个极好的写作理由：把恶魔都放出来，自我放飞。还有些故事是无意之间写出来的，因为忽然产生了幻想或者好奇心。

我曾经想过写一个故事当作结婚礼物送给朋友。故事讲的是一对夫妇收到了一个故事作为结婚礼物。那不是一个令人安心的故事。想好了这个故事之后，我忽然觉得他们也许更喜欢烤面包机，于是我送给了他们一个烤面包机，而且直至今日也没有把那个故事写下来。它至今还在我的脑海深处，等待着喜欢它的人喜结良缘。

此时我忽然想到（此时我正用一支蓝黑色钢笔在一个黑色封面的笔记本上写前言，也许你想知道这些吧），虽然这本书里的故事都是在讲不同形式的爱，却没什么十分愉快的内核，没有那种爱情最终如愿以偿的故事来平衡你在本书中看到的其他类型故事。事实上，有些人是不读前言的。而你们中有些人总有一天是会结婚的。那么我就把那个没有写出来过的故事讲给阅读了前言的各位。（要是故事写出来之后我不喜欢，我可以划掉这段，你们就永远不知道我在前言里写了个故事了。）

结婚礼物

经历了婚礼的一切快乐和苦恼，经历了一切疯狂和神奇之后（更不要说还经历了贝琳达父亲那尴尬的餐后演讲，外加播放家族幻灯片），蜜月之后这些事情从真正意义上来说都结束了（但从比喻意义上来说还没有结束）。趁着他们刚晒出来的小麦色还没有在英国的秋天里褪色，贝琳达和戈登开始拆结婚礼物，写感谢信——感谢每一条毛巾、每一台烤面包机、每一个榨汁机和自动面包机，感谢餐具，感谢瓷器，感谢茶具，感谢窗帘。

"好了，"戈登说，"要感谢的东西还真多。还有什么？"

"还有装在信封里的东西，"贝琳达回答，"我希望是支票。"

确实有几张支票。还有礼品卡，还有一本戈登的姑姑玛丽送的购书券，价值十英镑。戈登对贝琳达说，玛丽姑姑一贫如洗，但为人亲切，从他记事时起，每年生日都会收到玛丽姑妈送的购书券。在那堆东西的最下面有个很大的棕色商务信封。

"这是什么？"贝琳达问。

戈登打开信封，抽出一张颜色好像放了两天的奶油一样的纸，纸的上下两端都撕得很不整齐，一面打印着文字。文字是用手工打字机打印的，这种打印机戈登已经很多年没见过了。他慢慢读着上面的文字。

"这是什么？"贝琳达问，"是谁送的？"

"我不知道，"戈登回答，"是个还用手工打字机的人吧。没有署名。"

"是一封信？"

"不完全是。"他说着挠了挠自己的鼻子，继续看那张纸。

"好吧。"贝琳达有些恼怒，（其实她不是真的生气，她很开心。每天早晨醒来她都可以想想自己是否还和昨天晚上入睡时一样幸福，是否和戈登夜里挠她痒痒弄醒她的时候一样幸福，或者是否和她叫醒戈登时一样幸福。）"到底是什么？"

"好像是一篇描述我们婚礼的文章，"戈登说，"写得很好。你看。"他说着把纸递给她。

她看了一遍。

那是十月初凉爽的一天，戈登·罗伯特·约翰逊和贝琳
达·卡伦·阿宾登喜结良缘，他们发誓一生要彼此相爱，互
助互敬。新娘光彩照人，惹人怜爱，新郎则有些紧张，但他
显然很骄傲，而且非常快乐。

文章开头就是这样写的。接下来文中描述了婚礼各项服务，写得
非常清晰简明，行文流畅。

"真不错，"她说，"信封上写了什么？"

"'戈登和贝琳达的婚姻'。"戈登念道。

"没有送信人姓名吗？没有线索暗示是谁写的吗？"

"没有。"

"嗯，不管是谁写的，"贝琳达说，"这真是很周到很贴心。"

她又看了看信封里面，看还有没有其他漏掉的东西，比如某个朋
友写的字条（戈登的朋友，或他们共同的朋友），但是没有别的东西
了，她隐约松了口气，因为可以少写一封感谢信了。于是她把那张奶
油色的纸放回信封，信封放进一个文件盒里，跟婚礼菜单复印件、请
帖、婚礼摄影师合同和一朵新娘的白玫瑰捧花放在一起。

戈登是个建筑师，贝琳达是个兽医。对他们而言，这不仅是工
作，还是毕生追求。他们都才二十出头，两人都没结过婚，甚至没有
认真谈过恋爱。他们两人相识是因为戈登带着他那只十三岁的金毛犬
戈迪去了贝琳达的诊所，那只狗戴着灰色的口罩，已经半身瘫痪了。
他还小的时候这只狗就一直陪伴着他，所以他也要在狗狗的最后时光
陪伴她。贝琳达在他哭的时候握着他的手，然后突然间，她就很不专

业地紧紧拥抱了他，仿佛可以把一切痛苦、悲伤、失落感都从他身上挤出去一样。他们中有一个人提出晚上能不能去本地酒吧喝一杯，但是他们谁都不记得是谁先提出的了。

他们婚姻前两年，最值得一提的事情是：他们很幸福。他们偶尔会吵架。有时候他们会因为鸡毛蒜皮的小事大吵一架，然后热泪盈眶地重归于好，他们做爱，贴着彼此的耳朵真心实意地小声互相道歉。在第二年年末，也就是贝琳达停药六个月之后，她发现自己怀孕了。

戈登送给她一支镶嵌着小颗红宝石的手镯，并把一间空置的卧室改造成婴儿室，还亲手贴了墙纸。墙纸上印满了童谣里的人物，有小波比、蛋胖子还有盘子勺子一起逃跑，所有这些连绵不断。

后来贝琳达从医院回家了，还带着躺在轻便婴儿床里的小梅拉妮，贝琳达的母亲来跟他们住了一个星期，她睡在休息室的沙发上。

回家后的第三天，贝琳达拿出文件盒，把里头的纪念品拿出来跟母亲一起分享。婚礼似乎是很久以前的事情了。白玫瑰变成了干枯的棕色，她们笑起来，婚礼菜单和请帖让她们连连赞叹。在盒子的最底下是一个很大的棕色信封。

"'戈登和贝琳达的婚姻'。"贝琳达的母亲念道。

"是一篇写我们婚礼的文章，"贝琳达说，"写得挺好。甚至还写到了爸爸放幻灯片。"

贝琳达打开那个信封，拿出那张奶油色的纸。她看了看上面写的内容，做了个鬼脸，然后什么都没说就收起来了。

"我不能看吗，亲爱的？"她母亲问道。

"我觉得是戈登在恶作剧，"贝琳达说，"不好笑。"

晚上贝琳达坐在床上给梅拉妮喂奶，戈登看着妻子和新生的女儿，脸上露出傻笑。贝琳达对他说："亲爱的，你为什么写那些东西？"

"什么东西？"

"信封里那个。就是写婚礼那篇。你知道的。"

"我不知道。"

"不好笑。"

他叹了口气："你在说什么啊？"

贝琳达指了指文件盒，她已经把那个盒子拿到楼上了，正放在梳妆台上。戈登打开盒子，拿出信封。"之前信封上写的就是这个吗？"他问，"我记得起初写的是我们的婚礼之类的。"然后他把那一页皱了边的纸取出来看了一下，不禁皱起眉头，"这不是我写的。"他把纸翻过来，看着空白的那一面，仿佛觉得这一面会写点其他东西似的。

"不是你写的？"贝琳达问，"真的吗？"戈登摇头。贝琳达擦掉婴儿下巴上的母乳。"我相信你，"她说，"我以为是你写的。但其实不是。"

"真的不是。"

"让我再看一遍。"她说。于是戈登把纸给了她。"太奇怪了。这事可不好玩，甚至不可能是真的。"

纸上简单描述了过去两年来戈登和贝琳达的生活。根据这里的描写，这两年他们过得并不好。他们结婚六个月后，贝琳达就被一条哈巴狗咬了，她伤得很重，面部伤口需要缝合，而且还留下了难看的疤痕。更糟糕的是她的神经也受到损伤，于是她开始喝酒麻痹疼痛。信上还说，她怀疑戈登讨厌自己的脸，而这个孩子其实就是绝望之中想挽回两人的关系的。

"他们为什么要这样写？"她问。

"他们？"

"写这封可恶的信的人。"她摸着自己的脸——脸上很光滑，没有丝毫疤痕，她是个年轻美丽的女人，不过看起来疲惫脆弱。

"你怎么知道是'他们'？"

"我不知道。"她说着把婴儿换到左边吃奶，"感觉应该是多人才能完成的事情。写信，换掉旧的信，等我们家某个人去读信……过来，梅拉妮乖乖，这边吃，真是个乖孩子……"

"要我把它扔了吗？"

"扔吧，不。扔不扔呢。我觉得……"她摸了摸孩子的额头。"收起来吧。"她说，"我们应该把它留下当证据。我怀疑这是不是阿尔策划的。"阿尔是戈登的小弟弟。

戈登把信放回信封里，信封又放回文件盒里，文件盒放进床底下，然后他们差不多就忘了这件事。

接下来几个月他们两个都严重睡眠不足，因为孩子晚上要吃奶，而且还经常哭，总之梅拉妮非常闹腾。那个文件盒就一直在他们床底下。随后戈登在北边的普勒斯顿找到一份新工作，那里离家几百英里，而贝琳达休产假，短期内都没有重新工作的计划，所以她觉得普勒斯顿的新工作不错。于是他们搬家了。

他们找到了一座带屋顶花园的房子，那房子建在石子路旁，又高又旧，很深很深。贝琳达时不时去本地兽医院做临时工，照顾小动物和宠物。梅拉妮十八个月大的时候，贝琳达又生了个儿子，为纪念戈登去世的祖父，这孩子起名叫凯文。

戈登在那家建筑公司当上了合伙人。到了凯文上幼儿园的时候，贝琳达也重新回去工作了。

文件盒一直都在。放在顶层一间空屋子里，在一大堆摇摇欲坠的《建筑师杂志》《建筑评论》下面。贝琳达偶尔会想起那个文件盒以及里面的东西，一天晚上，戈登出差去苏格兰考察能否修复一座古建筑，贝琳达把它拿了出来。

两个孩子都睡了。贝琳达上楼去了空置的屋子。她拿开杂志，打开了盒子，盒子没被杂志盖住的部分积了两年多的灰。信封上依然写着"戈登和贝琳达的婚姻"，贝琳达确实不知道里头有没有写别的内容。

她拿出信封里的那张纸读了起来。随后她把那纸放在一边，震惊又恐惧地坐在屋顶的黑暗中。

在那张整洁的纸上写的是，她的第二个孩子凯文其实从未出生，在怀孕第五个月的时候就流产了。之后贝琳达就常常觉得绝望无助。戈登很少回家，因为他跟公司的高级合伙人闹出了一桩非常难看的丑闻，对方比他大十岁，是个夸张又神经质的女人。贝琳达酗酒越来越严重，她穿高领和围巾来掩盖脸颊上蜘蛛网状的疤痕。她和戈登很少说话，两人会为了小事吵架，但这都是为了逃避更大的冲突，因为他们都知道，没说出口的事情太重大了，一说出来就会毁了他们的生活。

她没跟戈登说最新版"戈登和贝琳达的婚姻"。但是几个月之后他自己看了，总之是大体上知道了，当时贝琳达的母亲病了，贝琳达去照顾了她一个星期。

戈登从信封里拿出来的那张纸上写的内容跟贝琳达看过的差不多，只不过他跟老板之间的事情已经惨淡收场，他的工作也陷入困境。

戈登挺喜欢自己的老板，但是无法想象自己跟她厮守终身。他喜欢自己的工作，但是希望能够迎接更多挑战。

贝琳达的母亲好多了，一周后贝琳达就回来了。她的丈夫和孩子都松了口气，大家都挺高兴。

圣诞前夜，戈登跟贝琳达说了信封的事情。

"你也看了，对不对？"刚才他们去儿童室在圣诞袜里装上礼物。穿过房间的时候，戈登觉得很快乐，他站在孩子们床边，那份快乐里突然出现一丝深深的忧伤：这份纯粹的快乐不会长久，时间会破坏它。

贝琳达知道他在说什么："是的，我看过了。"她回答。

"你觉得如何？"

"嗯，"贝琳达说，"我觉得这不是开玩笑。连恶毒的玩笑都不是。"

"嗯，"戈登说，"那是什么呢？"

他们坐在屋子正面的起居室里，周围光线昏暗，壁炉里的木柴燃烧着，整个屋子都充满橙黄色的光。

"我觉得这真的是一份结婚礼物，"她说，"是我们没有经历过的婚姻。一些坏事情在这篇文章里发生，却没有在我们的生活中发生。我们不必亲身经历，通过看信就知道事情有可能往哪个方向发展，不过实际上不会。"

"你想说这是魔法吗？"他平时是不会说出这种话的，但现在是圣诞前夜，而且光线昏暗。

"我不相信魔法，"她平静地说，"这是一份结婚礼物。我觉得我们应该妥善保存。"

圣诞节后的第一个工作日，她把这个信封从文件盒里拿出来，放进她一直锁起来的珠宝盒里，那封信就放在项链、戒指、手镯、胸针下面。

春去夏来，冬季过后又是春天。

戈登疲惫不堪。他白天接待客户，做设计，联系建筑工和承包商，晚上加班加点做自己的事情，设计博物馆、画廊、公共建筑参加比赛。有时候他的设计确实能获得优秀奖，还登上建筑杂志。

贝琳达也开始照顾大型动物，她非常高兴，常常拜访农夫，诊查马、羊、牛。有时候她还带着孩子们一起去。

手机响起来的时候，她正在一个小牧场准备给一头怀孕的山羊作检查，但是那山羊偏不肯被人抓住，更不想作检查。于是她让步了，让那山羊跑了，她自己则接通电话："喂？"

"你猜怎么了？"

"嗯，亲爱的，你中彩票了？"

"不是，但接近了。我设计的大英传承博物馆进入了最终候选名单。虽然还有些很厉害的对手。但是我进入最终候选名单了。"

"太好了。"

"我跟富布赖特太太说了一声，今天晚上她会让索尼娅来帮我们看孩子。我们出去庆祝吧。"

"太好了。爱你，"她说，"我现在该回去抓山羊了。"

庆祝的时候他们香槟喝得有点多。那天晚上，他们在卧室里的时候，贝琳达摘下耳环说："我们看看结婚礼物上写了什么吧？"

他只穿了双袜子在床上严肃地看着她："不，别看了。今天这个特别的夜晚，不要破坏了气氛。"

她把耳环放进珠宝盒锁好："你说得对。我能想象上面写了什么。肯定是我酗酒，你失败之类的。但是其实我们……嗯，我只是有点，微醺，这不是重点。那封信就在珠宝盒最下面，就好像《道林·格雷的画像》里放画像的那个阁楼。"

"'完全是靠着那只戒指大家才认出了他[1]。'对，我记得。我们

1 《道林·格雷的肖像》的最后一句话。

上学的时候读过。"

"我真的害怕,"贝琳达说着穿上棉质睡衣,"那张纸上是我们婚姻的真实情况,我们的现实则是一幅漂亮的图画。信是真的,我们是假的。我是说——"她现在态度很认真,有种略醉的严肃,"你有没有想过,这一切都好过头了?"

戈登点头:"有时候想过。尤其是今晚。"

她打了个寒战:"也许我真的因为被狗咬伤了脸就开始酗酒,而你到处出轨,凯文根本没出生——所有恐怖的事情都成了现实。"

戈登站起来走到她身边搂住她。"那些不是真的,"他认真地说,"现在才是真的。你是真的,我是真的。结婚礼物只是个故事。是编的。"他紧紧拥抱着她并亲吻她,那天晚上他们都没再说什么。

他们又等了足足六个月,戈登设计的大英传承博物馆才确定获得了大奖,只不过《泰晤士报》上说它"当代风格过于夸张了",而其他不少建筑杂志则说它很老派。比赛评委之一在接受《星期日电讯报》采访时说:"这是一个折中的选择——所有人的备用选项。"

他们搬到了伦敦,在普勒斯顿的房子租给了一个艺术家和他的家人,因为贝琳达不同意戈登把房子卖了。戈登全身心投入博物馆的工程,他工作得很快乐。凯文六岁,梅拉妮八岁。梅拉妮觉得伦敦很吓人,凯文却很喜欢伦敦。两个孩子都因为离开了原本的学校和朋友而郁郁不乐。贝琳达在卡姆登的诊所找了一份兼职工作,每周工作三个下午。她想念那些奶牛。

他们在伦敦过了几个月,然后又过了几年,除了有时候预算不足以外,戈登对自己的工作一直很满意。博物馆破土动工的日子越来越近。

一天晚上,贝琳达下半夜的时候醒了,她看着熟睡的丈夫,路灯黄色的光芒从卧室外的窗户照进来。他的发际线后退了不少，后脑勺的头发也变得稀薄了。贝琳达想，要是自己真的跟一个秃头结婚了会怎么样。可能跟不秃头也没什么不一样。大部分还是挺幸福的。大部分是美好的。

她忽然想知道那封信里面写了些什么。她能感觉到那封信干燥地潜伏在卧室角落里，被锁起来，很安全。她忽然为被困在那一页纸中的贝琳达和戈登感到难过，他们讨厌彼此，讨厌一切。

戈登打起了呼噜。她轻轻亲了他的脸颊，然后说"嘘"。他翻了个身，安静下来，但是没有醒。贝琳达依偎在他身边，很快也睡着了。

次日午餐后，戈登正在和一个托斯卡纳大理石进口商谈话的时候，他突然露出十分惊诧的神情，然后捂着胸口说："我真的非常抱歉。"说完他突然跪下，然后倒地不起。别人叫了救护车，救护车虽然来了，戈登却还是死了。他才三十六岁。

验尸官说，解剖证明戈登先天就心脏虚弱，随时都可能猝死。

他死后的三天，贝琳达什么都感觉不到，那是一种深沉且恐怖的麻木。她安慰孩子，和朋友交谈，和戈登的朋友交谈，和家人对话，和戈登的家人对话，礼貌温和地接受他们的致意，就像接受无端赠送的礼物一样。她听别人为戈登哭泣，她还没哭过。她言辞恰当，只是什么都感觉不到而已。

梅拉妮十一岁，似乎顺利接受了事实。凯文不看书也不玩电子游戏，就坐在自己的卧室里盯着窗外，一句话也不说。

葬礼之后，她的父母带着两个孩子回乡下去了。贝琳达不肯去。她说还有很多事情要处理。

葬礼之后的第四天，她整理了一下自己和戈登用的双人床，忽然就开始哭了，她那巨大丑陋的悲伤池塘里生起啜泣的涟漪，泪水从她脸上滚落到床上，鼻子里也流出鼻涕，她就像被剪断了线的木偶一样突然跌坐在地板上，哭了快一个小时，她知道自己再也见不到他了。

她擦擦脸，打开珠宝盒拿出那个信封打开来。她抽出那张奶油色的纸浏览了一遍打印得整整齐齐的文字。信纸上的贝琳达醉酒后驾车酿成事故，失去了驾照。她和戈登一连很多天没有说话。他已经超过一年半没有工作了，现在他几乎整天都待在他们位于索尔福德的房子里。全靠贝琳达一个人养家。梅拉妮很不听话：贝琳达在收拾她的房间时，找到了一盒五英镑十英镑的钞票。梅拉妮没有解释一个十一岁女孩为什么会有这么多钱，她回到自己的房间瞪着他们，被问的时候就紧闭着嘴。戈登和贝琳达都没敢多问，他们怕知道真相。索尔福德的房子昏暗潮湿，天花板上泥灰大块大块地剥落，他们三个都得了严重的支气管炎。

贝琳达为他们感到难过。

她把那张纸放回信封。不知道恨戈登会是什么感觉，也不知道戈登恨她是什么感觉。她不知道没有凯文的生活是什么样子，看不到他画的飞机，听不到他唱荒腔走板的流行歌。她又想着梅拉妮——另一个梅拉妮，不是她的梅拉妮但确实还是梅拉妮——她为什么会有那么多钱，同时贝琳达又庆幸，自己的梅拉妮除了芭蕾舞和伊妮德·布莱顿的小说以外对其他东西都兴趣不大。

她非常想念戈登，那感觉就像长矛或者冰柱一类尖锐的东西重重地刺进她的内心，一想到再也不可能在这个世界上看到他，她就觉得冰冷又孤独。

她把信封拿到楼下休息室，壁炉里正烧着炭火，因为戈登喜欢明火。他说火给房间带来生命。而贝琳达并不喜欢炭火，但是今天晚上她还是按习惯生了火，因为要是不生火，就意味着她自己从某种微妙的意义上承认戈登永远不回来了。

贝琳达盯着火焰待了一会儿，想着自己生命中拥有过的东西和放弃过的东西，爱一个已经不在了的人和讨厌一个总在身边的人，到底哪个更不幸。

最终，她几乎是心不在焉地将信封扔进了火里，她看着纸张卷起来，变黑了，黄色的火焰中带着些蓝色。

很快结婚礼物就只剩下一小撮黑色的灰烬，随着上升气流飘走了，就好像小孩子写给圣诞老人的信一样，顺着烟囱消失在夜色中。

贝琳达回到自己的椅子上，闭上眼睛，等着自己脸上出现疤痕。

* * *

这就是我最终没能写给朋友当结婚礼物的故事。不过当然了，其实它和我没能写出来的故事有所不同，也跟我开始落笔时候准备写的故事不一样。我计划要写的故事短得多，更像个寓言，结尾也不一样。（我不知道要怎么写才能让它正常结尾。本来是有计划好的结尾，但是一旦故事展开，走向就无法控制了。）

这本书里的大部分故事都是这种情况：最终它们的结尾并不是开始时我所预料的。有时候完全是由于写不出新的文字了，我才意识到故事已经完结了。

占卜者的回旋诗

有些编辑会让我写"任何你喜欢的故事。真的，写什么都行。只要写个你想写的故事就行"，但其实我很少能给他们写出什么东西。

而劳伦斯·席梅尔则写信明确要求我，写一首诗给他那本有关预言未来的小说集作序。他想要一首回旋诗，像十九行牧歌或者换韵律四行诗那样有重复的句子，呼应未来必然降临的那种氛围。

于是我给他写了一首关于占卜的愉快和危险的十四行回旋诗，并且用了《爱丽丝镜中奇遇记》中的经典笑话作为引子。总的来说作为序言，这首诗还挺不错的。

骑士精神

我曾经度过了很糟糕的一周。我本来要写的稿子没写出来，一连好几天都盯着空白的屏幕，偶尔写几个没用的词，再盯着它看几个小时，然后再一点一点地删掉，然后再写个"和"要么写个"或者"。然后不保存就退出。爱德·克雷默打电话提醒我说他和无处不在的马蒂·格林伯格正在编辑一本小说集，而我还欠着一篇关于圣杯的故事。考虑到当时也没有其他事情了，而且这个故事又一直在我脑海中，所以我回答说没问题。

我在周末写完了这个故事，整个过程如有神助，写得轻松又愉快。我仿佛成了一个焕然一新的作者：脸上带着危险的笑容，对瓶颈不屑一顾。但后来我又郁郁不乐地对着空荡荡的屏幕呆坐了一个星期，因为神灵都是充满幽默感的。

几年前，在签售的时候，有人给了我一篇学术论文，内容是关于女性语言理论的，文中对比了《骑士精神》、丁尼生的《夏洛特夫人》还有一首麦当娜的歌。我希望有朝一日能写一篇名为《惠特克太太的狼人》的故事，也不知道回头它又能激发出怎样的论文。

在朗读会上，我喜欢用这个故事作为开场。这是个很友好的故事，我喜欢大声读出来……

尼古拉斯是……

每个圣诞节，我都能收到各位艺术家寄来的卡片。他们会自己绘制卡片，每张卡片都很漂亮，很有纪念意义而且极具启发性。

每个圣诞节我都觉得自己无足轻重，毫无才华，还挺尴尬的。

所以某一年我写下这个故事，提前写了为圣诞节做好准备。戴夫·麦基恩用优美的书法把它写下来，然后我就把它送给了我认识的每一个人。这是我的卡片。

这篇只有一百多字（包括标题在内），首次发表是在《百字文II》上，那是专门收录一百字左右故事的文集。我总想再写个一百字的圣诞卡片故事，但是每次都是到了十二月十五日才想起来，结果每次都推迟到下一年去了。

代价

我的文学经纪人，住在纽约的梅芮丽·海费茨女士，堪称世界上最酷的人。她只有一次跟我提到说我应该写一本特别的书，那是我出版了个人精选集之后的事。她当时说："听我说，最近天使很受欢迎，大家也喜欢关于猫咪的书。所以我想，要是有人写一个猫其实是天使，或者天使其实是猫的书，这不是很有趣吗？"

我觉得从商业上来说这是个好主意，并表示我会考虑一下。不幸的是，等我想完了，关于天使的书早就已经过时了。不过既然已经有了想法，所以我还是写了出来。

（一点题外话：最终一位年轻女士爱上一只黑猫，猫就去和她一起生活。最后一次我看到它的时候，它差不多有一头山狮那么大，而且还在不断长大。两周后黑猫离开了，一只橘猫出现在走廊上。我写这句话的时候，它正躺在离我几英尺远的沙发上。）

既然写到这里，我也想借此机会感谢我的家人同意我把他们写进故事里，更重要的是，他们都不打搅我写作，有时候也会硬拉我出去玩。

巨魔桥

这个故事获得了一九九四年世界奇幻大奖的提名，但没能获奖。这个故事是为埃伦·达特洛和特里·温德林编纂的小说集《雪白，猩红》而写的，那本小说集是为成年人创作的重述童话故事。我选择了《三只公羊》这个故事。本来我是想给这一篇起名为《陷阱之旅》，但是我最喜欢的作家之一吉恩·沃尔夫很多年前已经用过这个名字了。（我忽然想起，吉恩曾经也在前言里写了一篇故事）。

别问杰克

丽莎·斯内林是个了不起的雕塑家。这篇故事是写我首次看到她的雕塑作品并为之倾心的情景，那个雕塑是"邪恶的玩偶匣"。她给了我一个复制品，还答应我说立遗嘱的时候把那个作品送给我。她的每一件雕塑作品都是一个凝固在木头或石膏中的故事。（我的壁炉架上就有一件，是一个长着翅膀的女孩被关在笼子里，趁着抓她的人睡着的时候，女孩把自己的羽毛送给路人，我觉得这也是一个故事。你们会看到的。）

金鱼池故事集

我对写作技巧很着迷。这个故事从一九九一年开始写。当时写了三页，感觉过于贴近现实了，就放弃了。最终在一九九四年，为了一本由珍妮特·伯利纳和大卫·科珀菲尔德编辑的小说集，我决定把它写完。于是就用一个上电池的Atari Portfolio打字机胡乱写了，坐飞机、坐车、住酒店的时候都在写，写得很乱，就是把各种对话、预想的会面都写下来，最终我确定自己把想写的都写了。然后我把这些内容调整了一下顺序，惊讶地发现居然挺不错。

这个故事中部分内容是真的。

三个小故事：吃（电影片段）、白垩路、刀后

几年前，有好几个月的时间，我写了三首叙事诗。每个故事都包含了暴力、男女、爱。这三篇中的第一篇是为描述一部色情恐怖电影而写的，严格遵循抑扬格五音步，我把这篇叫作《吃（电影片段）》。这篇有些过激（而且很可能会在下一版里被删除）。第二个故事是重述了名为《白垩路》的英国民间故事，这一篇基本上跟原本的民间传说一样过激。最后一篇是讲我祖父母和舞台魔术的故事。这一篇没那么过激，但是我希望它也和前两篇故事一样令人激动不安。我对这三篇故事都很满意。出版时间不同说明它们是间隔了好几年发表的，所以每一篇都进入了当年的最佳短篇集。（这三篇都入选了《美国年度最佳幻想恐怖小说集》，其中一篇入选《英国年度最佳恐怖小说》，还有一篇比较出乎我的意料，入选了《国际最佳色情故事集》。）

白垩路

有两个故事，长年来一直让我害怕，自从我小时候读过这两个故事之后，它们就一直让我着迷又不安。其中一个是关于斯威尼·托德的故事，《舰队街的恶魔理发师》，另一个则是狐狸的故事，类似英国的蓝胡子。

在重述这则民间传说时，我在尼尔·菲利普编辑的《企鹅版英国民间故事集》里看到了《狐狸先生的故事》，后来又发现了该故事的另一个版本，名为《福克斯先生》，还找到一幅画，画的是女主人公

的追求者在白垩路上留下痕迹一路返回他那阴森的宅邸。这些故事都给了我不少灵感。

在狐狸先生的故事中，"不是这样的，不是这样的，上帝不允许这样的事情发生"这句话反复出现，每次讲到恐怖场景的时候，狐狸先生的未婚妻就说这是她做的梦。但是最后，她拿出了在狐狸先生的房子里找到的血手指（也许是手），证明自己说的一切都是真的。然后故事戛然而止。

在中国和日本的民间故事中，经常写到一切怪事情都是狐狸造成的。

刀后

这个故事和我的小说《丑角先生》一样，都和我的亲身经历非常接近，所以有时候我不得不对亲戚们解释说故事里的事情其实没发生过。至少不是像故事里那样发展的。

变化

有一天丽莎·塔特尔给我打电话，让我给她正在编辑的一部关于性别的小说集写个故事。我一向喜爱科幻小说这种媒介，我小时候就坚信自己长大了会成为科幻小说作者。但其实没能当成。我最早大概是在十年前想到这个故事的，本来想写一系列相互关联的故事，最终组成一部对性别这件事进行反思的小说。但是最终也没能写出来。丽莎打电话的时候，我想到可以按照爱德华多·加莱亚诺在《火的记忆三部曲》中写美国历史的方式来写这个我想象中的世界。

写完这个故事之后，我给一位朋友看，他读了之后说仿佛在看一个长篇小说的大纲。我只能夸她敏锐。总之丽莎·塔特尔喜欢这个故事，我也喜欢。

猫头鹰之女

约翰·奥布里是十七世纪的一位收藏家、历史学家，也是我最喜欢的作者之一，他的作品中包括了轻信、博学、轶闻、怀旧、揣测等等要素。读奥布里的作品你能感觉到这个生活在古代的人在说一些超越了他那个时代的东西：他是个很可爱，很有趣的人。而且我也喜欢他的拼写方式。我曾尝试用几种不同的方式写这个故事，但老是不满意。后来我才想到应该用奥布里的方式来写。

修格斯陈年特酿

从伦敦到格拉格斯的夜班火车大约在早晨五点到站。我下车的时候路过车站酒店，就走进去了。我本想直奔前台订个房间继续睡会儿觉，但是既然我已经醒了，就开始计划接下来几天参加科幻大会的行程，其实科幻大会就在这家酒店举行。最终我没订房间，只是要了一份国内报纸。

在从大厅走到前台的路上，我路过吧台，那里空无一人，只有一个发呆的酒保和一个名叫约翰·贾罗尔德的英国科幻粉丝，他是那次科幻大会的特邀嘉宾，有一个免费酒吧券，所以趁大家睡觉的时候他就来喝酒。

我停下来跟约翰说话，边说边走到了前台。接下来四十八小时内我们都在聊天，说故事讲笑话，次日早晨，酒吧没人了之后，我们激情演唱《红男绿女》中隐约还记得的片段。有一次我在酒吧还遇到了如今已故的理查德·埃文斯，他是英国的科幻小说编辑，六年后他会开始编辑《乌有乡》。

我不记得为什么会一边听皮特·库克和达德利的喜剧表演一边跟约翰说起克苏鲁，我也不记得为什么要跟约翰说洛夫克拉夫特的散文风格。我怀疑可能跟缺乏睡眠有关。

约翰·贾罗尔德已经成了一个很受尊重的编辑，也是英国出版业界的重量级人物。这个故事中间部分有些内容就是从那个酒吧里诞生的，当时约翰和我用皮特和达德利的语气扮演洛夫克拉夫特笔下的怪物。迈克·阿什利是忽悠我写这个故事的编辑。

病毒

这篇故事是给大卫·巴雷特的计算机小说集《数字梦想》写的。我不怎么打游戏。每次我玩的时候，总觉得它们会占据我大脑的各个区域。每次睡觉的时候，总觉得我的眼皮下面有块状物落下或者有小人在跳。而且绝大部分时候我都输，再怎么认真都输。这篇故事就是从这里来的。

众里寻她千百度

这篇故事是在一九八五年一月应《阁楼》杂志二十周年特刊而写的。几年前，我曾是一个在伦敦街头打拼的年轻记者，靠着给《阁楼》和《杰克》这两大英国皮肉杂志采访名人为生（跟美国同行相比，这两家杂志可含蓄多了）。无论从哪个角度来看，当时的经历都让我受益良多。

有一次我问一个模特，她有没有觉得自己被剥削了。这位模特名叫玛丽，她说："我吗？亲爱的，我的报酬挺高的。比在布拉德福德饼干厂上夜班挣得还多。我告诉你谁被剥削了，买杂志的那些人。每个月都看着我纵欲的那些人。他们才是被剥削的。"我觉得正是这次对话催生了这个故事。

我写的时候对这个故事很满意：它读起来就像是我，而不是我在扮演其他人，我还是第一次写出这样的故事，说明我快要形成风格了。为了写好这个故事，我坐在《阁楼》位于港口区的办公室里翻阅过去二十年来的旧杂志。第一期《阁楼》杂志封面上是我的朋友迪安·史密斯。迪安给《杰克》当过模特，一九六五年的时候她还是《阁楼》的第一届"年度美人"。我直接把一九六五年迪安的广告词安在了夏洛特身上，"个人复兴主义"什么的。最后我还听说《阁楼》想找迪安参加他们的二十五周年庆典。但她已经隐退了。当时满大街的报纸都在写这件事。

在我查看二十年份的《阁楼》时，我忽然意识到，《阁楼》和其他类似杂志其实跟那些女人没有任何关系，那上面只有照片。这是故事的另一个来源。

只是又一次世界末日

我和史蒂夫·琼斯十五年来都是朋友。我们还一起编了一本面向儿童的黄色诗集。换句话说，当他打电话给我说："我正在编一本小说集，故事发生在洛夫克拉夫特小说里的印斯茅斯。你写个故事吧。"

这个故事是好些要素综合而成的（我们这些作者就是这样想到灵感的，不知道你们是否觉得好奇），其中一个要素来自已故的罗杰·泽拉兹尼的小说《孤独十月之夜》，那本书非常有趣，有很多恐怖又神奇的角色。在我写这个故事之前的几个月，罗杰给了我一本《孤独十月之夜》，我读得很开心。与此同时我还在读一个关于三百年前法国狼人审判的材料。读到一个目击者的证词时，我忽然意识到这就是萨基那篇精彩的短篇小说《加布里埃尔·欧内斯特》的灵感来源，同时也是詹姆斯·布兰奇·卡贝尔的短篇小说《白袍》的灵感来源，但是他们两位实在太有教养了，不会写吐出手指头这样的桥段，但吐出手指正是关键证据。也就是说，这种事情得靠我来写了。

最先那个狼人的名字叫拉里·塔尔博特，也就是阿博特和科斯特洛遇到的那个。

湾狼

这次又跟史蒂夫·琼斯有关。"我希望你能写一首那种故事性的诗。这次是要发生在近未来的侦探故事。你可以再用一下《只是又一次世界末日》里拉里·塔尔博特这个角色。"

当时我恰好跟人合作写了一部关于古代英国叙事诗《贝奥武夫》

的剧本，不过有些人似乎哪里搞错了，以为我给电视剧《护滩使者》写了一集剧本。于是我以《护滩使者》的方式重述了《贝奥武夫》，写成了一个发生在未来的侦探故事。这个写法似乎是很明智的。

你们看，我总会把故事的来源告诉你们。

我们给你批发价

本书的故事都是按照我个人感觉随便排列顺序的，但要是让这些故事按照时间顺序排列，那么这个故事就应该放在本书最开始。一九八三年的一个夜晚，我正在边听广播边打瞌睡，我醒来的时候，广播里正在说雇凶杀人的事情。于是我就想出了这个故事。

写这个故事之前，我看了不少约翰·科利尔的短篇小说。几年前我又重读了这些小说，忽然意识到这就是一个约翰·科利尔式的故事。故事不如约翰·科利尔的精彩，写得也不如科利尔的好，但是确实是一个科利尔式的故事，我写的时候没有察觉到。

莫考克世界的男孩

编辑要求我为迈克尔·莫考克的小说集《艾尔瑞克故事集》写一个故事，我决定写个小男孩的故事。这个男孩子和我小时候很像，我在故事里写到了他的亲属。其实我很难说清艾尔瑞克的故事哪部分不是模仿他人，我十二岁的时候，莫考克的角色对我来说和生活中其他一切事物同样真实，甚至比某些东西更真实——比如地理课。

写完这个故事之后的几个月，我在新奥尔良遇到了迈克尔·莫考克本人，他对我说："在那个短篇集里，我最喜欢你和塔德·威廉姆斯的故事。事实上我更喜欢你的故事，因为里面有吉米·亨德里克斯。"

故事标题借用了哈伦·埃林森的短篇小说。

冷色调

多年来我写过很多不同体裁的故事。有时候人们问我，怎么才能知道哪个创意适合哪种体裁。故事都变成了漫画、电影、诗歌、散文、小说、短篇小说。动笔之前你自然就能知道。

但这个故事的创意则有些不同。我本来是想讲一些关于恐怖的机器、电子计算机、黑魔法的事情，关于八十年代末我所观察到的伦敦——那是一段金融过剩道德败坏的时期。它看起来既不适合短篇小说也不适合写成长篇，于是我尝试写成诗歌，这下就合适了。

在《伦敦短篇小说休闲选集》中，我把这个故事写成了散文，很多读者都觉得挺迷惑。

扫梦人

这个故事来源于丽莎·斯内林的雕塑，内容是一个人靠在一把扫帚上。他显然是清洁工。我很好奇他究竟是哪种清洁工，于是就想出了这个故事。

外来成分

　　这又是一个早期的故事。写于一九八四年，一九八九年最终定稿（写得匆匆忙忙，而且一直在发牢骚）。一九八四年，这篇文章到处被退稿（SF杂志不喜欢其中性的成分，色情杂志不喜欢其中描写疾病的部分）。一九八七年，我被问到能不能把它发表在一本色情科幻小说集上，我拒绝了。一九八四年，我写了一个关于性病的故事。到了一九八七年，同一个故事的境遇有所不同了。故事本身没有改变，只是社会环境变了，我是指艾滋病，不管我是不是有意的，故事肯定和它有关。要是让我重写这个故事，我会考虑艾滋病的话题，但是我不会写进故事里。这个问题太大了，太神秘了，也太难把握了。到了一九八九年，社会环境再次发生变化，我觉得把这个故事发表出来已经不那么令人难受了，即使谈不上舒适愉快，但至少不难受了。我可以把它从柜子里拿出来，拍拍灰，擦擦脸，然后拿给友好的人看。所以当编辑史蒂夫·奈尔斯问我有没有未出版的作品适合《无图故事》小说集时，我就给了他这篇。

　　这不是一个关于艾滋病的故事，但要是这么说就是撒谎了，至少是部分地撒了谎。近年来，艾滋病似乎成了爱神军械库的又一种疾病，也不知道这是好事还是坏事。

　　事实上我觉得这个故事主要是关于孤独和身份认同的，也许还包括如何在这个世界里自得其乐。

吸血鬼的六节诗

我唯一成功的一首六节诗（前六行诗的韵脚要在后面几节里交错出现，最后以三行诗结尾）。这个故事首次发表于《幻想故事》上，后来又在史蒂夫·琼斯的《吸血鬼大全》中再版。这是多年来我写的唯一一个吸血鬼故事。

鼠

这个故事是为皮特·克劳瑟编辑的《触木消灾》小说集写的，那是一本关于迷信的故事集。我一直都想写一个雷蒙德·卡佛式的短篇故事，卡佛写故事显得非常轻松。但我写了这个故事才明白，一点也不轻松。

我怀疑可能我真的听了故事里说的那个广播。

海的变迁

这篇故事是在伯爵宫一间由马厩改造而成的小屋顶楼写成的。灵感来源于丽莎·斯内林的雕塑以及我小时候对朴次茅斯海滩的回忆——海浪拍打着乱石发出沙沙声。当时我正在写《睡魔》的结尾，那一章名叫《暴风雨》，莎士比亚的那部戏剧影响了这个故事，它当时正冲刷着我的头脑。

我们去看世界的尽头（朵妮·莫宁赛德，11¼岁）

艾伦·摩尔是世界上最好的作者，也是我所知道的最好的一个人，有一天他和我在北汉普顿聊天，我们说起要创造一个适合发生各种故事的地方。这个故事就发生在我们说的那个地方。总有一天北汉普顿的良好市民会把艾伦当作巫师烧死，但那样的话世界可就损失惨重了。

沙漠之风

有一天，沸腾铅水乐队的鼓手罗宾·安德斯寄给我一盒磁带，附带一条留言，说他希望我为其中一首歌写个故事。那首歌叫《沙漠之风》，于是我就写了。

婴儿蛋糕

这是个寓言，是给一本替善待动物组织（PETA）筹款的书写的。我觉得它明确地表达了观点。这是唯一一篇让我困扰不已的小说。去年某天我下楼，发现我儿子迈克尔在听我的有声书《警告：包括语言》。我看见他的时候他正听到《婴儿蛋糕》，刚一听到的时候我吓了一跳，那个读书的陌生声音居然是我自己。

特别提一句：我吃肉，穿皮衣，但是我对婴儿真的挺好的。

天堂谋杀案

我刚想出来这个故事的时候，本来想叫它《天使之城》。但是在我写作期间，百老汇上演了一部同名音乐剧，所以写完故事之后，我给它改了个名。

《天堂谋杀案》是给《午夜涂鸦》的编辑杰西·霍斯汀的平装小说集写的故事，那个小说集恰好也叫《午夜涂鸦》。写作期间我给皮特·阿特金斯发了很多传真，每次修改的稿子都发了过去，他就这样充当我的参谋，全程无比耐心幽默，堪称完美。

我努力把故事中推理的部分写得比较公平。到处都给出了线索。标题也是线索。

白雪·镜子·苹果

这篇故事也从尼尔·菲利普的企鹅版《英国民间故事集》里得到了灵感。我看它的时候正在洗澡，这个故事我读了恐怕有一千次了（我还保存着三岁的时候那个绘本版）。但是第一千零一次的阅读似乎有魔法，我开始反向思考这个故事，从后往前整个反过来想。我想了好几个星期，然后在坐飞机时突然就开始手写这个故事。飞机落地时，故事已经写完了四分之三。入住旅馆之后，我坐在房间一角的椅子上继续写，写完了全文。

这个故事最初发表于美梦天堂出版社的一本限量版小册子上，卖书收入都捐给了"捍卫漫画基金会"（这是一个维护漫画作者、出版商、零售商的第一修正案权益的法律组织）。后来波皮·Z.布赖特把这个故事又收入了她编纂的小说集《血脉之爱II》中。

我喜欢把这个故事视为一种病毒。一旦你读了它，就再也没办法好好看原先的版本了。

我要感谢格雷格·凯特，他的美梦天堂出版社在《天使降临》一书中出版了好几个类似的故事，这本集子中收录了书评、时事报道，还有一些我写的东西。他还出版了另外两本平装书来资助"捍卫漫画基金会"。

我想感谢众位编辑，他们找我写故事，通过了我的稿子，又反复再版本书中的很多故事。同时也感谢所有试读的人（你们心里都有数），你们容忍我采用当面交接、传真、电子邮件等等方式把故事交给你们，然后用笃定的语气告诉我哪里需要修改。真心感谢你们所有人。是詹妮弗·赫尔歇让这本书变成了现实，她无比耐心，好像有魔法一般，还充满编辑的智慧。我怎样感谢她都不为过。

本书中每个故事都只是某样事物的影子，和烟雾一样没有实体。它们是镜子里传达出的消息，是变化的云层形成的图像，是烟与镜，这就是它们的本质。但是我很喜欢写这些故事，而且我猜想，故事也很喜欢被人阅读。

欢迎阅读。

尼尔·盖曼

一九九七年十二月

骑士精神

惠特克太太找到了圣杯，它就在一件皮草大衣下面。

每周星期四下午，惠特克太太都步行去邮局取自己的养老金，但是她腿脚很不方便。在回家的路上，她会顺路去乐施会商店买点东西。

乐施会商店卖旧衣服、小摆件、杂货和各种各样的东西，还卖很多旧平装书，那些东西全是别人捐赠的二手货，还有很多是有人过世后清理房间剩下的遗物。店里的一切收入都捐给慈善事业。

商店里的店员都是志愿者。下午上班的志愿者名叫玛丽，她十七岁，微胖，穿着一件宽松的淡紫色套头外衣，那衣服看起来就像是从店里买的。

玛丽坐在收银台旁边看《摩登女性》杂志，正在做"揭示你的潜在人格"测试。她时不时翻一下杂志后面，看A、B、C选项各是多少分，然后再决定给自己选什么。

惠特克太太在店里逛了一圈。

那条眼镜蛇标本还没卖掉，都摆了六个月了，上面全是灰尘，那蛇的玻璃眼睛恶狠狠地盯着衣服架子、磨牙玩具和店里的柜子，柜子里摆满了破了边儿的瓷器。

惠特克太太走过去的时候拍了拍蛇的头。

她从书架上拿了几本米尔斯&布恩出版社的小说——《她响亮的灵魂》和《她激荡的心》，每本一先令——她认真看了看那个马刁士玫瑰酒的空瓶，瓶子上有个装饰性的灯罩，最终她觉得自己真的没地方放了。

她拿起一件已经磨破了的皮草大衣，那衣服有股难闻的樟脑球味。大衣下面有一根拐杖，还有一本A. R.霍普·蒙克里夫写的《骑士浪漫谭》，标价五便士。这本书旁边就摆着圣杯。圣杯底座上还贴着一张小标签，上面似乎用钢笔写着，价格三十便士。

惠特克太太拿起这个满是灰尘的银色高脚杯，透过厚厚的眼镜仔细观察。

"这个真不错。"她大声对玛丽说。

玛丽耸耸肩。

"放在壁炉架子上一定很好看。"

玛丽又是耸耸肩。

惠特克太太给了玛丽五十便士，她找回来十便士，又拿了一个棕色的纸袋好装书和圣杯。然后惠特克太太又去了隔壁肉铺买了一块很不错的肝。接着她就回家了。

圣杯内部覆盖着一层棕红色的灰。惠特克太太认认真真地洗掉了，然后又在加了少许醋的温水里泡了一个小时。

然后她用打磨剂把它擦得锃光瓦亮，放在了客厅的壁炉架上。圣杯两侧分别是一个忧伤的陶瓷短腿猎犬和她已故丈夫的照片，照片上是亨利一九五三年在弗林顿海滩的样子。

她眼光不错，圣杯放在那里很好看。

到晚餐时分，她把那块肝裹上面包糠和洋葱一起炸了，很美味。

第二天，也就是星期五早上，惠特克太太和格林伯格太太会轮流在每周五去看望对方。她们坐在客厅里吃马卡龙喝茶。惠特克太太在茶里加了一块糖，格林伯格太太加的则是代糖，她随身携带的小包里时刻都揣着一个装了代糖的小塑料瓶。

格林伯格太太指着圣杯说："那个真好看，是什么啊？"

"那是圣杯，"惠特克太太说，"是最后的晚餐时耶稣喝酒的杯子。后来他被钉上十字架时，侧腹被百夫长的长矛刺穿，人们用这个杯子接了他的血。"

格林伯格太太哼了一声。她身材矮小，是个犹太人，很不喜欢不卫生的东西。"我不太了解，"她说，"但是这杯子真好看。我们家迈伦在游泳锦标赛上夺冠的时候，得的那个奖杯就跟这个差不多，只不过杯子一侧写着他的名字。"

"他还和那个可爱的小姑娘在一起吗？当美发师的那个？"

"伯尼斯？哦，是啊。他们打算订婚了呢。"格林伯格太太说。

"真不错。"惠特克太太说着又拿了一块马卡龙。

格林伯格太太总是自己烤马卡龙，隔周的周五就带过来。她烤的马卡龙是浅褐色的小甜饼，上面还有杏仁装饰。

她们谈论了一会儿迈伦和伯尼斯的事情，还说到了惠特克太太的侄子罗纳德（她没有子女）以及她们的朋友珀金斯太太，珀金斯太太最近因为髋部不适住进了医院，这老可怜哪。

临近中午格林伯格太太回家了，惠特克太太做了起司烤面包片作为午餐，午餐之后她吃了药，一片白的一片红的两片橙的。

门铃响了。

惠特克太太去开门。是个年轻人，他留着一头及肩的金发，那闪亮的金色几乎发白，他还穿着一身闪亮的银色盔甲，披着白披风。

"你好。"他说。

"你好。"惠特克太太说。

"我奉命而来。"他说。

"挺好。"惠特克太太含糊地回答。

"我能进来吗？"他问。

惠特克太太摇摇头，回答道："抱歉，我看不能。"

"我奉命来找圣杯，"那个年轻人说，"它在这里吗？"

"你有证件吗？"惠特克太太问。她年纪大了又是一个人居住，让身份不明的陌生人进入家中是很不明智的。不光是会被劫走财物，甚至会发生更严重的事故。

这个年轻人沿着花园路走回去。他骑了一匹灰色的大马，差不多有夏尔马那么大，它额头很高，眼神很聪明，这匹马就拴在惠特克太太的花园大门口。那位骑士在鞍袋里找了一会儿，拿出一个卷轴回来了。

卷轴上有不列颠之王亚瑟的签名，卷轴表示在此诏告天下，此人是圆桌骑士加拉哈德，他正在执行一项非常高尚且重要的任务。下面有这个年轻人的画像，画得还挺好。

惠特克太太点点头。她还以为对方会拿出一张印着头像的名片，但是这个卷轴真的很正式。

"我看你还是赶紧进来吧。"她说。

他们去了她的厨房。她给加拉哈德倒了一杯茶，然后带他去了客厅。

加拉哈德看到了壁炉架上的圣杯，他单膝跪下，将茶杯小心地放在赤褐色的地毯上。一束光透过纱网窗帘照进来，给他圣洁的脸庞笼上一层金色的光，他的头发上浮现出银白的光晕。

"这确实是耶稣用过的圣杯。"他平静地说。那双淡蓝色的眼睛飞快地眨了三次，仿佛是在忍住眼泪。

他低下头，仿佛在无声地祈祷。

然后加拉哈德重新站起来，对惠特克太太说："尊敬的夫人，持有圣杯之人，请允许我带着圣杯离开此地。这样我的旅程也就结束，我的任务也就完成了。"

"什么？"惠特克太太说。

加拉哈德走过去拉着她苍老的手对她说："这样一来我的任务就结束了。我终于寻到圣杯了。"

惠特克太太撇撇嘴说："你可以把茶杯和茶碟拿起来吗？"

加拉哈德满怀歉意地捡起了茶具。

"不，我觉得不行，"惠特克太太说，"我很喜欢它。放在壁炉架上刚刚好，就在陶瓷狗和我家亨利的照片中间。"

"你需要金子吗，是吗？夫人，我可以给你金子……"

"不需要，"惠特克太太说，"我不需要金子，谢谢。我一点都不需要。"

她把加拉哈德推到门口说："很高兴认识你，再见。"

他的马正把头靠在花园篱笆上啃食唐菖蒲。好些邻居家的小孩都跑到路上来围观大马。

加拉哈德从鞍袋里掏出几块糖，教比较大胆的孩子伸开手掌喂马。孩子们咯咯咯地笑。其中一个年龄略大的女孩还摸了摸马鼻子。

加拉哈德动作娴熟地骑上马。骏马载着骑士沿着新月路飞驰而去。

惠特克太太目送他们消失在视野里，然后叹了口气回到屋里。

这个周末挺平静的。

星期六，惠特克太太坐公交车去了梅尔斯菲尔德看望自己的侄子罗纳德、侄媳妇欧菲妮娅还有他们的女儿克拉丽莎和迪莲。她带了自己烤的红醋栗蛋糕。

星期天上午，惠特克太太去了教堂。他们本地教堂是圣詹姆斯教堂，有种"别把这里当教堂，就当是志同道合的朋友聚会的地方"的氛围，不过惠特克太太觉得这里氛围亲切得略有点过头，然而她喜欢这里的牧师巴塞洛缪神父，只要他不弹吉他就好。

做完礼拜，她想着要不要把圣杯就在她客厅里的事情告诉神父，但考虑之后还是没说。

星期一早晨，惠特克太太在后花园里干活儿，她对自己这个小花园非常自豪，园子里种了好些草药，有莳萝、马鞭草、薄荷、迷迭香、百里香，还有生长茂密的欧芹。她跪在地上，戴着厚厚的园艺手套除草，并把蛞蝓抓出来放进塑料袋里。

惠特克太太对待蛞蝓特别善良。花园外面就是铁道线，她会把蛞蝓扔到篱笆外面。

她摘了些百里香做沙拉用。身后忽然有人咳嗽。是加拉哈德站在那里，他高大俊美，盔甲在阳光下闪烁。他手里拿着一个涂油革包起来的长条形包裹。

"我又来了。"他说。

"你好，"惠特克太太说着慢慢地站起来，摘下园艺手套，"既然你来了，那就帮我做点事情吧。"

她递给他一口袋的蛞蝓，让他扔到篱笆外头去。

加拉哈德照办了。

然后他们来到厨房。

"喝茶还是喝柠檬水？"她问。

"有什么喝什么吧。"加拉哈德说。

惠特克太太从冰箱里拿出自制柠檬汁，让加拉哈德出去摘点薄荷嫩叶。她找了两个高脚杯，把薄荷仔细洗干净，每个杯子里放了点薄荷叶，然后把柠檬汁倒进去。

"你的马在外面吗？"她问。

"是啊。他名叫格丽泽尔。"

"你一定是从很远的地方来的吧？"

"是啊，特别远。"

"我知道了。"惠特克太太说着从水槽下面拿出一个蓝色塑料盆，接了半盆水。加拉哈德拿去给格丽泽尔。他等着马喝完了水，然后把空盆子还给惠特克太太。

"我估计你又要问圣杯的事情了吧。"她说。

"是啊，我一直在追寻圣杯，"他说着拿起地上那个皮革包裹放到桌上打开，"我想用这个作为交换。"

那是一把剑，大约有四英尺长。剑身上刻着优美的字体和符号。剑鞘用金银装饰，剑柄上还镶嵌着大块宝石。

"真好看。"惠特克太太疑惑地说。

"这是齐格弗里德用过的剑，巴尔蒙克，"加拉哈德说，"是由铁匠韦兰在远古之时打造的。它和焰纹剑是一对。佩戴这把剑的人将在战场上战无不胜，任何人都不是他的对手。哪怕是懦夫或卑鄙小人都能变成勇士。剑柄上的这块宝石是贝尔孔缟玛瑙，能让佩剑的人不受毒酒侵害，不惧友人背叛。"

惠特克太太看着那把剑，过了好一会儿才说："它一定很锋利。"

"它能把半空中的头发丝劈成两半。不，它甚至能把光线劈开。"加拉哈德骄傲地说。

"哦，那你还是把它拿走吧。"惠特克太太说。

"你不要吗？"加拉哈德很是失望。

"不要，谢谢你。"惠特克太太回答。她忽然想起已故的丈夫亨利，他一定喜欢这把剑。他会把剑挂在书房的墙上，跟他在苏格兰捕到的鲤鱼标本挂在一起，还会特意指给客人看。

加拉哈德又用涂油革把巴尔蒙克剑包好，再用白色的绳子绑起来。

他郁郁不乐地坐在那里。

惠特克太太给他做了些奶油奶酪和黄瓜三明治，用油纸包起来让他回去的路上吃，还给格丽泽尔拿了个苹果。加拉哈德似乎很喜欢这两样礼物。

她挥手向他们两个告别。

这天下午，她坐公交车去医院看望了珀金斯太太，她的髋部依然没好，这老可怜。惠特克太太带了自制的水果蛋糕，不过里面没有加核桃，因为珀金斯太太牙不好了。

晚上，她看了会儿电视，早早睡了。

星期二，邮递员来了。惠特克太太正在屋顶的储藏室里收拾东西，她小心翼翼地缓步下楼，下楼的时候邮递员已经走了，只留给她一条通知，说他是要投递包裹，但家中无人。

惠特克太太叹了口气。

她将那条通知揣进提包里，去了邮局。

包裹是她的侄女希莱尔从澳大利亚的悉尼寄来的。其中有她丈夫华莱士和她两个女儿迪克西和维奥莉特的照片，还有脱脂棉包着的海螺壳。

惠特克太太卧室里摆了不少贝壳装饰。她最喜欢的一个上面有珐琅绘制的巴哈马风景，是她姐姐埃塞尔送来的礼物，埃塞尔已经于一九八三年去世了。

她把贝壳和照片放进购物袋里。然后她看到自己已经走到乐施会商店附近了，于是就在回家路上去了店里。

"你好啊，惠特克太太。"玛丽说。

惠特克太太打量了她一下。玛丽涂着口红（似乎不是最适合她的色号，而且涂得也不太好，但是今后练练就好了）。她还穿了一件挺不错的衬衣，这倒是一大进步。

"你好啊，亲爱的。"惠特克太太说。

"上周有个人过来，问我你买了什么东西。就是那个金属小杯子。我跟他说了你住哪里。你不介意吧？"

"不介意，亲爱的，"惠特克太太说，"他找到我了。"

"他真迷人。真的非常非常迷人。"玛丽不无向往地叹了口气，"我甚至愿意跟他私奔。"

"他还有一匹白马和各种东西。"玛丽说完了。她现在站得端正多了，惠特克太太十分赞许。

惠特克太太又在书架上找了一本新的米尔斯&布恩出版社的书——《女王的激情》——不过上次买的两本书她还没看完。

她拿起那本《骑士浪漫谭》翻开。这书充满灰尘味。"费舍尔藏书"几个字用红墨水写在第一页。

她又把书放回原处。

她回到家的时候，加拉哈德已经在等她了。他让邻居的孩子骑在马背上在街上走动。

"真高兴你来了，"她说，"我正好要搬几个箱子。"

她带加拉哈德来到顶层的仓库。他把所有的行李箱搬开，这样惠特克太太就能打开后面的那个橱柜了。

仓库里灰尘很重。

他整个下午都在仓库里搬东西，惠特克太太则忙着打扫。

加拉哈德脸上有一道小伤口，他一边胳膊有点不灵便。

趁着收拾打扫的时候，他们聊了一会儿天。惠特克太太说起亡夫亨利的事情，说全靠人寿保险才付完了房贷，还讲了屋里这些东西是哪里来的，但是不知道该留给谁了，也许可以留给罗纳德，但他妻子只喜欢现代化的东西。惠特克太太还讲了她是如何在战争时期遇到亨利的，当时亨利在空袭预警队工作，而她没有一直把厨房的遮光帘拉上，他们后来去城里的便宜舞厅跳舞，战争结束后他们去了伦敦，在那里她第一次喝到了葡萄酒。

加拉哈德则跟惠特克太太说起他的母亲伊莱恩，伊莱恩很轻浮，她天性如此，然后他还说起关于女巫的事情，此外还有他的祖父，善良但优柔寡断的佩莱斯王。他说他小时候住在极乐岛的布伦特城堡，他的父亲号称是"残缺骑士"，基本上是个彻头彻尾的疯子，不过事实上他的父亲是伟大的兰斯洛特骑士，只不过当时兰斯洛特隐瞒了身份而且也失去了理智。加拉哈德曾在卡美洛特当侍从。

到了下午五点钟，惠特克太太看了看仓库，觉得收拾得差不多了，于是打开窗户让屋子通风，然后他们下楼去了厨房。

她烧了一壶水。

加拉哈德坐在厨房桌边。

他打开腰上的小皮包，拿出一块板球大小的白色圆石头。

"夫人，"他说，"这是给你的，请给我圣杯吧。"

石头比它外表看起来更重，惠特克太太拿起来对着光。石头呈现出半透明的乳白色，在傍晚阳光的照射下，石头深处闪耀着银光。它摸起来很温暖。

就在她拿着石头的时候，一种奇怪的感觉袭来：她觉得内心非常平静安宁。准确来说应该是静谧吧，她觉得十分静谧。

她犹豫着把石头放回桌上。

"真好看啊。"她说。

"这是贤者之石，我们的祖先诺亚将它挂在黑暗的方舟上用作照明，它能让普通金属变成黄金，还有其他很多功能，"加拉哈德自豪地说，"不只是这个，还有其他的。"他又从皮包里掏出一个蛋递给她。

那个蛋和鹅蛋一般大小，黑色的蛋壳闪耀着光芒，上面还有朱红和白色的斑点。惠特克太太摸着它的时候，她脖子后面汗毛倒竖。她忽然感觉到一种不可思议的热量和自由感。她听见遥远的火焰发出噼啪声，有那么一瞬间她觉得自己似乎远高于这个世界，正拍打着翅膀飞向火焰。

她把蛋放在桌上，和贤者之石并排。

"这是凤凰的蛋，"加拉哈德说，"从遥远的阿拉伯而来。有朝一日它能孵化出凤凰，到时机合适的时候它会用火焰筑巢产卵然后死去，随后在世界的下一个纪元，它会浴火重生。"

"我想也是。"惠特克太太说。

"夫人，最后还有这个，"加拉哈德说，"这也是送给你的。"

他从包里取出一样东西递给她，是一个苹果，看起来像是用一整块红宝石雕刻而成的，梗是琥珀做的。

惠特克太太有些紧张地接过苹果。摸起来很软——真是意外。她手指摸过的地方留下了擦伤，红宝石液体一般的果汁顺着惠特克太太的手流下来。

厨房里仿佛有魔法一样不知不觉就充满夏日水果的香气，仿佛覆盆子、桃子、草莓和醋栗的香味。她听见非常遥远的地方传来某种声响，那是空气中的歌声和音乐声。

"这是金苹果园里的苹果，"加拉哈德轻声说，"吃一口就能治愈世间所有的疾病，不管是多么深的伤口都能愈合，再吃一口你就会变得年轻美丽，吃三口就能长生不老。"

惠特克太太舔了一下手上的苹果汁。那味道就像美酒。

那一刻，她觉得过去的一切都回来了——年轻的感觉：苗条健康的身体，随心所欲的生活，肆无忌惮地顺着乡村小道愉快地奔跑，她只需要做自己，只需要自己开心，男人们就会朝她微笑。

惠特克看着加拉哈德骑士，他是所有骑士中最俊美的一位，正高贵华美地坐在她的小厨房里。

她屏住了呼吸。

"我能给你的就是这些了，"加拉哈德说，"它们都很珍贵。"

惠特克太太把那红宝石般的苹果放在厨房桌子上。她看了看凤凰的蛋、贤者之石和青春苹果。

然后她走进客厅，看着壁炉架，那上面放着瓷质小猎狗、圣杯还有她的亡夫亨利的照片，黑白照片上的亨利光着膀子，微笑着吃冰激凌，那是四十年前的事情了。

她又回到厨房。水壶已经响起了哨声。她将开水倒进茶壶，晃了晃，然后倒掉。接着往茶壶里加了两勺茶叶，把剩下的水倒进去。她一直都没说话。

随后她转过身看着加拉哈德。

"把苹果收起来吧，"她看着加拉哈德坚决地说，"这种东西送给老太太不大合适。"

她停了一下："不过另外两个我收下了，"她想了一会儿继续说道，"它们放在壁炉架上挺好看的。两个换一个，挺划算的吧，其实我也不知道。"

加拉哈德笑起来。他把那个红宝石般的苹果放回到皮包里。然后单膝跪下亲吻了惠特克太太的手。

"行了。"惠特克太太说。她倒了两杯茶，用的是最好的瓷器，只在特殊场合使用的。

他们沉默地坐着喝茶。

喝完了茶之后，他们去了客厅。

加拉哈德在胸前画了个十字，然后拿起圣杯。

惠特克太太将凤凰蛋和石头放在圣杯原先所在的位置。那个蛋总是往一边倒，于是她用瓷器小狗撑住。

"确实很漂亮。"惠特克太太说。

"是啊，"加拉哈德表示同意，"看起来很漂亮。"

"你走之前还是吃点东西吧？"她问道。

加拉哈德摇头。

"水果蛋糕如何，"她说，"也许你现在不想吃，但是过几个小时就觉得还是吃点比较好。你最好也去上个厕所。杯子给我，我帮你包起来。"

她带他去了大厅尽头的小厕所，然后自己拿着圣杯去了厨房。柜子里还有一些圣诞节剩下的礼物包装纸，她用包装纸把圣杯包好，又用绳子绑好。然后她切了一大块水果蛋糕放在棕色的纸袋里，另外还拿了一根香蕉和一块包着锡箔纸的奶酪。

加拉哈德从厕所出来。惠特克太太给了他一个纸袋以及那个圣杯。然后她踮起脚亲了他的脸颊。

"你是个好孩子，"她说，"照顾好自己。"

加拉哈德拥抱了她，然后她让他离开厨房，从后门出去，接着她关上门。

她又给自己倒了杯茶，拿着纸巾哭了一会儿，马蹄声在新月路上回荡。

星期三，惠特克太太整天都在家里。

星期四她去邮局领养老金。然后顺路去了乐施会商店。

柜台上那个女人她不认识。"玛丽呢？"惠特克太太问道。

柜台上那个女人的灰发染了些蓝色，戴着一副角上镶嵌水钻的蓝色边框眼镜，她摇摇头耸耸肩说："她跟一个年轻人走了。骑马走的。真的，你能信吗。今天下午我要去希斯菲尔德的商店。我让强尼送我去，我们会找其他人来值班。"

"噢，"惠特克太太说，"嗯，那挺好，她找了个好小伙子。"

"对她来说确实挺好，"柜台上那个女人说，"反正今天下午我们要派人去希斯菲尔德的商店。"

在商店最里面一个架子上，惠特克太太找到一个灰暗的银色旧壶，那壶有个很长的嘴。价格标签就贴在壶侧面，价格六十便士。这东西看起来就像是个压扁拉长的茶壶。

她拿起一本之前没读过的米尔斯&布恩出版社的小说。那书名叫《她非凡的爱》。她拿起书和银器来到收银台。

"六十五便士，亲爱的，"那个女人说着拿起银壶看了看，"真是有趣的老物件，是不是？今早才拿来的。"银壶侧面刻着古老的方块汉字，还有优雅的把手。"我觉得是油壶。"

"不，这不是油壶。"惠特克太太说。她很清楚这是什么。"这是一盏油灯。"

还有一个小小的毫无装饰的金属指环用棕色的绳子拴在油灯把手上。

惠特克太太说:"其实我又想了想,我只买书就好了。"

她付了五便士买了那本书,油灯又放回刚才的架子上,留在了商店最里面。惠特克太太在走回家的路上想,毕竟没地方放那个油灯了。

尼古拉斯[1]是……

他比罪恶古老，他的胡子白得不能再白。他想死去。

北极那些矮小的本土穴居生物听不懂他的语言，只会用他们自己那种叽叽喳喳的语言说话，还举行一些莫名其妙的仪式，那个时候他们还没有在工厂工作。

每一年，他们不顾他哭泣反抗，总是强迫他进入无止境的黑夜。在那个夜里，他会找到全世界每一个小孩，在他们床边留下那些小矮人制造的隐形礼物。孩子们在凝固的时间中熟睡着。

他嫉妒普罗米修斯、洛基、西西弗斯和犹大。他所受的惩罚更加残酷。

嚯。

嚯。

嚯。

---

1 圣·尼古拉斯：圣诞老人的原型。

代 价

　　长途旅行者或流浪汉会在门柱上、树上、门上留下记号，让其他旅行者知道房子或农场里住着什么人。我想猫肯定也有类似的记号，不然猫为什么每次饿了，长了跳蚤或者被抛弃了就会跑到我们家里呢？

　　我们会让猫进来，帮它们除掉跳蚤和寄生虫，给它们吃东西，带它们看医生。我们花钱给它们打针，而且最欺负人的是，我们还要给它们做绝育。

　　它们会和我们在一起住几个月，或者住几年，或者永远在一起。

　　它们大都是夏天出现的。我们住在乡下，距离城市的距离刚刚好，最适合城里人抛弃他们的猫。

　　我们的猫从未超过八只，但一般都超过三只。目前我家有这几只猫：赫敏和波德，一只花斑猫一只黑猫，这对疯姐妹住在我的阁楼里，不肯互相来往。雪花，一只蓝眼睛的白色长毛猫，在树林里住了好几年，后来放弃了野外生活转投柔软的沙发和床。最后还有一只最大的，名叫毛球，她是雪花的女儿，看起来像个靠垫，长着白、橙、黑相间的花纹。我最初在车库发现她的时候，她还是只小奶猫，头卡在一个破旧的羽毛球网里，脖子被勒住几乎快死了。但她还是活了下来而且长成了我所见过的脾气最温顺的猫，这一点让我们所有人都惊讶不已。

此外我家里还有一只黑猫。名字就叫黑猫，他是一个月前突然出现的。一开始我们没想到他会在这里住下，他看起来一点也不饿，不像是流浪猫，而且他年龄很大，心情似乎也很好，不像是被抛弃的。他看起来就像个小豹子，行动起来就像一片夜色。

夏季的某一天，他趴在我家摇摇欲坠的门廊上，看起来大概八九岁，公猫、绿眼睛，很友善、很安静。我猜他是附近哪位农夫的猫，或者是谁家里养的猫。

为了写完一本书，我离开了几个星期，当我回家的时候，他还在我家门廊上。我家的孩子给他找了个旧猫窝用着。但是我几乎认不出来他了。他身上有好几块地方都掉了毛，灰色的皮肤上有深深的抓痕。一只耳朵尖被什么东西咬掉了。一只眼睛下面还有很深的伤口，而且嘴唇也缺了一块。他看起来很累，很瘦。

我们带黑猫去看了兽医，给他开了一些抗生素，每天晚上我们都给他喂软质的猫粮。

我们很好奇他究竟在跟谁打架。是我们美丽雪白又野性的女王雪花吗？或者是浣熊？又或者是长着老鼠尾巴和尖牙利齿的负鼠？

每过一个晚上，伤痕都会变得更严重——要么是侧腹被咬了，要么是下腹部受伤，伤口是倾斜的抓痕，而且鲜血淋淋。

他受伤实在太过严重，我带他去地下室让他在炉子旁边休养，还找来了药箱。他重得惊人，我把他放在地下室的猫窝里，旁边放了个小盒子，还放了些食物和水。离开地下室的时候我关上了门，我必须把手上沾的血洗干净。

他在地下室待了四天。一开始他虚弱得几乎无法独立进食，眼睛上的一条伤口几乎让他失去一边的视力，他只能一瘸一拐虚弱地挪动，黄色的脓液从他嘴上的伤口里渗出来。

我每天早晚去地下室看他，给他吃抗生素，药是混在猫罐头里的，我清洗那些较深的伤口，还陪他说话。他患上了痢疾，虽然我每天清理他的厕所，但是地下室还是变得很臭。

黑猫在地下室生活的那四天我家里的情况变得很糟糕。最小的孩子在浴室里滑倒了，撞到了头险些淹死。我之前花费了很多心血的一个项目——将霍普·米尔利斯的小说《雾中的路德》改编成电视剧的项目被BBC取消了，而我也没有精力从零开始重写剧本跟别的媒体或者网络媒体合作了。我女儿暑假去参加夏令营，没去两天就立刻拼命往家里寄明信片和信，几乎每天都有五六封，信中哭天喊地地要求我们带她回家。我儿子跟他最好的朋友吵架了，两人似乎就这样绝交了。某天晚上我妻子开车回家，撞到了一头鹿，鹿死了，车也开不动，我妻子眼睛上也撞了个小伤口。

到第四天，猫在地下室里走动，他走走停停，很不耐烦地在书、漫画，信箱、磁带、图画、礼物的盒子等等东西之间走来走去。他对我喵喵叫，让我放他出去，我犹豫了一下，照办了。

他回到门廊上，一整天都在那里睡觉。

第二天早晨，他侧腹部又多了一道深深的伤痕，门廊的木地板上有一团团黑色的猫毛，是他的毛。

那天我收到女儿的信，信中说夏令营的生活好多了，她觉得她能坚持几天。我儿子和他的朋友互相谅解，不过他们吵架的原因究竟是什么呢，是卡牌，还是电子游戏，还是星球大战，还是关于某个女孩，我就不得而知了。BBC那位否定了《雾中的路德》项目的主管被发现从某个独立制作公司那里收受贿赂（所谓"债务问题"），于是被开除了。接替他的女士给我发传真的时候我真的很开心，因为她还在BBC的时候就一直想把这个项目交给我来做。

我考虑继续把黑猫关进地下室，但是最终没有这么做。我打算看看究竟是什么动物每天夜里都跑到我家来，搞清楚了之后也许能想个对策，比如做个陷阱之类的。

生日和圣诞节的时候，我的家人会送给我一些小工具、小物件让我开心，比如一些很贵的玩具，不过这些大多最终都躺在盒子里。我有食物脱水机、电动刻刀、多功能早餐机，去年的礼物是一个夜视望远镜。圣诞节当天我就给这个望远镜装上电池去了黑漆漆的地下室，很不耐烦地等到天黑，假装自己在观察椋鸟。（上面有警告说不要在亮的时候打开望远镜，因为会损坏镜片，还可能损坏你的眼睛。）但后来我就把它放进了盒子里，扔在我的办公室里吃灰了，它就放在一盒子电脑连接线和各种杂七杂八的东西旁边。

不管那个东西是猫是狗是浣熊还是别的什么，它看到我在门廊里多半就不会来了，所以我在衣帽间里放了一把椅子，衣帽间只比柜子略大一点，就在门廊上方。大家都睡了之后，我来到门廊上跟黑猫说晚安。

我妻子曾说，那只猫第一次来的时候其实是个人。他那张狮子般的脸上确实有些像人的地方：宽宽的黑鼻子，黄绿色的眼睛，嘴里虽然长满尖牙却看起来很和蔼。（但是他下嘴唇右边依然渗出亮黄色的脓液。）

我拍拍他的脑袋，挠挠他的下巴，希望他能健健康康的。然后我关掉门廊上的灯进屋去了。

我坐在椅子上，屋里到处一片黑暗，那个夜视望远镜就放在我的膝盖上。我打开开关，目镜上透出绿光。

黑暗中，时间渐渐流逝。

我试着用望远镜在黑暗里看东西，学着聚焦，学着如何分辨绿雾笼罩下的世界。夜空中的一群飞虫把我吓得不轻，整个世界仿佛变成了噩梦浓汤，各种生命在其中游动。然后我放下望远镜看着深深的蓝黑色夜晚，周围空旷、宁静、平和。

时间流逝。我努力保持清醒，忽然发现自己居然忘了带烟和咖啡，我对这两样东西十分依赖。它们能让我醒着。但我还没来得及睡得太沉，忽然就听见花园里传来一声嚎叫，我吓得完全清醒了，于是赶紧抓起望远镜举到眼前，却失望地发现是白猫雪花在叫。她像一块淡绿色的阴影一样穿过前院，然后消失在屋子左边的树林里不见了身影。

我正想躺回去，却忽然想到究竟是什么东西把雪花吓得大叫呢？于是我用望远镜看着稍远处，寻找体形庞大的浣熊、狗、暴躁的负鼠之类。确实有个东西沿着私人车道向房子走来。透过望远镜，我能清清楚楚地看到它。

是恶魔。

虽然写过不少关于恶魔的故事，但我从来没亲眼见过，而且必须承认，我其实不相信有恶魔，我一直认为恶魔只是想象出来的形象，是弥尔顿风格的代表悲剧的形象。那个沿着私人车道走来的形象不是弥尔顿的路西法，而是恶魔。

我心脏狂跳不已，甚至觉得疼痛。我希望它看不见我，毕竟我藏在窗户后面黑漆漆的屋子里。

恶魔在车道上走着的时候闪了几下变换着形象。之前它还是公牛一样黑颜色的弥诺陶洛斯，接下来它就变成了一个苗条的女性，然后它变成了一只猫，一只有疤痕的巨大灰绿色野猫，面部被仇恨扭曲了。

有一座楼梯通往我家门廊，上面有四级需要刷油漆的白色木头台阶（虽然从望远镜里看来它们是绿的，但我知道它们是白的）。在楼梯下面，恶魔停下来，喊了一句我听不懂的话，似乎是由三四个词语组成的嚎叫，这种嚎叫的语言肯定很古老，必定是巴比伦城新建成之时才有的，现在已经被人遗忘了，我听不懂，但我感觉到自己头发都倒竖了起来。

即使是隔着玻璃，我又听见一声低沉的嚎叫，那是挑战的声音，接着一个黑色的身影蹒跚着缓慢从屋里走出来，背对我朝着恶魔走去。这段时间黑猫看起来已经不像是豹子了，他摇摇晃晃的，仿佛是个最近才回到陆地的水手。

现在那个恶魔变成了女人。她对黑猫温和地说了几句话，那语调像是法语，她又对黑猫伸出手。黑猫咬了她的胳膊，她咧开嘴唇朝他吐口水。

这个女人抬头看了看我，如果说我之前还有所怀疑的话，现在则是非常确定了：那个女人的眼睛里闪着红色的火光，但是在夜视镜里你是看不到红色的，只能看到深浅不一的绿色而已。恶魔透过玻璃看着我。它看到我了，毫无疑问看到了。

恶魔扭曲着缩小了，现在它变成了形似胡狼的动物，有着扁平的脸，巨大的脑袋和粗短的脖子，毛色既像土狼又像澳大利亚野狗。它肮脏的毛皮里还有蛆虫蠕动，它走上了台阶。

黑猫跳起来扑向它，他们立刻翻滚着扭打在一起，我的眼睛根本跟不上。

周围一片寂静。

接着传来一声低沉的嚎叫——在我们车道的尽头是一条乡村公路，一辆午夜通行的大卡车从远处慢慢开过来，它的车头灯十分明亮，从我的望远镜里来看就好像绿色的太阳。我放下望远镜，眼睛就只能看到黑暗和柔和的黄色前灯，随后红色的车尾灯也消失了，周围彻底黑下来。

我再次拿起望远镜时，周围已经什么也看不到了。只有那只黑猫坐在台阶上望着天空。我抬起望远镜，看到有什么东西飞走了——仿佛是秃鹫，或者是鹰——它飞到树林之外没了踪影。

我来到门廊上抱起黑猫抚摸他，对他说安慰的话。我刚靠近的时候，他可怜巴巴地喵喵叫，然后就趴在我膝盖上睡着了，我把他放回猫窝，然后上楼回我自己床上睡觉去了。第二天早晨，我的T恤和裤子上都有干掉的血迹。

然后又过了一个星期。

夜里到我家的那个东西不是每晚都来。但是来得很频繁，看到猫受伤我们就知道它来了。从他那狮子般的眼睛里我能看出他很痛苦。他左前爪不能用了，右边眼睛也瞎了。

我不知道黑猫为什么会来，也不知道是谁派他来的。而且出于自私和恐惧，我想知道他还能坚持多久。

巨魔桥

我三四岁的时候，他们把大部分六十年代早期的铁轨都拆了。铁路服务大幅缩水。除了伦敦根本没地方可去，我所居住的小镇成了列车终点站。

我最早的记忆是在十八个月大的时候，我母亲去医院照顾她妹妹，我祖母带我去了一座桥上，她把我抱起来看下面的火车，那些火车就好像喘着气冒着烟的黑铁巨龙。

几年后蒸汽火车渐渐绝迹，把各村各镇联系起来的铁路网也消失了。

我不知道火车已经没有了。总之我七岁的时候火车就已经是过时的事物了。

我们住在城市郊区的一座旧房子里。对面的地空着没有耕种。我爬过围栏，躺在小块芦苇丛的阴影里看书，如果我想冒险，就去空地尽头的空房子周围玩。那里有个长满杂草的漂亮水塘，水塘上有一座木桥。我冒险穿过花园和树林的时候，从来没看到过任何看门人或者土地管理员，我也从来没有打算进入那座房子。那样也太没礼貌了，再说我一直坚信空置的旧房子都是闹鬼的。

我并不是矫情，而是真的相信一切黑暗危险的东西都存在。各种鬼魂、女巫都全身穿着黑衣饥肠辘辘地在黑暗中飞舞，这是我小时候深信不疑的事情之一。

反过来想的话事实也很令人安心：白天是安全的。白天永远是安全的。

我有个仪式：夏季学期的最后一天，从家里走到学校的时候，我会脱下鞋袜拿在手里，光着小脚走在坚硬的石板路上。整个暑假期间，没人管的时候我都不穿鞋。我得意洋洋地光着脚，直到九月学校再次开学才穿上鞋。

七岁的时候，我发现了一条穿过树林的小路。当时是夏天，天气炎热晴朗，那天我在离家很远的地方玩。

我在探险。我路过了那座别墅，它的窗户用木板封起来什么都看不到，我又穿过空地，闯过一片陌生的树林。爬下一片陡峭的河岸，发现自己来到一条陌生的阴凉小路上，周围树木茂密，阳光穿过树叶形成金色和绿色的光斑，我想我是到了仙境吧。

一条小河从小路一侧流过，河里有好多半透明的小虾。我抓起几只看它们在我手指上蹦跳，然后又把它们放回去。

我沿路走下去。这条路笔直，路上长着浅浅的草。有时候我会捡到几块很不错的石头：好像熔化起泡的样子，有棕色、紫色、黑色。如果你对着光看，还能看到彩虹的颜色。我坚信它们是很珍贵的石头，于是在包里装了不少。

我在这条金绿色的静谧长廊上走啊走，一个人也没见到。

我不饿也不渴。我只想知道这条路通往何处。它完全是笔直的一条，地上也很平坦。小路没有丝毫变化，但周围的乡村景色有变化。一开始我是在一条山涧的底部走着，两旁是长满青草的陡峭河岸。后来小路变得比周围都高了，我走动的时候可以看到下面的树冠，偶尔还能见到远处的房顶。我走的这条路很平直，我沿着它穿过了好几处山谷和平原。最终在其中一座山谷里，我看见了一座桥。

桥是用干净的红色砖块建成的，在小路上方形成一道巨大的曲线。在桥的一侧有通往路堤的石头台阶，在台阶上面有一个小木头门。

在我的路上居然有人类出现的痕迹，这让我很惊讶，我现在觉得这条路是自然形成的，就跟火山一样。这时候好奇心战胜了一切（毕竟都走了几百里路了，我觉得走到什么地方都有可能）。我爬上石头楼梯，穿过了那扇门。

我到了一个奇怪的地方。

桥上满是泥巴。桥两边都是草地。我这一边的草地是麦田，另一侧是杂草。桥上有大卡车开过的轮胎痕迹，干掉的泥巴都结成了块。我从桥上走过，很安静，没有发出任何脚步声。

一连好几里都没有东西，只有农田、麦田和树林。

我摘了一只稻穗，剥出甜甜的谷子，仔仔细细地嚼着。

我觉得自己饿了，于是就从阶梯返回，到了被废弃的铁轨处。现在该回家了。我没有迷路，我只需要沿着那条小路原路返回即可。

在桥下有一只巨魔拦住了我。

"我是个巨魔。"他说。稍后他似乎又想了一下，补充道："弗咯咯咯嗷咯咯咯。"

他块头很大，头发都扫到了砖头桥的桥拱了。他多少有点透明的感觉：我能看到他身后的砖头和树，有些模糊，但确实能看见。他就像是我的噩梦突然成真了。他有着巨大有力的牙齿、锋利的爪子、毛茸茸的大爪子。他的头发很长，就像我妹妹的塑料毛绒玩具，他的眼睛凸出。他没穿衣服，那话儿挂在两腿之间的长毛里。

"我听见你的声音了，小子，"他低声说话的声音就像风，"我听见你噼里啪啦走在我的桥上。现在我要生吃了你。"

我才七岁，但当时是白天，我记得我一点也不怕。小孩子发现自己面对童话中的东西反而是好事——他们早就知道该怎么对付那些东西了。

"别吃我。"我对巨魔说。我当时穿着一件棕色条纹的T恤和棕色灯芯绒裤子。我的头发也是棕色的，我还缺了一颗门牙。我正在学习如何吹口哨，但是还不成功。

"我要生吃了你，小子。"巨魔说。

我盯着巨魔的脸。"我姐姐很快就会顺着那条路过来了，"我骗他说，"她比我好吃多了。你吃她吧。"

巨魔嗅了嗅空气笑着说："只有你一个人。路上没别人。什么都没有。"然后他俯下身，用手指像个盲人似的摸摸我，那感觉就像蝴蝶翅膀扇到了我的脸。然后他闻了闻自己的手指头，摇摇头："你没有姐姐。你只有一个妹妹。她今天在朋友家。"

"你闻一下味道就知道吗？"我惊讶地问。

"巨魔能闻到彩虹的味道，能闻到星星的味道，"他悲伤地低声说，"巨魔能闻到你出生以来做的所有梦的味道。靠近点，好让我吃了你。"

"我兜里有宝石，"我对巨魔说，"你把宝石拿走吧，不要吃我。你看。"我给他看了之前捡到的岩浆状石头。

"这些只是炉渣，"巨魔说，"是蒸汽火车上丢下来的废料。对我来说没用。"

他张大了嘴，露出锋利的牙齿。他的呼吸有股烂树叶堆里的味道。"现在就吃。"

他变得越来越具有实体，越来越真切，反倒是周围的世界开始褪色，变得扁平。"等一下。"我蠕动着脚趾踩住脚下潮湿的泥土，想紧紧抓住现实世界。我看着他那双巨大的眼睛："你不想吃我。现在还不想。我——我才七岁。我还没活够呢。我还有好多书没看。我还从来没有坐过飞机。我还不会吹口哨——没完全学会。你不如放了我吧？等我长大了，我就会回来，到时候你也能饱餐一顿。"

巨魔用那双车灯一样的眼睛看着我，然后点点头。

"那就等你回来吧。"他笑了笑。我转身默默沿着那条笔直的小路走了，那里其实是曾经的铁路。走了一会儿我开始跑。

我在绿色的阳光中沿着小路飞奔，跑得上气不接下气，后来肋骨处都开始刺痛，疼得好像针扎一样，我捂着肚子摇摇晃晃地回到了家。

我渐渐长大，空地也渐渐消失。房子一座一座、一排一排地出现，以各种野花和著名作家名字命名的道路也出现了。我们的家——一座古老破败的维多利亚式建筑——被卖了，然后拆了，修了带花园的新房子。

他们到处修房子。

我之前对这片地方了如指掌，但现在居然会在新房子之间迷路。但其实我并不介意荒地没有了。那座旧别墅被一家跨国公司买了，然后那块地上又修了更多的房子。

八年之后，我又回到了那条旧铁路线上，这一次我不是一个人去的。

我中途转学两次。跟我一起去的女孩叫路易丝，她是我的初恋。

　　我喜欢她灰色的眼睛和光滑的褐色头发，还有她略显笨拙的走路姿势（就好像一只刚开始学走路的小鹿，可能我这么说并不怎么可爱，很抱歉），我十三岁的时候看见她嚼口香糖，我对她一见钟情，那感觉就像从桥上跳下去自杀似的。

　　喜欢上路易丝最大的麻烦在于，我们原本是最好的朋友，而且我们都在跟其他人约会。

　　我从没跟她说过我喜欢她，甚至没表示过我对她有任何兴趣。我们是好哥们儿。

　　那天晚上我去了她家，我们坐在她屋里听《褐家鼠》，那是扼杀者乐队的第一张密纹大碟。这是第一张朋克摇滚碟，一切都很激动人心，无论是音乐还是其他领域都有无数可能性，无限的可能。最后到了回家的时间，她决定陪我回去。我们手牵手，是朋友之间那种友好的牵手，我们走了十分钟，回到我家。

　　月亮很亮，周围一切都看得清楚，只是没有颜色，这是个温暖的夜晚。

　　我们到了我家，站在车道上看着屋里的光，谈论着我组建的乐队。我们都没进去。

　　然后我们又决定要把她再送回去。于是我们走回她的家。

　　她跟我讲她和妹妹之间的争斗，她妹妹偷她的化妆品和香水。

　　我们站在她家外面的路上，路灯发出钠黄色的光，我们看着对方黑色的嘴唇和淡黄的脸。

　　忽然都笑起来。

　　然后我们就走了，选了条寂静无人的路走。在一个新的住宅区，我们发现一条穿过树林的小路，于是我们沿着小路走。

　　小路笔直，周围很黑，远处房子的灯光像地上的星星，我们借着月光能看清四周。忽然有什么东西在前方呼哧呼哧作响，我们觉得害怕。走近了一看，原来是一只獾，于是我们又笑着手拉手继续往前走。

我们说了很多不着边际的事情，谈论自己的梦想、想法和想做的事情。

一路上我都很想亲她。

最终我找到了机会。一座旧砖桥横跨小路，我们在桥下停下脚步。我亲了她，她张开嘴回应我。

但她忽然僵住了，全身冰凉一动不动。"你好啊。"巨魔说话了。

我放开路易丝。桥下很黑，但是巨魔的身影在黑暗中清晰可见。

"我冻住了她，"巨魔说，"我们就能好好谈谈了。现在我要吃了你。"

我心脏狂跳，我觉得自己全身发抖："别。"

"你说你会回来。你回来了。你学会吹口哨了吗？"

"学会了。"

"那就好，我从来都不会，"他吸了吸鼻子，点点头，"我很高兴。你长大了，经历了很多。能吃的部分也更多了。"

我抓住像僵尸一样一动不动的路易丝，把她推上前："别吃我。我不想死。你吃她吧。她肯定比我好吃多了。而且她还比我大两个月。你为什么不吃她？"

巨魔没说话。

他从头到脚嗅了嗅路易丝，脚、胯、胸、头发都闻了一遍。

然后他看着我。

"她是个无辜的孩子，"他说，"你不是。我不想吃她。我想吃你。"

我从桥下面走出来，看着夜空中的星星。

"但我还有很多事情没有做，"我半是自言自语地说，"从来都没做过呢。我还从来没去过美国。从来没有……"我停顿了一下，"我什么都还没做过。还没真正做过什么事。"

巨魔没说话。

"等我长大些，就会回来。"

巨魔没说话。

"我肯定会回来的，肯定。"

"回来找我？"路易丝问，"怎么了？你在干什么？"

我转过身，发现巨魔已经不见了，我以为自己很喜欢的那个女孩站在桥下的阴影中。

"我们回家吧，"我对她说，"走吧。"

我们走回家，一路上都没说话。

她跟朋克摇滚乐队的一个鼓手约会，后来又跟另一个人结了婚，我很惊讶。她结婚后，我们在火车上见过一面，她问我还记不记得那天晚上。

我说我记得。

"那时候，我真的很喜欢你，杰克，"她对我说，"我以为你会亲我。我以为你会约我出去。只要你问，我就会答应的。"

"但我没有。"

"是啊，"她说，"你没有。"她把头发剪得很短，这个发型不适合她。

后来我再也没见过她。脸上带着僵硬微笑的苗条女人不是我曾经喜欢过的女孩，和她说话我觉得很不舒服。

我搬到了伦敦，过了几年又搬了回去，回去之后我发现那个镇子已经不是我记忆中的模样了：空地没了，农田没了，燧石小巷也没了，接着我迅速搬到十英里以外公路边的一个小村子里。

我是和全家人一起搬过去的——那时候我已经结婚了，还有了一个孩子——我们住在一座老房子里，那房子曾经是铁路车站。铁轨已经被挖掉了，住在我们对面的那对老夫妇在原本的铁轨地上种菜。

我年龄越来越大。有一天我看见自己长了白发。又一天，我听到自己说话的录音，忽然意识到自己的声音和父亲很像。

我在伦敦工作，在一家大型唱片公司负责发掘、训练歌手或艺人。一般我坐火车通勤，有些时候晚上要回家。

我在伦敦有一间小公寓，有时候我负责的乐队半夜都没法登台，就不可能回家了。这样自然很容易勾搭上别的女人，我也确实勾搭了不少人。

我觉得埃莉诺拉（这是我妻子的名字，之前也许提过吧）不知道别的女人的存在，但是一年冬天，我去纽约短暂旅行两星期后回家，忽然发现家里已经人去楼空了。

她留下一封信，共有十五页，信打印得非常整齐，信中每个字都是真的。包括PS的那一句：你不爱我。你从没喜欢过我。

我穿上厚外套离开屋子，惊讶又麻木地走着。

地上没有雪，但是有厚厚的霜，树叶被我咔嚓咔嚓地踩碎。树木就像灰色冬季天空之下黑色的骷髅。

我沿路走着。汽车从我身边经过，那些都是出入伦敦的车子。我不小心踩到一根藏在褐色落叶里的树枝，树枝戳穿了我的裤子，割伤了我的腿。

我走到下一个村子。那里有一条河刚好从路上穿过，还有一条我从没见过的路，我顺着那条路走，边走边看着半封冻的河流。河水汩汩作响。

小路穿过田野，路笔直，长满了草。

我看见一块石头半埋在小路旁边，就捡起来，擦掉泥巴。那像是半熔化的紫色石头，有着彩虹色的光泽。我把它握着揣进外套口袋里继续走，石头变得暖和了，令人安心。

河流蜿蜒地穿过空地，我沉默地走着。

我走了一个小时才看到房屋——是一座很新的方形小屋——建在我上方的路堤上。

然后我看到了桥，这下我知道自己在哪里了：我在一条旧铁路线上，之前我从别的方向来过这里。

桥上有喷绘涂鸦，都是操、巴里爱苏珊之类，还有无处不在的NF，也就是民族阵线[1]。

我站在红砖建造的桥拱下，周围好多冰激凌包装纸、薯片包装袋，还有一个用过的安全套，很可悲的样子。我看着自己的呼吸在午后的冷气中凝结。

我裤子上的血迹干了。

小汽车从我头顶的桥上驶过。我听见其中一辆车的车载收音机音量很大。

"喂？"我轻声说。似乎有点尴尬，而且傻。"有人吗？"

没有回答。风吹着薯片包装袋和落叶一并翻滚。

"我回来了。我说过我会回来，我守约了。有人吗？"

还是寂静。

---

1 英国右翼政党。

我又喊了几声，很傻。然后我在桥下低声啜泣起来。

一只手摸了摸我的脸，我抬起头。

"没想到你真的回来了。"巨魔说。

他现在跟我差不多高，别的地方都没变。他头发又长又多乱七八糟的，里头还有落叶。他的眼睛很大，很孤独。

我耸耸肩，用外套袖子擦擦脸："我回来了。"

三个小孩又喊又叫地从我们这座桥上跑过。

"我是个巨魔，"巨魔有些畏惧地小声说，"弗咯咯咯嗷咯咯咯。"

他在发抖。

我伸手握住他的大爪子朝他笑了笑。"没事，"我说，"真的，没关系的。"

巨魔点点头。

他把我推倒在那些落叶、包装袋外加一个安全套的地上，然后扑上来。他抬起头，张开嘴，用他那尖利的牙齿吃掉了我的人生。

吃完了之后，巨魔站起来，拍了拍灰。手揣进外套口袋里，掏出一块仿佛冒着泡半熔化的炉渣石。

他把石头递给我。

"这是你的。"巨魔说。

我看着他——我的人生穿在他身上显得非常合适，仿佛他已经这样穿了很多年。我接过炉渣石嗅了嗅。我能闻见它落下来的那列火车的气味，那是很久很久以前的气味。我把它紧紧握在毛茸茸的手里。

"谢谢。"我说。

"祝你好运。"巨魔说。

"好。你也是。"

巨魔用我的脸笑了笑。

他转身背对我，沿着我来时的路朝村子那边走了过去，回到了我早晨离开的那座空房子里，边走还边吹口哨。

我一直都在这里。躲在这里，耐心等待。我是桥的一部分。

我看着人们来来去去的影子：他们遛狗、聊天、做各种各样的事情。有时候他们会到我的桥下来，站一会儿，或者小便，或者做爱。我看着他们，但什么都不说，他们从来没有看见过我。

弗咯咯咯嗷咯咯咯。

我就只是待在桥拱之下的这片黑暗中。我能听见你们在外头，不停地从我的桥上噼里啪啦地走过。

是的，我能听见你们。

但我不会出来。

别问杰克

谁都不知道这个玩具是从哪里来的，可能是某个曾祖父或者远房姨妈拿到育儿室来的。

它是个盒子，上面画着金色红色的花纹。毫无疑问是很漂亮的，至少成年人觉得漂亮，看上去有质感，甚至有些古董的韵味。可惜盒子的插销锈死了，钥匙也找不到了，盒子里的小丑杰克不能跳出来了。但它依然是个漂亮的盒子，沉甸甸的，刻着花纹，还有镏金。

孩子们都不玩这个盒子。它被放在一个旧玩具木箱的底部，木箱就好像海盗的宝藏箱子一般大小，至少孩子们是这样认为的。那个玩偶匣就埋在各种破旧玩具下面——娃娃、小火车、小丑、纸星星、魔术小道具、线都绞在一起的瘸腿提线木偶、化妆游戏的衣服（有破烂的旧婚纱、黑色丝绸礼帽，全都年代久远了）、玩具珠宝、破铁环、上衣还有木马。在这些东西的最下面是那个玩偶匣。

孩子们都不玩这个。他们在阁楼的育儿室里小声说话。在一个阴沉的日子，风呼啸着刮过房子，雨打在石板上，顺着屋檐流淌，孩子互相说着杰克的故事，虽然他们从未见过他。一个孩子说，杰克是个邪恶的巫师，因为犯下了难以描述的恐怖罪行，所以被关进盒子里作为惩罚。另一个孩子（肯定是一个女孩）说杰克的盒子就是潘多拉的盒子，他作为守卫被关进盒子里防止里面的坏东西再次跑出来。可能的话，他们根本不去碰那个盒子，但偶尔有时候大人们会提起那个漂亮的杰克玩偶匣，并把它从箱子里拿出来，放在壁炉架上醒目的位置，孩子们就会在稍后鼓起勇气，把它放回黑暗中去。

孩子们从来不玩杰克玩偶匣。他们长大后就会离开这间大屋，阁楼的育儿室就会关起来，被遗忘。

但并不是被彻底遗忘。每个孩子会各自在不同的时间想起自己曾光着脚孤身一人在蓝色月光中走上育儿室。好像梦游一样，双脚悄无声息地踩在木质楼梯上，脚下还有露出了经纬线的育儿室地毯。他们会想起自己打开那个宝藏箱，在娃娃和衣服之中翻找，拿出那个玩偶匣。

接着就会按下盒子的机关，打开盒盖，音乐会像夕阳一样缓慢地播放起来，杰克也会冒出来。不是突然之间弹出来，他不是那种加装了弹簧的杰克。他会很谨慎很专注地慢慢从盒子里冒出来，微笑着示意孩子们靠近一点，再靠近一点。

在月光下，他对孩子们说起他们自己都记不清楚然而又无法彻底忘记的事情。

最年长的男孩死于第一次世界大战。他们的双亲去世后，最小的那个孩子继承了房子，只不过有一天晚上，他被人发现在地窖里，拿着布条、石蜡和火柴要烧掉整座房子，于是他被剥夺了对房子的所有权。人们把他送进疯人院，很可能他从此以后一直都在那里。

别的孩子也都长大了，女孩们变成了妇人，她们全都不肯回到那座房子去。房子的窗户被木条钉起来了，门也用大铁锁锁起来，姐妹们去拜访那座房子的次数和去给大哥扫墓的次数相当，也和看望她们可怜的弟弟的次数相当，换而言之就是从来都不去。

很多年过去，女孩们变老了，猫头鹰和蝙蝠在那座宅子的阁楼育儿室里筑了巢，老鼠在被人遗忘的玩具之间做窝。动物们平静地看着墙上褪色的画，并在地毯上拉屎。

在箱子深处的盒子里，杰克面带微笑地等着，他怀揣秘密，等待孩子们。他会一直等待。

金鱼池故事集

我到达洛杉矶的时候那儿正在下雨，我觉得自己仿佛被上百部老电影包围着。

一个穿黑色制服的豪华加长轿车司机正在机场等我，他拿着一张写了我名字的白色卡片，那字写得很整齐，就是拼错了。

"我直接带你去酒店，先生。"司机说。我没带什么行李，只有一个旧的旅行包，里面装了几件T恤、内衣和袜子，他对此似乎觉得有些失望。

"酒店远吗？"

他摇头："就二十五分钟，三十分钟。你之前来过洛杉矶吗？"

"没有。"

"嗯，我常说洛杉矶是个三十分钟的城市，不管你想去那里，顶多三十分钟。"

他把我的包放进后备厢，他称之为行李箱，然后给我打开车子后门。

"你从哪里来？"他问。我们已经离开了机场，驶上了遍布霓虹灯的湿润街道。

"英国。"

"英国？"

"是的。你去过吗？"

"没去过，先生。我看过英国电影。你是演员吗？"

"我是个作家。"

他没了兴趣。只是偶尔低声咒骂其他司机。

他突然转个弯变换车道。本来行驶的车道上发生了一场四车连环相撞的事故，我们绕过去了。

"城里稍微下了点雨，突然间大家就都不知道该怎么开车了。"他对我说。我靠在车里的靠垫上："听说你们英国雨水更多。"这是一个描述，不是提问。

"有点多。"

"不只是有点吧。英国每天下雨，"他笑着说，"还有浓雾。真正很浓很浓的雾。"

"没那么严重。"

"这是什么意思呢？"他既疑惑又不太高兴，"我看过英国电影。"

我们沉默地坐着，冒雨驶过了好莱坞，过了一会儿他说："问他们要贝鲁西死去的那个房间[1]。"

"什么？"

"贝鲁西。约翰·贝鲁西。他就是在你住的那个酒店死去的。嗑

1　约翰·贝鲁西，好莱坞喜剧明星，一九八三年三月五日晚死于吸毒过量。

药。你听说过吗？"

"嗯，听说过。"

"他们拍了一部有关贝鲁西之死的电影。找个胖子演的，一点也不像他。关于他的死，谁都没说实话。你知道吗，他不是孤独死去的。还有两个人跟他在一起。电影公司不想那么拍。但是当豪车司机就能听说各种消息。"

"真的吗？"

"罗宾·威廉姆斯和罗伯特·德尼罗。他们跟贝鲁西在一起。他们都嗨得不得了。"

酒店建筑是一座白色仿哥特风格的小城堡。我跟司机道别，然后入住，我没要贝鲁西死掉的那个房间。

我拎着旅行包冒雨走向自己的屋子，手里还握着一串钥匙，前台告诉我，这钥匙可以打开很多道门。空气中有股潮湿的灰尘味，还有股奇怪的止咳水味道。周围很昏暗，可以说是一片漆黑。

水溅得到处都是。院子里的水流都汇聚成小河了。水流进小鱼塘，鱼塘有一部分在墙外院子里。

我走到楼上进入一间潮湿的小屋。这地方看起来并不适合明星自杀。

床也有点潮湿，雨疯狂敲打着空调外机。

我看了一会儿电视——全是老剧重播，《欢乐酒店》接着就是《疯狂的士》，然后画面一闪，变成黑白片《我爱露西》，然后我就睡着了。

我梦见鼓手在断断续续地敲鼓，离我只有三十分钟远。

电话把我吵醒了，"嗨嗨嗨嗨，你准备好了吗？"

"哪位？"

"制片公司的雅各布。我们要一起吃早饭吗，嗨嗨？"

"早饭……？"

"没问题。我三十分钟后就来酒店接你。已经预订好了。没问题。你收到我的消息了吗？"

"我……"

"昨天晚上传真给你了。再见。"

雨停了。阳光温暖明亮，是具有好莱坞特色的光线。我来到酒店主楼，走在布满了桉树叶子的地毯上——这就是昨晚那股止咳水气味的来源。

有人递给我一个信封，里面装着传真——上头写着接下来几天我的行程，空白处有一些手写的内容，写的都是鼓励的话，比如"这次绝对会成为爆款！"还有"肯定会成为伟大的电影！"传真的签名是雅各布·克莱因，显然就是打电话那人。我从来没跟雅各布·克莱因打过交道。

一辆红色小跑车开到酒店外面。司机探出头朝我挥手。我走过去。他灰白的胡子修得很整齐，笑容很有派头，脖子上还戴着大金链子。他还带了一本《人类之子》特意让我瞧了一眼。

这人就是雅各布。我们握了手。

"大卫在吗？大卫·甘博？"

大卫·甘博是早些时候和我通过电话的人，是他安排了此次行程。他不是制片人。我不知道他到底是干什么的。他说他自己"和这个项目关系密切"。

"大卫已经不在制片公司干了。我现在负责这个项目，我先跟你说一声，我真的精神不正常啊。嗨嗨。"

"行吧。"

我们上了车。我问："在哪儿开会？"他摇头回答："不是开会。是早餐。"我很疑惑。他颇为怜悯地看着我，解释道："是开会之前的预备会。"

我们离开酒店，去了半小时车程外的一个大型超市，雅各布一路上都跟我说他很喜欢我的书，他成了这个项目的负责人他真的很开心。他说是他建议项目组让我住进那家酒店——"好让你感受一下好莱坞氛围。你在四季酒店或者如家酒店都体会不到。对吧？"然后他问我有没有住在约翰·贝鲁西死的那个套间。我说我不知道，但是我怀疑可能是。

"你知道他死的时候跟谁在一起吗？真相都被制片公司掩盖了。"

"不知道。跟谁？"

"梅里尔和达斯汀。"

"是梅里尔·斯特里普和达斯廷·霍夫曼吗？"

"当然。"

"你怎么知道？"

"别人说的。这里是好莱坞，你知道吗？"我假装很懂似的点头，其实什么都不知道。

人们总说书是自然而然完成的，这是瞎说。书不可能自然而然就完成。这需要大量思考、研究、笔记和腰酸背痛，花费的时间和精力远超你的想象。

除了《人类之子》，这本书可以算是自然而然完成的。

人们经常问作者一个很麻烦的问题："你的灵感从何而来？"

答案是：汇合。各种东西凑到一起，只要成分合适，突然间，魔法显灵！

起初是我偶然间看到了有关查尔斯·曼森的资料（是朋友借给我的一卷录影带，前面有几段是我本来就想看的东西），里面有一段曼森第一次被捕时候的影像，当时大家都觉得他是无辜的，是政府钓鱼执法。曼森的形象映在屏幕上——他很有魅力，很英俊，有着救世主一样的气质。你甚至会愿意为这种人光着脚下地狱去。为他杀人也在所不惜。

审判开始，过了几个星期，救世主的气场消失了，取而代之的是一个猴子般呆滞，喋喋不休的人，前额上刻着一个十字。不管他之前是怎样的天才，那形象都不见了，消失了。但曾经确实存在。

影像继续播放：一个两眼发直的有前科的罪犯跟曼森一起坐牢。他说："查理·曼森？听我说，查理就是个笑话。他什么都不是。我们都笑话他。你们知道吗？他什么都不是！"

我点头。曾经有一段时间曼森是个魅力无穷的统治者。我想可能这是某种赐予，神送来了，又收走了。

我又着了迷一样把那卷录影带看完了。在一段黑白画面停顿后，旁白说了点什么。我倒带，又听了一遍。

忽然就有了灵感。一本书自然而然形成了。

旁白说的是：曼森和曼森家族那些女人所生的孩子被送到了不同的儿童之家等待收养，法庭给他们起了跟曼森毫无关系的新名字。

我想到十二个二十五岁的曼森之子。想到某种神授的特质忽然同时降临在他们所有人身上。十二个年轻的曼森，个个光彩照人，从世界各地聚集到洛杉矶。曼森的一个女儿绝望地想阻止他们见面，封底也印上了相关预告，"知晓他们可怕的命运"。

我写《人类之子》的时候状态绝佳，一个月就写完了，然后就交给我的经纪人，她看了觉得很惊讶（"亲爱的，这不像你的其他作品。"她态度还挺积极的）。书稿很快就拍卖了出去，这是第一次，书卖得比我预计的贵得多。（别的书，三本高雅晦涩引经据典的鬼故事加起来都买不起写故事用的电脑。）

随后这书在正式出版前就被好莱坞买了，也是拍卖会上买的。有三四家制片公司都对这部书有兴趣：我联系了那家想要我写剧本的公司。其实我知道这件事不可能成功，电影是拍不成的。但是很快有传真发给我，都是半夜发的，绝大部分都有大卫·甘博的热情签名。一天早晨我签了五份像砖头一样厚的合同，几周后，我的经纪人告诉我第一张支票已经兑付，飞好莱坞的机票也准备好了，让我去参加"初步会谈"。感觉像做梦。

机票是商务舱的。在我看到商务舱机票的瞬间，我意识到梦是真的。

我坐在大型喷气式客机前端的机舱里，吃着烟熏三文鱼，拿着刚印出来的精装版《人类之子》去了好莱坞。

说回早餐时。

他们跟我说他们特别喜爱这本书。我不太记得每个人的名字。男人们或留胡子或戴棒球帽或二者兼有，女人们都非常漂亮，有种非常讲究卫生的感觉。

雅各布订了早餐还付了钱。他说接下来的会议就很正式了。

"我们很喜欢你的书，"他说，"要是我们不喜欢的话为什么要拍它？我们就是喜欢你那种特别的气质，不然为什么要雇你来写剧本。要的就是你的风格。"

我非常严肃地点头，仿佛真的花了好多个小时思考什么叫"我的风格”。

“这样的创意。这样的书。你真是独一无二的。”

“独一无二到了极点。”一个女人说。她是叫迪娜，还是蒂娜或叫狄安娜呢？

我挑起眉毛：“开会的时候我该做些什么？”

“接受意见，表现积极。”雅各布说。

雅各布开他的小红车花了半个小时到达制片公司。我们开到大门口，雅各布跟保安吵了一架。我估计他是新来的，还没拿到永久通行证。

我们进去之后，发现他在这里也没有永久停车位。我还是没明白很多细节：雅各布说，停车位和你在公司的地位有关，就好比你在古代中国宫廷里，皇帝赏给你的礼物决定了你的地位。

我们在平直得有些古怪的纽约街道布景里行驶，最后停在一座很旧的银行前面。

走了十分钟的路，我到了会议室，和雅各布以及其他所有吃早餐的人一起等着某人出现。匆忙中我忘了要等的人是谁，也忘了是男是女。我拿出一本我自己的书放在面前，仿佛它是护身符似的。

有人进来了。他个子很高，鼻子下巴都很尖，头发很长——仿佛绑架了比他年轻得多的人，然后夺走了受害人的头发。他是个澳大利亚人，这点让我很惊讶。

他坐下。

他看着我。

“说吧。”他说。

我看了看一起吃早餐的其他人，谁都不看我——没有一个人跟我眼神交流。于是我开始说：关于书、剧情，还有结尾在洛杉矶一家夜店摊牌的场景，在这一段情节里那个善良的曼森女孩把其他人都打死了。或者说认为她把其他人都打死了。我还说我打算找一个演员扮演所有的曼森男孩。

"你相信这些内容吗？"那个人提出了第一个问题。

这个问题很简单。我至少跟二十多个英国记者回答过了。

"我是否相信查尔斯·曼森曾在某段时间被超自然力量所控制，而且这种超自然力量依然控制着他的孩子吗？我不信。我是否相信有一些奇怪的事情正在发生？也许是相信的。也许有一种比较简单的解释，在一段很短的时间内，曼森的疯狂与外部世界的疯狂步调一致。我也说不清。"

"嗯。这个曼森小孩，可以让里夫斯演吗？"天哪，不能，我心想。雅各布看着我疯狂点头。"有何不可能。"我说。反正现阶段都是空谈。都不是真的。

"我们和他的人做了个交易。"那个人若有所思地点头。

他们让我写个剧本梗概，因为有人想先看一下。"有人"我估计指的是那个澳大利亚人，不过也不是很肯定。

在我走之前，那个人给了我七百美元，让我签字：工作两周按日结算。

我花了两天写剧本梗概。我努力忘记书中的内容，构建了一个电影故事。工作进行得很顺利。我坐在小房间里，用制片公司提供的笔记本电脑打字，又用制片公司送来的气泡喷墨打印机打印出来。我在自己的屋里吃饭。

每天下午我会沿着日落大道散散步。我一直走到基本通宵书店，买一份报纸。然后在酒店外面的院子里坐上半个小时看报纸。看完了夕阳，呼吸了新鲜空气，我就回到小黑屋里，继续改写我自己的书。

酒店雇员里有个很老的黑人，每天他都穿过院子给植物浇水然后看鱼，他的动作慢得几乎有些痛苦。经过的时候，他会对我微笑，我便朝他点头。

第三天我起床的时候他正站在鱼池边捡附近的垃圾，其实就是几枚硬币和烟盒。我走过去。

"你好。"我说。

"先生。"老人说。

我觉得应该跟他说不要叫我先生，但是转念一想又不知道该怎么委婉地说出来。"这些鱼真好看。"

他点头笑了笑："东方锦鲤。从中国买来的。"

我们看着鱼在小池塘里绕圈游动。

"也不知道它们无不无聊。"

他摇摇头："我孙子是个鱼类学家，你知道那是什么吗？"

"专门研究鱼类。"

"是啊。他说锦鲤只有三十秒左右的记忆。所以它们在池塘里游着永远都觉得很新鲜，有种'我从没来过这里啊'的感觉。就算遇见在一起生活了一百年的鱼，它们也会说：'新来的，你是谁啊？'"

"有一件事你能帮我问问你的孙子吗？"

老人点点头。

"我曾在书上看到说锦鲤没有固定的生命周期。它们不像人一样会变老。如果被人杀了或者被捕食者吃了或者得了病它们会死，但是除此以外，它们会长生不老。理论上来说它们能永远活下去。"

他点点头说："我去问问。听起来还挺好的。这里三条——哦，这一条，我叫它幽灵，它四五岁吧。另外两条我刚到这里的时候它们就从中国运来了。"

"那是什么时候？"

"大概是，公元一九二四年，你觉得我看起来多大了？"

我说不上来。他看起来好像是用很古老的木头雕刻而成的。我跟他说，看起来像是超过了五十岁，肯定比玛士撒拉年轻。

"我生于一九〇六年，真的。"

"你出生在洛杉矶吗？"

他摇头："我出生的时候，洛杉矶还只是个橘子果园，离纽约很远。"他往水面撒了些鱼食。三条鱼浮上来，其中一条闪着银光的苍白的鱼仿佛在盯着我们，它们O形的嘴开开合合，仿佛用某种锦鲤才懂的秘密语言在无声无息地跟我们交谈。

我指着他说过的那条鱼问："这是幽灵？"

"对，就是他。百合花下面的那条——你看见他的尾巴了吗？就在那里——他名叫巴斯特，巴斯特·基顿的巴斯特。基顿住在这家酒店的时候我们已经有那两条年长的鱼了。那一条是公主。"

公主是一条很醒目的白色锦鲤。她全身都是奶油一般淡淡的白色，背上有一块大红斑把她和另两条鱼区分开。

"她很漂亮。"

"那是当然。她绝对非常漂亮。"

他深吸一口气忽然咳嗽起来，而且又咳又喘，瘦弱的身体震抖起来。我忽然觉得他看起来仿佛九十岁了。

"你还好吗？"

他点头。"很好，很好，很好。就是老了，"他说，"人老了啊。"

我们握手道别，我又回屋继续写东西去了。

我把完整的梗概打印了出来，传真给制片公司的雅各布。

第二天，他来到我的房间，看起来似乎很不安。

"还好吗？剧本梗概有什么问题吗？"

"麻烦不断啊。我们在和那个谁拍电影，"他说了个几年前影片大获成功的著名女演员，"本来没问题，对吧？但是她也不年轻了，还坚持要自己拍裸戏。相信我，没人愿意看她的裸体。"

"情节是这样的，有个摄影师到处勾引女人拍裸照，跟她们上床。只有一个人相信他干了这些坏事。于是警长——由'请全世界都来看我裸体吧'女士扮演——她想到逮捕这个摄影师的唯一办法就是自己也去找他拍照。于是她跟这人上了床。接下来就有个转折……"

"她爱上这个人了？"

"对啊。于是她意识到女人永远被男人心中的女性形象所禁锢，为了证明她爱他，警察来抓捕摄影师的时候，她放火烧了所有的照片，自己也死在火场。她的衣服首先被烧。你觉得怎么样？"

"老套。"

"我们一开始也是这么说的。所以我们炒掉了导演，剪了这段剧情，另外安排了一天拍摄。这次拍摄的时候她确实稍微穿了点东西。到她爱上摄影师的时候，她发觉原来是摄影师杀了她兄弟。她做了个梦，梦见自己衣服被烧掉了，然后她和特警一起行动想抓捕他。但是摄影师在和她妹妹上床的时候被这个妹妹开枪打死了。"

"这个有改进吗？"

他摇摇头："还是垃圾。如果她同意让我们用裸替就好了，也许就能拍得更顺利了。"

"你觉得那个梗概如何？"

"什么？"

"我的剧本梗概，我发送给你的那个？"

"那个梗概啊，当然看了。我们喜欢。所有人都喜欢。太棒了。真的特别厉害。我们都超级激动。"

"下一步干什么？"

"嗯，等所有人都看一遍，我们就一起来进行讨论。"

他拍拍我的后背走了，留我一个人在好莱坞无事可做。

我决定写个短篇故事。在离开英格兰之前我就有个想法。关于一间坐落在码头尽头的小剧院。下雨的时候就表演舞台魔术。剧场有个观众不知道魔术和幻影的区别，对他来说如果每个幻影都是真的，那幻影和魔术确实没有区别。

下午我出门散步，在基本通宵书店我买了几本关于舞台魔术的书和维多利亚时代戏法表演的书。故事，或者说至少是故事的雏形出现在我脑海中，我打算仔细想想。我坐在院子的长椅上翻看这些书。最终断定在这个故事里，我要追求一种特殊的氛围。

我读到口袋魔术师的故事，是讲一个人口袋里装满了各种小玩意儿，一切你能想象到的他兜里都有，可以满足你提出的任何要求。不是幻影，而是需要惊人的组织能力和记忆力。一个人影落在书上。我抬起头。

"你好，又见面了。"我对那个黑人老头说。

"先生。"他打了个招呼。

"请不要这样叫我。被人叫先生感觉就好像我穿着正装似的。"

我把我的名字告诉他。

他也给我说了他的名字。"虔诚·邓达斯。"

"虔诚?"我几乎不相信自己的耳朵。他却骄傲地点点头。

"有时候我挺虔诚的,有时候不太虔诚。我妈妈是这样叫我的,这是个好名字。"

"是啊。"

"你在这里做什么呢,先生?"

"我也说不准。我本来是要来写个电影剧本。至少我是在等着有人告诉我开始写电影剧本。"

他挠了挠自己的鼻子:"拍电影的人都跑这里来,如果我现在开始跟你说电影人,说到下周星期三都说不完一半。"

"你最喜欢谁?"

"哈里·兰登,他是个绅士。乔治·桑德斯,他和你一样是英国人。他说'啊,虔诚。你可一定要为我的灵魂祈祷。'我就回答'你的灵魂是你自己的事情,桑德斯先生。'但我还是为他祈祷了。还有琼·林肯。"

"琼·林肯?"

他眼睛都亮了,笑着说:"她是银幕女王。她比任何人都美。胜过玛丽·壁克馥,胜过莉莲·吉什、西达·巴拉、路易丝·布鲁克斯都比不上她……她最美。她有'那种气质',你知道是什么气质吗?"

"性吸引力。"

"不止。她拥有你梦想的一切,你看到琼·林肯的画像,你就想……"他停了一下,画了个小圈,仿佛是想捕捉某个逃逸的词,"我也不知道。也许是想单膝跪下,像个穿着闪亮盔甲的骑士觐见女王一样吧。琼·林肯，她是最好的。我跟我的孙子说过她，他想找些影像资料，但是没找到。什么都没有了。她只活在我这样的老年人的记忆中。"他拍拍自己的前额。

"她当时肯定很出名。"

他点头。

"那后来她出什么事了呢？"

"她上吊死了。有人说是因为她没法在有声电影里说话，但这不是真的，她的声音你只要听一次就永远忘不了。她的声音光滑深沉，像爱尔兰咖啡。有些人说她被一个男人伤透了心，或者是被一个女人伤透了心，或者是因为赌博，或者是因为帮派之争，或者是因为饮酒过量。谁知道呢。当初是挺疯狂的。"

"你肯定听过她说话。"

他笑起来。"她说：'孩子，去看看他们会在我杀青的时候干什么？'我打听了之后回来告诉她，她说：'你真棒，孩子。'跟她一起的男士就说：'琼，不要逗他玩了。'，她朝我笑了笑，给了我五美元说：'你不介意的，对不对呀？'我摇头。她嘴唇就噘起来一下，你知道那个动作吧？"

"飞吻？"

"类似那样的。我这里能感觉到，"他拍拍自己胸口，"她的嘴唇，真的可以让人神魂颠倒。"

他咬着嘴唇想了一会儿，似乎在想什么虚无缥缈的东西。也不知道此时他的精神究竟在何时何地。随后他再次看着我。

"你想看看她的嘴唇吗？"

"怎么看？"

"你过来。跟我来。"

"我们是要……"我猜想可能是水泥上的唇印,就好像格劳曼中国剧院外的手印。

他摇摇头,抬起满是皱纹的手指凑到嘴边。安静。

我合上书,跟他一起穿过院子。我们到了小鱼池边,他停下脚步。

"看公主。"他对我说。

"有红斑的那条?"

他点头。那条鱼让我想起中国的龙:苍白、充满智慧。那是一条幽灵般的鱼,像骨头一样白,只在脊背上有一块红斑——一英寸长、两个弧线的红斑。它漂在水中,游动、思考。

"就是这个,"他说,"就在它背上,看见了吗?"

"我不太明白。"

他一动不动地盯着那条鱼。

"你坐下来好吗?"我忽然非常好奇邓达斯先生究竟多少岁了。

"我在这里工作是不能坐下休闲的。"他非常严肃地说。然后他就像是对小孩子解释一样跟我说,"当初就像是有神灵一样。但如今只剩电视了,电视只有一些小英雄故事。小人待在盒子里。有时候我能在这里看到那些小人。"

"过去那些明星,他们是巨人,身披银光,在巨大的房子里……你见到他们的时候,他们依然巨大。人们信仰他们。"

"他们在这里开派对。你在这里工作,你目睹派对的进程。有酒,还有你根本不会相信的事情。曾经有一个派对……那个电影叫《荒漠之心》,你听说过吗?"

我摇头。

"是一九二六年最有影响力的电影,当时还有维克托·麦克拉格伦和多洛雷斯·德尔·莱奥的《光荣何价》,还有科琳·摩尔演的

《埃拉·辛德斯》，你听说过吗？"

我又摇头。

"你从来没听说过沃纳·巴克斯特？贝尔·贝内特？"

"他们是谁？"

"一九二六年的超级巨星，"他停顿片刻又继续说，"《荒漠之心》电影杀青后，他们在这个酒店里举行了派对。准备了红酒、啤酒、威士忌、金酒——当时还是禁酒令的时代，不过那些制片公司都跟警方有关系，所以也就没人管。还有很多美味食物和各路傻瓜，罗纳德·科尔曼在场，还有道格拉斯·费尔班克斯——不是后来那个，是当爹的那个——所有工作人员也都到了，还请了一支爵士乐队来酒店演奏。

"那天晚上琼·林肯最受瞩目。她在电影里扮演一个阿拉伯公主。当时阿拉伯总是象征着热情和欲望。如今……嗯，世道变了。

"我也不知道事情是如何开始的，据说是打赌还是真心话大冒险之类的，也可能只是她喝醉了。我觉得应该是醉了。总之她站起来，当时乐队演奏着轻柔舒缓的曲子。她走过来，到了我现在站着的地方，把手伸进水池里。她笑啊笑啊笑啊……

"随后林肯小姐抓住一条鱼——摸到之后一把抓起来，双手握紧——而且把它从水里捞起来了，然后凑到自己面前。

"我当时真的有点担心，因为光是把这几条鱼从中国运来就花了很多钱，每条的运费是两百美元。当然，当时并不是我照顾鱼塘。出事了也不是我受罚。但是两百美元在当时是很大一笔钱了。

"然后她朝我们笑了笑，低头亲了一下那条鱼，慢慢地，亲在它背上。它没有挣扎，一动也没动，就躺在她手中。她用她珊瑚一样红的嘴唇亲了那条鱼，派对上的人都笑着欢呼起来。

"她把鱼放回池塘，有好一会儿鱼似乎不愿离去，就留在她旁边，啄她的手指。当大家开始放烟花的时候，它才游走。

"她的嘴唇鲜红娇艳，鱼的背上留下了她的唇印——就在那里，你看见了吗？"

名为公主的那条白色锦鲤背上有着珊瑚般鲜红的花纹，它晃动着鳍，在池塘里持续着它永恒的三十秒之旅。红色的斑纹看起来确实像是唇印。

他往水里撒了一把鱼食，三条鱼浮上水面纷纷抢食。

我拿着那几本关于古老戏法的书返回自己的房间。电话突然响了：是制片公司的人。他们想跟我讨论一下关于剧本梗概的问题。还说三十分钟后会有一辆车来接我。"雅各布会来吗？"

但是对方已经挂断了。

参会的人有那个澳大利亚人、他的助手还有一个穿正装戴眼镜的人。他是我见到的第一个穿正装的人，他的眼镜边框是亮蓝色的。他似乎很紧张。

"你住在哪里？"那个人问。我跟他说了。

"是不是贝鲁西……"

"我听说是的。"

他点头："他死的时候还有其他人在场。"

"是吗？"

那人用手指头蹭了蹭他鹰钩鼻侧边："派对上还有两个人。他们都是导演，都是非常大牌的人。你不用知道名字。我在拍最后一部印第安纳·琼斯电影的时候才知道。"

一阵紧张的沉默。我们坐在大圆桌旁，总共有三个人，大家各有一份我写的剧本梗概。我开口说道：

"你们觉得怎么样？"

他们都点头，动作还挺一致的。

接着他们又特别严肃地跟我说，他们很不喜欢这个故事，之前一直不说是因为怕我生气。这对话可真奇怪。

"第三主角有点问题。"他们暗示这个问题并不是我或者我的剧本造成的，也不是第三主角演员本身造成的，而是他们的问题。

他们希望能更加引起观众共鸣，想要强烈的光影对比，而不是层层的灰色。他们希望女主角表现得更加英勇。我点头记笔记。

会议快结束时，我跟那个人握了握手，那个戴蓝色边框眼镜的助手带我穿过迷宫般的走廊往外走，我的车和司机都在外面等。

我们走路的时候，我问公司里有没有关于琼·林肯的图片。

我后来才知道这个助手叫格雷格，他问："谁？"他又掏出一个小笔记本用铅笔记了几笔。

"是个默片时代的女明星。一九二六年前后很有名。"

"她在我们这家公司干过吗？"

"我不知道，"我说，"不过她很有名，比玛丽·普罗沃斯特还有名。"

"那又是谁？"

"'人生赢家，成了小狗晚餐'[1]。默片时代最有名的明星。有声电影流行起来之后变得一贫如洗，最后被自己的腊肠犬吃了。尼克·洛写过她的歌。"

"谁啊？"

---

1 尼克·洛在专辑《Jesus of Cool》中有一首歌名为《玛丽·普罗沃斯特》（Marie Provost），其中一句歌词是"The winner who became a doggie's dinner"。《我认识那新娘》也是尼克·洛的一首歌。

"'我认识那新娘，她当初爱摇滚。'不管怎样，可以帮我找张琼·林肯的照片吗？"他在自己的平板电脑上划拉了几笔，又看了一会儿，然后又写了几个字。

然后他点头。

走到了外面，我的车子已经来了。他说："对了，还是跟你说一声，他满嘴胡话。"

"什么？"

"满嘴胡说八道。跟贝鲁西在一起的根本不是斯皮尔伯格和卢卡斯。是贝特·米德勒和琳达·朗丝黛。当时他们吸毒群交，人人都知道。他满嘴胡话，而且拍《夺宝奇兵》的时候他只是公司的初级会计。说得跟他拍了电影似的。浑蛋。"

我们握手道别。我坐进车里返回酒店。

这天晚上我时差症犯了，凌晨四点我就醒了，精神十足。

我坐起来，上厕所，穿上裤子（我睡觉时穿着T恤）出门了。

我想看星星，但是城市的光芒太亮了，空气也太脏了。天空呈现出一种脏兮兮的昏暗黄色，我想起在英国乡间常见的星座，突然间我莫名其妙地陷入了深深的思乡之情。

我想念星星。

我想回屋写那个短篇小说，或者写电影剧本。然而我另外写了一个剧情梗概。

我把曼森之子的数量从十二个削减到五个，而且从一开始就说明其中一个是好人，女孩的那个角色改成了男孩，另外四个则肯定是坏人。

制片公司的人送给我一本旧杂志。有种旧纸浆的味道，上面用紫色的章印着公司的名字，下面还有"档案"二字。封面是约翰·巴里莫尔坐在船上。

杂志里有一篇关于琼·林肯之死的文章。但是文章内容很难读，而且非常难理解：文章暗示她是因为某种禁忌的恶习而死，我只能读懂这么多，这篇文章仿佛是用密码写成的，而现代读者根本不懂解码的方法。但转念一想，我觉得文章作者可能其实什么都不知道，只是在胡乱暗示。

更有趣——也更好理解——的是照片。一整页的黑框照片，图中是个大眼睛的女人，面带温柔的笑容，正在抽烟（烟用喷枪修饰过，我忽然有个奇怪的想法：人们以前真的会被这么拙劣的修图骗过吗？）另外一张照片是她和道格拉斯·费尔班克斯在舞台上拥抱，还有一张小照片，她站在汽车的踏脚板上，手里还抱着一只小狗。

从照片上来看，她并不是个绝世美人。她缺乏路易丝·布鲁克斯那种超然的气质，没有玛丽莲·梦露的性感，也没有丽塔·海华丝那种慵懒的优雅。她是那种二十年代的小明星，跟所有二十年代的小明星没什么差别。那双大眼睛里没有神秘感，波波头也很寻常。她有着完美的唇形，状如丘比特之弓。我不知道她要是在今日还活着会是什么样子。

不过她确实是个真实的人，她曾经活过。她曾经在电影的宫殿里被人崇拜、爱慕。七十年前，她曾亲吻过鱼，还在我居住的酒店走过，她在英国不出名，在美国却成了永恒。

我又去谈剧本梗概相关的事情。之前跟我见面的人这次一个都没出现。这次我在一个小办公室里跟一个很年轻的人见面，他从来不笑，但是跟我说他特别喜欢剧本内容，还说很高兴自己的公司买了版权。

他说他觉得查尔斯·曼森这个角色特别酷，"他一度完全超越了这个维度"，也许曼森甚至可以和汉尼巴尔·莱克特相提并论。

"但是。嗯。曼森。是真实存在的。他现在在监狱里。他杀了莎伦·泰特。"

"莎伦·泰特？"

"一个女演员。电影明星。她怀孕的时候被曼森杀了。她是波兰斯基的妻子。"

"罗曼·波兰斯基？"

"对，那个导演。"

他皱起眉头："我们正在跟波兰斯基谈生意。"

"挺好啊。波兰斯基是个好导演。"

"他知道吗？"

"知道什么？知道这本书？我们的电影？莎伦·泰特之死？"

他摇头，都不是："是一个三方合作电影，朱莉娅·罗伯茨也有参与。你说波兰斯基不知道这个剧本梗概？"

"不，我说的是——"

他看了看表。

"你住在哪里？"他问，"给你安排的地方还好吗？"

"挺好，谢谢，"我说，"我住的地方离贝鲁西死的地方就隔了几个屋。"

我等着他再说两个必须保密的明星大腕名字：比如说，约翰·贝鲁斯嗝儿屁的时候跟朱莉·安德鲁斯和粉红猪小妹在一起。但我错了。

"贝鲁西死了？"他皱起眉头，"贝鲁西没死。我们还在跟贝鲁西拍电影呢。"

"是他哥，"我说，"他哥几年前死了。"

他耸耸肩说："什么鬼地方。下次你去跟他们说你要住贝莱尔。你现在就搬吗？"

"不用了，谢谢，"我说，"我都住习惯了。"

接着我又问："修改的剧本怎么办呢？"

"给我们就行。"

我之前买的书中，有两个舞台戏法特别令我着迷，一个是"艺术家之梦"，另一个是"魔法窗户"。这两个戏法肯定是在隐喻什么东西，对此我很确定，但是与之相应的故事我还没想出来。我写了开头的几句话，但是就连第一段都没写完就不保存退出了。

我坐在院子里看着那两条白色锦鲤和那条有红斑的白色锦鲤。我忽然觉得它们很像艾舍尔画的鱼，这让我很惊讶，我之前从来都不觉得艾舍尔的画中有任何稍微现实点儿的东西。

虔诚·邓达斯正在清理植物的叶子。他拿着一瓶清洗剂和一块布。

"嗨，虔诚。"

"先生。"

"天气不错啊。"

他点点头咳嗽起来，用拳头敲了敲自己的胸口，然后又点头。

我离开鱼池坐在长凳上。

"他们为什么不让你退休？"我问，"你十五年前就到退休年龄了吧？"

他继续清理树叶："对啊。但我是地标了。他们可以吹嘘说最大牌的明星都住在这里了，但我能告诉客人加里·格兰特早餐吃了什么。"

"你记得吗？"

"怎么可能记得。但是他们也不知道。"他又开始咳嗽，"你在写什么？"

"嗯，上周我写了个电影剧本的梗概，然后又写了另外一个版本的梗概。现在我得等……一会儿。"

"那你现在在写什么？"

"一个故事，但还没想好。是关于维多利亚时代的魔术，名字叫《艺术家之梦》。一个艺术家走到舞台上，将一大块帆布装在画架上。帆布上有个女人的画像。他看着那幅画，心里很想成为一个真正的画家。然后他坐下睡觉。画像活起来，从画框上走下来，对他说不要放弃，要继续努力，他总有一天会成为伟大画家。说完她又回到画框里。灯光暗下来。然后画家醒了，又继续画画……"

"……另一个戏法叫作《魔法窗户》。"我对制片公司的一个女人说道。会议开始前她犯了个错误——假装对这个故事感兴趣。"一扇窗户挂在半空中，窗户里出现一张脸，但是周围没有人。我觉得可以将魔法窗户跟电视做个类比，这么想大概也是很自然的。"

"我喜欢《宋飞正传》，"她说，"你看过吗？其实它什么都没讲。这个剧其实最终什么都没讲。我喜欢拍新剧之前不那么刻薄的加里·山德林。"

我继续说："这个戏法就像所有伟大的戏法一样，让我们质疑现实的本质。但是它们也提出了娱乐究竟会变成什么样的问题。它们是电影诞生之前的电影，是电视被发明之前的电视剧。"

她皱起眉头："这是一部电影吗？"

"希望不是。这是一个短篇小说，如果能写完的话。"

"那我们还是来说说这个电影吧。"她在那一大堆资料中翻找起来。她二十多岁，很漂亮但也很无趣。我也不知道第一天的时候她有没有跟我一起吃早餐，也不知道她是叫迪安娜还是叫蒂娜。

她疑惑地看着一份材料说道："我认识那新娘，她曾经热爱摇滚？"

"他写的吗？这不是电影。"

她点头："我必须说，这个剧本比较……容易引起争议。曼森这个事情……嗯，我们也不知道它能不能火。能把他去掉吗？"

"但是曼森是剧情的关键。这本书的名字叫《人类之子》，写的就是曼森的孩子们的故事。如果去掉这个角色，就什么都不剩了。你们买的书就是这个。"我举起书，仿佛这是护身符一样。"去掉曼森就好像，我也不知道，就好像买了个比萨，然后抱怨说这比萨怎么又扁又圆还放了一堆番茄酱和奶酪在上面。"

她对我说的话无动于衷。她问："你觉得题目换成《当我们都很坏》怎么样？坏写大点。"

"我不知道。这是为什么？"

"我们不希望人们觉得这个电影里有宗教意味。《人类之子》，听起来仿佛有点反基督。"

"呃，我确实有暗示曼森的孩子们拥有某种恶魔般的能力。"

"是吗？"

"在书中。"

她露出同情的表情，就是那种心里很清楚电影顶多就是跟原作稍微沾边，于是十分同情作者的感觉。

"嗯，公司会认为这样很不合适。"她说。

"你知道谁是琼·林肯吗？"我问道。她摇头。

"大卫·甘博？雅各布·克莱因？"

她摇摇头，已经有些不耐烦了。

然后她给我一张打印的清单，上面罗列了需要由她处理的事情，基本上所有事情都归她管。清单是写给我和另外几个人看的，不过那几个人我都不认识，列清单的人名字是：唐娜·利里。

我说，谢谢你了，唐娜。然后我就回酒店了。

这一整天我都郁郁不乐。我想着修改剧本的事情，该怎么改才能符合唐娜的要求。

我又想了一天，又花了几天时间来写，然后把第三版发给公司。

虔诚·邓达斯得知我对琼·林肯有兴趣之后，把他的剪贴簿拿来给我看，她原名叫露丝·鲍姆加腾，艺名是用月份加总统的名字。那本剪贴簿很旧，封面是皮子的，大小跟家庭版《圣经》差不多。

她死的时候才二十四岁。

"真希望你见过她，"虔诚·邓达斯说，"真希望她拍的电影有保存下来。她太棒了。她是最伟大的。"

"她是个好演员吗？"

他果断摇摇头："不是。"

"她非常美吗？我真的没看出来。"邓达斯再次摇头："她拍照当然很好看。但是她不是大美人。后排十来个跳群舞的女孩都比她漂亮。"

"那她哪里很出色？"

"她是明星，"邓达斯耸耸肩，"她注定就是要成为明星。"

我翻看剪贴簿，里面的剪报和采访都是些我从未听说过的电影——这些电影的底片和海报都早就丢失了，要么找不到了，要么毁于火灾，硝酸盐电影胶片很容易着火。我翻到了几页电影杂志，里面是琼·林肯在拍戏，琼·林肯在休息，琼林肯在《当铺老板衬衫》片场，琼·林肯穿着皮草大衣——不知为何这件大衣比奇怪的波波头和无处不在的香烟更让照片有年代感。

"你爱她吗？"

他摇头回答道："不像你们说的爱一个女人那样……"

他停顿片刻，拿起剪贴簿翻了几页。

"要是让我妻子知道我这么说，她肯定会杀了我……"

他又沉默了一阵子。

"不过，是的。我爱她，这个死了的苗条白人女性。"他合上剪贴簿。

"但是对你来说她没有死，对吗？"

他点点头，然后走了。不过他把剪贴簿留给我。

《画家之梦》这个戏法的关键在于：要把女孩带入场，紧贴住帆布背面。帆布由隐藏的绳子支撑着，当画家轻松随意地扛着帆布上场并固定画框的时候，其实他是把助演的女孩也带到台上了。画框上女孩的画像就像遮光窗帘一样，可以上下滑动。

《魔法箱子》的关键则全靠镜子：镜子的角度恰好能找出躲在观众视野之外舞台侧边的人脸。

即使是现在也有很多魔术师用镜子让你以为自己看到了并不存在的东西。

一旦你知道方法就会觉得很简单。

"在我们开始之前，我必须告诉你，"他说道，"我不看剧本。

我觉得它会阻碍我的创造力。别担心，我有秘书做记录，所以我就抓紧时间了。"

他留着胡子，头发很长，看起来有点像耶稣，不过我觉得耶稣的牙齿可能没他那么好。他似乎是目前为止跟我见过面的最重要的人物。他名字叫约翰·雷，就算是我也听说过他，不过我不知道他具体干些什么，他的名字肯定会出现在电影开头，就放在"执行制片人"之类的词旁边。公司里安排会议的人跟我说，他们，也就是制片公司，最激动的就是他"密切关注这个项目"。

"秘书的记录不会限制你的创造力吗？"

他笑了："我们一致认为你的作品很出色。非常精彩。但有几个小问题。"

"比如？"

"嗯，曼森这个主题。还有那些孩子长大这个想法。我们在办公室里构想了几个场景，主要是看看合不合适。有个角色，比如说叫杰克·巴德，这是唐娜提出的——"

唐娜谦逊地点点头。

"他因为种种恶魔般的行为被抓，坐上电椅被烧死，他死的时候发誓他会回来杀了他们所有人。

"时间到了现代，我们看到这些少年沉迷于一款名为《成为巴德》的电子游戏。杰克·巴德的脸就在封面上。他们玩游戏的时候，就渐渐被他附体。也许可能是因为他脸上有什么奇怪的地方，类似贾森或者弗雷迪[1]这种。"他说完了，似乎在寻求认同。

---

1 指《电锯惊魂》的幕后主角贾森（Jason）和《玩具熊午夜后宫》里的恐怖玩具熊弗雷迪（Freddy）。

于是我说："那谁来做电子游戏这部分？"

他拿手指头指着我说："亲爱的，你是作家啊。你想让我们把你的工作都做了吗？"

我没说话。我不知道说什么才好。

想想电影，我对自己说。他们懂电影。我说："但是你提的这个要求显然就像是要拍一部没有希特勒出场的《纳粹狂种》。"

他很疑惑。

"艾拉·莱文担任编剧的一部电影。"我解释道。但他还是一脸茫然。"《魔鬼圣婴》。"他依然完全没明白。"《银色猎物》。"

他点点头，总算是明白了。"懂你的意思了，"他说，"你写莎伦·斯通的戏份，我们动用一切关系保证联系上她。我认识她那边的人。"

然后我出去了。

夜晚很冷。洛杉矶根本不该这么冷，空气中止咳水的味道太浓了。

我有个前女友住在洛杉矶，我打算联系她。于是我拨了她留给我的那个号码，结果接下来的一整晚我都在打电话。别人给我一个号码，我就打过去，然后那边的人再给我一个号码，我再打。

最终我拨通了一个号码，听见了她的声音。

"你知道我在哪里吗？"

"不知道，"我说，"是别人给我的号码。"

"我在医院病房，"她说，"我母亲脑溢血住院了。"

"抱歉，她还好吗？"

"不好。"

"真的很抱歉。"

一阵尴尬的沉默之后，她问："你还好吗？"

"挺不好的。"我回答。

我把最近发生的事情给她说了一遍。给她说了我的感受。

"为什么会这样？"我问她。

"因为他们害怕。"

"他们怕什么？他们为什么会害怕？"

"因为人的名声是由最后一个作品的成败决定的。"

"什么？"

"你答应了一件事，制片公司决定拍电影，他们花了两三千万美元，结果失败了，你还有他们就一直跟这个失败的电影联系在一起了。要是你不答应，名声就不会受损了。"

"真的。"

"差不多就是这样。"

"你怎么对电影了解这么多？你是音乐家，又不做电影。"

她疲惫地笑了："我住在洛杉矶。每个住在这里的人都知道。你有没有问过其他人关于剧本的事情？"

"没有。"

"有机会的话随便找个人问问。加油站的人，总之谁都行。他们都懂。"这时候有人跟她说话，她回答了几句，然后又说，"我必须挂了。"然后她就放下了电话。

我找不到暖炉，房间里没暖炉，我就只能在酒店房间里挨冻，这房间跟贝鲁西死的房间一个样，墙上印着同样毫无创意的图案，肯定也同样冰冷潮湿，我十分确定。

我洗了个热水澡暖和暖和，但是出来的时候觉得更冷了。

白色的金鱼在水中若隐若现，在莲花之间游来游去。其中一条背上有着猩红色的标记，像极了一个唇印，这神秘的唇印来自一位几乎被遗忘的女神。灰色的黎明映在水塘里。

我闷闷不乐地看着水塘。

"你还好吗？"

我转过身。虔诚·邓达斯站在我身旁："你起得真早。"

"我没睡好，而且天气也太冷了。"

"你该给前台打电话。他们会给你送去暖炉和毯子。"

"我没想到。"

他似乎有些呼吸困难。

"你还好吗？"

"不好。我老了。孩子，等你到了我这个年龄你就知道了。不过等你走的时候我还是会待在这里。工作进展如何？"

"我不知道。我已经没有再修改剧本了，我专心写《艺术家之梦》——这个故事写的是维多利亚时代的舞台魔术。发生在英国海滨，四处阴雨连绵。魔术师在舞台上表演魔术，他的节目直抵人心，改变了观众。"

他慢慢点头。"《艺术家之梦》……"他说，"所以你认为你自己是一个魔术师？"

"我不知道，"我说，"我觉得我既不是魔术师也不是观众。"

我转身走了，但这时候我突然想起一件事。

"邓达斯先生，"我说，"你有没有剧本？你自己写过的剧本？"

他摇头。

"你从来没有写过剧本？"

烟与镜

"没有。"他回答。

"真的？"

他笑了："真的。"

我回到房间，抚摸着我的英国版精装《人类之子》，心里想，写得这么拙劣的东西居然出版了，好莱坞为什么要买它呢？为什么买了之后又不想拍电影？

我想继续写《艺术家之梦》，但是没能成功。角色很僵硬。他们似乎不会呼吸也不会说话。

我去了厕所，黄色的小便唰唰唰地落在陶瓷马桶上。一只蟑螂从镜子上爬过。

我去了起居室，打开一个新文档写道：

我想着雨中的英格兰，
码头上一家奇异的剧院，
有着恐惧与魔法的痕迹，还有记忆和苦难。

恐惧将变得单调愚昧，
魔法就像一个童话。
我想着雨中的英格兰。

孤独难以解释——
我内心的空虚之处，被我遗忘的
恐惧、魔法、记忆和苦难。

我想着魔法，还有一束

102

伪装成谎言的真相。你身披面纱。

我想着雨中的英格兰……

形状不断重复，仿佛奇怪的叠句，

这里有一把剑，一只手，还有圣杯

其中盛满恐惧、魔法、记忆和苦难。

巫师挥舞魔杖，我们变得苍白，

他告诉我们真相，但真相全然无用。

我想着雨中的英格兰，

想着恐惧、魔法、记忆和苦难。

我不知道这写得是好还是坏，总之都无所谓了。我写了一些之前没写过的新东西。感觉很好。

我叫了客房服务，让他们把早餐送来，还要了暖炉和毯子。

次日我给那个名为《全员恶人》的电影写了六页剧本，连环杀手杰克·巴德脑门上刻着一个十字，他被绑上电椅处死了，结果借着一个电子游戏重返人间，还控制了四个年轻人。第五个年轻人烧掉了当初处死巴德的那个电椅，从而打败了巴德。那个电椅现在其实成了蜡像馆的展览品，第五个年轻人的女朋友白天就在那个蜡像馆工作，不过晚上她会去跳脱衣舞。

酒店前台把剧本传真给了制片公司。我去睡觉了。

我边睡边希望公司拒绝这个剧本，这样我就能回家了。

在我梦中的舞台上，有个留胡子戴棒球帽的人正在放电影，然后他走下舞台。银幕凭空挂在天上。

银幕上正在播放一部闪烁不定的默片：一个女人出场看着我。那闪烁的形象正是琼·林肯，接着她走下银幕，坐在我床边。

"你要跟我说别放弃吗？"我问道。

我隐约知道这是个梦。我迷迷糊糊地明白这个女人为什么成了明星，也记得我很遗憾她的电影都没能留下来。

"我为什么要那么做？"她问。在我的梦中她有股杜松子酒和旧赛璐珞胶片的味道，但我不记得之前哪次做过有气味的梦。她笑了，那是一个经典的黑白影像的微笑。"我出局了，不是吗？"

她站起来绕着屋子走了几步。

"真不敢相信这酒店还在，"她说，"我讨厌这里。"她的声音里夹杂着噼啪和嘶嘶的声音。她又回到床边盯着我，仿佛猫盯着一个洞。

"你崇拜我吗？"她问。

我摇头。她朝我走过来，用她银色的手拉住我这血肉之躯的手。

"每一个人都记不住任何事，"她说，"这是个三十分钟的城市。"

有些事情我必须问她。"星星在哪里？"我问，"我一直在看天，但是看不到星星。"

她指着房间地板。"你看错地方了。"她说。我之前一直没注意，酒店的地板其实是人行道，每块石板上都有一个星星和一个名字——我不认识的人名：克拉拉·金伯·杨、琳达·阿维森、维维安·马丁、诺尔玛·塔尔梅奇、奥利芙·托马斯、玛丽·迈尔斯·明特、席娜·欧文……

琼·林肯指着酒店房间窗户说："那里也有。"窗户开着，透过窗户我可以看到好莱坞在我脚下延伸——这是从山上看见的景色：无尽延伸的五彩灯光。

"这些不比星星更好吗？"她说。

确实。我意识到路灯和车灯组成了星座。

我点头。

她轻轻吻了我。

"别忘了我。"她悲伤地低声说，似乎她心里明白我肯定会忘。

我被电话铃吵醒了。我接起电话，冲着听筒迷迷糊糊喂了一声。

"我是格里·奎因特，制片公司的人。我们需要你参加一个午餐会。"

又是一阵迷迷糊糊的对话。

"我们派车，"他说，"饭店离你的住处三十分钟。"

饭店宽敞通风，充满绿意，他们在等我。

我依然不认识任何人，这也没什么好奇怪的了。餐前点心的时候有人告诉我，约翰·雷因"与合同意见不一致而离开了"，唐娜"显然"也跟他一起走了。

在场的两个男人都留着胡子，其中一个皮肤很粗糙。那个女人苗条漂亮。

他们问我住在哪里，我跟他们说了，其中一个留胡子的人（首先跟我们说此事绝无什么深意）说，贝鲁西死的时候，一个名叫加里·哈特的政治家和老鹰乐队的一个人正和他一起吸毒。

然后他们对我说，他们十分看好这个故事。

我问："你们觉得《人类之子》好，还是《全员恶人》好？因为后者还有待改进。"

他们满脸疑惑。

他们跟我说，剧名叫作《我认识那新娘，当初她深爱摇滚》，他们还说这个名字提出了很好的概念，质感很好。他们还补充说，这个名字很当下，在一个一小时之前的事情就算古代历史的城市，当下感是很重要的。

他们跟我说，他们认为如果男主角将女主角从无爱的婚姻中拯救出来这个故事绝对很好，最终两人十分摇滚地在一起了。

我指出，那他们得向尼克·洛买电影版权才行，因为是他写了这首歌。而我根本不认识尼克·洛的经纪人。

他们朝我笑了笑说，这个不是问题。

他们建议我在开始写剧本的时候把之前的构想完全推翻，然后在我思考怎么编这个故事的时候，每个人都提了几个年轻影星的名字。

然后我跟他们所有人握手，说我知道怎么写了。

我说我觉得最好还是回英国去写。

他们说那样很好。

几天前，我曾问虔诚·邓达斯，在贝鲁西死的时候，有没有人跟他在一起。

我觉得一定要说谁知道的话，那肯定是他了。

"他孤身一人死去的。"虔诚·邓达斯说，他老得像玛士撒拉一样，眼睛都没眨一下。"有没有跟其他人在一起跟他的死有个屁的关系。他就是孤身一人死去的。"

离开酒店的感觉很奇怪。

我去了前台。

"今天下午我准备退房。"

"好的，先生。"

"你可不可以……呃，那位园丁。邓达斯先生。那位老先生。我最近几天都没看到他了，我想和他道别。"

"向我们的一位园丁告别吗？"

"是的。"

她疑惑地看着我。她很漂亮，她的唇膏是黑莓色的。我不知道她是否在等着被星探发掘。

她拿起电话轻声说了几句，然后说："抱歉，先生。邓达斯先生已经数天没来上班了。"

"可以给我他的电话吗？"

"抱歉，先生。我们这里不允许。"她说话的时候看着我，似乎是想让我知道她真的非常抱歉……

"你的剧本写得怎么样了？"我问。

"你怎么知道？"她说。

"嗯……"

"交给乔尔·西尔弗看了，"她说，"我的朋友阿尼和我合作的，他是个快递员，就把它送到乔尔·西尔弗的办公室去了。就跟其他经纪人给的剧本一样。"

"祝你好运。"我对她说。

"谢谢。"她说着用涂了黑莓色的嘴唇笑了笑。

加上美国、洛杉矶这个限制条件后，包含邓达斯这个姓的信息有两条，我觉得似乎都不太靠谱。

第一条是个名叫珀耳塞福涅·邓达斯的女士。

第二个号码我打过去找虔诚·邓达斯时，一个男人的声音问："你是谁？"

我跟他说了我的名字，还说我之前住在那家酒店，邓达斯有个东西在我这里。

"先生，我祖父已经死了。他昨晚去世的。"

我实在过于震惊，甚至感觉到血液从我脸上一点点褪去——那些陈词滥调说得都是对的。我吸了口气。

"真遗憾啊。我很喜欢他。"

"是啊。"

"这真是太突然了。"

"他年龄大了。而且经常咳嗽。"有人问他在跟谁说话，他说没谁，然后他对我说，"谢谢你打电话来。"

我觉得很惊讶。

"对了，他有一本剪贴簿还在我这里。他没拿回去。"

"是那本旧的电影明星剪贴簿吗？"

"是啊。"

对方沉默片刻。

"你留着吧。我们都不想看见那东西了。先生，我必须挂了。"

咔嚓一声，电话就挂断了。

我把剪贴簿装进我的包里，等到有泪水滴到褪色的皮革封面上时，我才惊觉自己在哭。

我最后一次去池塘边看了看，和虔诚·邓达斯告别，也和好莱坞告别。

　　三条幽灵般的白色锦鲤游上来，慢慢地划着水，在这永恒的池塘中穿行。

　　我记得他们的名字：巴斯特、幽灵、公主，但是分不出谁是谁了。

　　车子在酒店门厅外等我了。距离机场只需三十分钟，我已经准备好忘记这一切了。

白垩路

"……我希望哪天你能来看看我，
到我家来。
这儿有如许的风景，我想带你欣赏。"

我的未婚妻垂下眼睛，她有些颤抖。
她父亲和父亲的朋友们正又喊又闹。

"这绝不是一个故事，福克斯先生。"一位脸色苍白的女士责怪道。
她坐在屋子一角，梳着小卷发，
她的眼睛灰如云雾，身材匀称，
她嘴角弯弯，笑了起来。

"夫人，我讲不好故事。"我鞠了一躬，问，

"也许，您可以为我们讲个故事？"我扬起眉毛。
她依然微笑。

她点点头，站了起来，张开嘴唇：

"镇上有个女孩，一个朴素的女孩，被她的爱人，
一个学者，背叛了，
所以，当她不再行月事，
而且肚子也大得没法掩饰的时候，
她就去找他，号啕大哭。他拍拍她的头发，
发誓说他们会结婚，他们会一起远走高飞，
就在今晚，
一起，
去他的姑姑家。她相信了他。
尽管她看见他在大厅里
冲着他家老爷的女儿抛眼风，
那姑娘漂亮又富有，但她相信他。
或者不如说她相信自己相信的。

"他笑得有些诡异，
他的眼睛乌黑又锐利，他的头发是赤褐色的。
不知为什么，她提前到了他们约定的地点。
橡树下，荆棘丛边，
不知为什么她爬到树上去等他。
就她那样子，爬上了树。

她的情人在黄昏的时候到了，在暮色中小心翼翼地走着，

还扛着一个袋子，

他从里面拿出了鹤嘴锄、铲子、刀。

他开始干活儿了，就在荆棘丛边，

橡树下，

他轻轻地吹着口哨，唱着歌儿，挖着她的坟墓。

那是首老歌……

我现在唱给你们各位，如何？"

她停下来，我们整齐地鼓掌吆喝起来

——差不多是整齐的：

我的未婚妻，她的头发乌黑，她的双颊粉嫩，

她的嘴唇朱红

像是有心事。

那个漂亮女士（她是谁？酒店的客人，我猜）唱道：

"一只狐狸在晴朗的夜里出门

他求月亮多给他些光明

因这夜路途漫长

直到回到自家大门

回到自家大门

他要走很多里路，才能回到自家大门。"

她的声音甜美动人，不过我的未婚妻的声音更为美妙。

"他这样，挖她的坟墓——

那是个小坟墓，因为她是个小人儿，

就算再加上一个孩子她依然是个小人儿——

他在下面走来走去，前前后后，

高声念诵着，她听见他说：

——晚安，我的鸽子，我的心肝，

哦，在月光下看着你真是一桩美事，

我未来孩子的妈妈，来吧，让我抱着你。

他一只手拥抱着夜里的空气，

而另一只手，握住他那短而锋利的刀，

他在黑暗里刺了又刺。

"她在他头顶的橡树上簌簌发抖。尽量轻轻地呼吸。

但是她终究在发抖。有一次他突然向上看说道，

——猫头鹰，我敢打赌，不过现在不赌，哼！那是只猫吗？过来，猫咪……

但是她一动不动，

想象自己是根树枝，是片叶子，是个小芽。

到了清晨，他收起鹤嘴锄、铲子和刀离开了

满嘴牢骚地离开了他的牺牲品。

"后来人们发现她游荡着，神志不清。

她的头发里还有橡树叶子，

她唱道：

大树枝弯了

大树枝折了

我看见那洞
狐狸挖了
我们发誓结婚
我们发誓相爱
但我看见利刃
狐狸随身携带

"人们说，她的孩子出生时，
长着狐狸的爪子，而不是手。
这是那女木匠、吓得要命的产婆说的。学者消失了。"

随后她坐下，四周一片喝彩。
微笑消失了，藏到她的嘴唇后面，我知道它在那儿，
它就在她那双灰眼睛后面。她看着我，很快乐地。

"我听说东方的狐狸会跟在和尚或者学者后面，
幻化为女子、屋舍、山林、神灵、财宝，
不过总是因为尾巴而露馅儿——"我这么开了个头，
但是我未婚妻的父亲插嘴了。
"讲个故事吧，亲爱的，你之前说你有个故事？"

我的未婚妻脸红了。任何玫瑰花瓣都比不上她的脸庞。她点头
说道：

"我的故事吗，父亲？我的故事只是我做的一个梦。"

她的声音平静又柔和，我们都静下来听她讲，

酒店外面传来夜晚的声响：猫头鹰嘶叫着，

不过，正如歌谣所言，我离树林太近，不可能被猫头鹰吓到。

她看着我。

"你，先生。在我梦中，你策马而来，呼唤我，

——来我家吧，我的甜心，沿着白垩路。

这儿有如许的风景，我想带你欣赏。

我问要怎样才能沿着那白垩路，找到你的家。

要知道那是很长的路，而且黑，

在树林里最晴朗的时光线都变得碧绿金黄，

在其他时候却把路都遮住了。到了晚上

就像沥青一样黑，那条路上根本没有月光……

"你回答说，福克斯先生——极为奇怪的回答，不过梦本来就是

奇怪、诡异且阴暗的——

你说你会切开一头母猪的咽喉，

你会把它绑在你那匹黑色的骏马后面走回家。

你微笑了，

微笑了，福克斯先生，用你那红的嘴唇和绿的眼睛，

那双足以诱惑少女们灵魂的眼睛，

还有你那可以吃掉她们心脏的牙齿——"

"这可绝对不行。"我微笑着。所有的目光都集中在我身上，而

不是她。

虽然这是她在讲故事。但是目光，那种目光。

"于是，在梦里，我非常渴望去你的宅邸，

就如你常常邀请我的那样，

在林间的空地和小径上散步，看湖泊，

欣赏你从希腊带回的雕像、宝石，

还有那些白杨林荫道，避暑石洞和凉亭。

而且，既然这是个梦，所以我不希望有人陪护

——某些干瘪无趣的傻瓜

不懂得欣赏贵府，福克斯先生；

不懂得欣赏您苍白的皮肤，

也不懂得欣赏您的绿眼睛和迷人的举止。

"所以我循着血迹，上了那条白垩路

骑着我的小马，贝齐。树林翠绿。

走了几里直路之后，

血迹领着我穿过草地，跨过水渠，沿着砂石路一直走下去

（现在我需要仔细看才能找到血迹——

这儿一点，那儿一点：那头猪肯定已经死了。）

最后我让贝齐在一座房子前停下来。

那是座豪宅。帕拉第奥式的，明亮、宽大，

它本身就是一道风景，那些美丽的窗户、廊柱，

一座垂直且开阔的白石纪念碑。

"房前的花园里有这样一座雕像，

一个斯巴达小孩，偷走了一只狐狸，把它掩在袍子里，

狐狸咬小孩的肚子，咬成了重伤，

这斯多葛学派的小门徒很勇敢地什么也没说——

冰冷的大理石，它能说什么呢？

它眼里有着痛苦，它站着，

在底座上，刻着九个字。

我走近些，念道：

勇敢

再勇敢，

却莫鲁莽。

"我把小贝齐拴在马厩里，

在十几匹夜一样黑的骏马之间，

它们每一匹的眼中都充满着血和疯狂。

我没看见任何人。

我来到房子前面，登上华美的台阶。

巨大的门紧锁着，

我敲了门但没有仆人前来迎接。

在我的梦中（别忘了，福克斯先生，这只是我的梦。你脸色惨白）这房子让我着迷，

好奇心（你知道这谚语，福克斯先生，我从你眼睛里看出来了）好奇心杀死猫。

"我找到了一扇门，一扇小门，拉开门闩之后，

我进去了。

穿过走廊，两边排列着橡木架子，

上面有半身像和小装饰，

我走着，在猩红的地毯上走得无声无息，

最后我到了大厅。

这儿又有闪耀的红色石头，

镶在白色的大理石地板里，

写道：

勇敢

再勇敢，

却莫鲁莽。

否则你的血

会变凉。

"那儿也有楼梯，宽阔，铺着猩红地毯，

我离开大厅，

走上楼梯，全无声响。

推开橡木门：

我到了餐厅，我确信是餐厅，

因为一顿恐怖晚餐的残羹还留着，

冷掉了，苍蝇盘旋着。

有一只嚼了一半的手，

一个啃过之后发硬了的脸，是女人的脸，我很害怕，

她活着的时候一定很像我。"

"上帝保佑我们远离这黑暗的梦境。"她父亲叫起来。
"这种事情怎么可能？"

"不可能的。"我向他肯定地说。那位美丽女士的微笑
在她的灰眼睛后面闪耀。
人都需要肯定。

"餐厅旁边又有一间屋子，
一间很大的屋子，差不多可以把这座酒店都装进去，
里面杂乱无章地堆着戒指、手镯、
项链、珍珠坠子、长裙、毛皮披肩，
蕾丝小礼服、丝巾和缎带，女靴，
暖手筒、女帽。俨然是个宝洞兼更衣间——
钻石和红宝石就在我脚下。

"在房间尽头，我知道我到了地狱。
我梦见……
我看见很多头。年轻女子的头。我再看墙——
墙上钉着很多被分割的四肢。
有很多乳房堆积着。一堆一堆的肠子、肝、肺、眼珠……
不。我说不下去了。四周苍蝇不停地飞来飞去，
保持着低沉单调的嗡嗡声。
——哗滋卟滋卟滋卟滋，它们就这样嗡嗡地飞。我几乎不能呼吸，
我从那屋里跑出来靠着墙哭起来。"

"是狐狸窝无疑。"美丽的女士说。

（"不是这样的。"我轻声嘀咕着。）

"他们这些脏畜生，就是用牺牲品的骨头、皮、羽毛之类把窝弄

得乱七八糟，

法国人管他们叫列那，

苏格兰人则叫他们托德。"

"人总没法自己决定名字。"我未婚妻的父亲说。

他已经快喘不过气了，他们全都是

映着火光，烤着炉火，啜着麦芽酒。

酒店的墙上贴着运动海报。

她继续说：

"我听见外面传来一阵骚动还有碰撞的声音。

于是就往回跑，沿着来时的猩红地毯，

沿着宽阔的楼梯下去——太晚了——大门已经开了！

我从楼梯上跳了下去——是滚下来的——

最后我绝望地爬起来，

在桌子下面等着，颤抖，祈祷。"

她指向我："是的，先生，你进来了，

你，撞开大门，摇摇晃晃地进来了，先生，

还拖着一个年轻女人，

拽着她的头发和脖子。

她的头发很长很乱，她尖叫着想挣脱。

你笑了，在你的嗓子深处，

令人毛骨悚然的狞笑，不绝于耳。"

她看着我。面色鲜艳。

"你抓起一把短短的老式阔剑，福克斯先生，在她尖叫的时候，

你割断了她的喉咙，那声音再次在回响，

我听见了她的哀求、叹息和哭号，

只能闭上眼睛祈祷她安静下来。

在很久很久很久以后，她终于安静了。

我向外看。你微笑着，拿着你的剑，

你的手上全是血——"

"在你梦中。"我对她说。

"在我梦中。

她躺在大理石地板上，任你宰割。

你砍呀，撕呀，刺呀，你喘着气。

你把她的头捧起来，

把你的舌头伸进她湿润的嘴唇间。

你砍掉了她的手。雪白的双手。

又把她的胸衣割开，切掉了她的胸部。

然后，你开始呜呜咽咽着号叫起来。

突然间，

你一把扯掉她的头，抓着她的头发扯了下来，

那火一样的红发，

你跑上楼去。

你一走，

我就扑向大门。

骑上我的贝齐，沿着白垩路回家了。"

现在所有人都看着我。我放下麦芽酒，

搁在旧木桌上。

"不是这样的。"

我告诉她。

告诉他们所有人。

"这是不可能的，而且，

上帝不允许

这样的事情发生。

这是个噩梦。

我希望谁也别做这样的梦。"

"在我逃离那阴森森的房子之前，

在我可怜的贝齐跑得口吐白沫之前，

在我们沿着白垩路逃走之前，

血仍然鲜红。

（被你割断喉咙的真是一头猪吗，福克斯先生？）

在我回到爸爸的酒店之前，

在我摔倒之前，

在我的父亲、兄弟、朋友们惊恐无语之前——"

所有诚实的农夫，猎狐人。
他们穿上靴子，黑色的长靴子。

"——在那之前，福克斯先生，
在地板上，在血淋淋的地板上，我捡到了
她的手，福克斯先生。那个女人的手，
你在我眼前砍下来的。"

"不是这样的——"

"这不是梦。你这畜生。你这蓝胡子。"

"不是这样的——"

"你就像吉利斯·德·莱斯[1]。你这个怪物。"

"上帝不允许这样的事情发生，不允许！"

她笑起来，但是没有欢乐也没有温暖。
褐色的发卷围绕着她的脸庞，

---

1 十五世纪法国贵族，百年战争时期法军元帅，曾与圣女贞德并肩作战。后来沉迷炼金术，虐杀了众多儿童。据说此人是蓝胡子的原型。

玫瑰色被阴霾所取代。

两点红色在她的双颊上燃烧起来。

"看呀，福克斯先生！她的手！她可怜的小手！"

她把那东西从她胸口里拿出来（轻轻地晃了一下，我做梦都想着的胸口）。

把它扔在桌上。

它就在我眼前。

她的父亲、兄弟、朋友们，

他们凶狠地盯着我，

我捡起那个小东西。

那毛发是红而浓密的。脚爪很粗糙。一头全是血。

但血已经干了。

"这不是手。"我对他们说。

但是拳头纷纷砸向我，

橡木棍子击中我的肩膀，

就在我犹豫的时候，

一只黑皮靴将我踢倒在地板上。

随后雨点般的踢打落到我身上。

我蜷起来，抽泣着求饶，紧紧握住那只爪子。

也许我哭了。

然后我看见她，

那个苍白美丽的姑娘，微笑盘踞在她唇边，

她行走时长裙飘逸，灰色的眼睛充满快乐，

仿佛远离这屋里的一切。

今晚她要走好多里路。

在她离开时，

从我躺在地板上的位置正好可以看见，

我看见蓬蓬的大尾巴拖在她身后；

我应该喊出来，

但我已经说不出话。今晚她会跑掉，

用四条腿，沿着白垩路，健步如飞。

猎人来了怎么办？

他们来了该怎么办？

勇敢，临死前，我低声说。切莫鲁莽。

我的故事讲完了。

刀 后

再现一位女士的倩影是个人品位的体现。

——威尔·戈德斯顿《诡计和幻影》

我还是个小孩的时候，偶尔会跟祖父祖母住在一起。

（老人家：我知道他们很老——他们存有巧克力

专门等着我去的时候才吃，

这就是变老了。）

我祖父在日出时就起床做早饭：

一壶茶，给祖母、我还有他自己，

一些吐司面包和柑橘酱

（银片牌和黄金牌的）

午餐和晚餐由我祖母来做，

厨房成了她的领地，所有的锅碗瓢盆、

铰肉机、搅拌机和刀具都是她忠实的助手。

她用这些工具准备食物，一面还哼着歌：

黛西，黛西，给我你的答案，

你让我爱上你，我本来并不想，

我本来并不想。

她声音很小，没人跟她说话。

日子过得很慢。

祖父经常待在楼顶，

那间我不能进去的小黑屋里，

他从黑暗中拿出纸做的面具，

面具上画着其他人在节日期间毫不快乐的笑容。

我祖母会带着我沿林荫道散步。

大部分时候我都在屋后潮湿的草丛里玩，

那里有一丛丛的黑莓，还有各种灌木。

那一周对我的祖父母来说可能还挺困难的，

必须照顾一个大眼睛的男孩子，

一天晚上他们带我去了国王剧场。

国王的……

杂耍！

灯熄灭了，红色的幕布升起。

一个当时很有名的喜剧演员登场，

来啊，他结结巴巴地说出自己的名字（他的口头禅），

然后就竖起一面镜子，半个人站在后面，

伸出一条胳膊和一条腿让我们看见，

镜子会反射。

他好像在飞——这是他的拿手好戏，

我们大笑着鼓掌。他又讲了两个笑话，

一点也不好笑。他很倒霉又很尴尬，

我们就是来看他尴尬犯蠢的。

他呆头呆脑，没头发，戴眼镜，

我总觉得他有一点像我祖父。

然后喜剧演员就退场了。

一些女士排成一排在场上跳大腿舞。

一位歌手唱了我没听过的歌。

观众都是老年人，

和我的祖父祖母一样，他们都退休了，身心疲惫，

大家都在鼓掌欢笑。

幕间的时候，

我祖父排队去买了个巧克力脆皮雪糕和两个杯装冰激凌。

我们吃着雪糕，灯光再次暗下来。

防火幕升起，随后真正的幕布也升起来了。

那些女士又在台上跳舞，

然后一阵雷声滚过，台上腾起烟雾，

一个魔术师出场鞠躬。我们鼓掌。

另一个女士上台，站在侧面微笑，

她闪闪亮亮，非常迷人。

我们都看着她，此时在魔术师的手中，

花朵绽放，丝绸小旗子在他指间源源流出。

祖父用胳膊肘戳了我一下说，那是万国旗。

都藏在魔术师袖子里。

据他自己说，从年轻的时候起

（我想象不出祖父是小孩的样子），

他就知道一切事情的原理。

他自己做了电视。

祖母跟我说，那个电视是他们结婚的时候做的，

机身很大，屏幕很小。

其实当时根本没什么电视节目，

但他们还是会看，

虽然也不知道自己看的到底是人还是幽灵。

他还发明了别的一些东西，也取得了专利，

不过从来没有投入生产过。

他参选过本地议员，但得票只排第三位。

他会修理刮胡刀和无线电收音机，

会冲洗胶片，会做娃娃屋。

（娃娃屋是我妈妈的。现在依然放在我家里。

已经很破旧了，在草丛里任凭风吹雨淋也没人去管。）

那位闪闪亮亮的女士推上来一个箱子。

箱子很高，有一个成年人那么大，是全黑的。

她打开箱子前门。

然后把箱子转个面，敲了敲后面。

那位女士面带微笑地走进去。

魔术师关上门。

随后箱子再次打开，她不见了。

魔术师鞠了个躬。

是镜子，我祖父解释道。她其实还在盒子里。

魔术师一挥手，盒子坍塌变成了一堆木头。

还有活板门，我祖父又说。

祖母让他安静。

魔术师笑了，他的牙齿很小，不大整齐。

他慢慢地走到观众面前。

朝着我的祖母鞠了个躬，

一个很有中世纪风格的鞠躬。

然后请她上台。

其他人鼓掌叫好。

祖母不太情愿。我离得很近，

甚至能闻到魔术师身上须后水的味道，

祖母低声说："我，啊，不……"

但是魔术师还是伸出他长长的手指。

珀尔，去吧，我的祖父说，跟他去吧。

我祖母当时大概六十岁？还是多少岁来着？

她刚戒了烟，

打算减减肥。她对自己的牙齿非常自豪，

虽然有烟渍，但是全都是她本来的牙。

我祖父的牙早就掉了，

他年轻的时候骑自行车玩，

忽然想着要抓住汽车好一路飞驰。

结果汽车突然拐弯，

祖父摔了个大马趴。

我祖母喜欢晚上边看电视边吃甘草糖，

或者焦糖硬糖，说不定是为了让祖父眼馋。

她慢慢站起来。

把吃了一半的杯装冰激凌和小木头勺子放下，

然后穿过通道，走上台阶。

来到舞台上。

魔术师再次为她鼓掌——

一个运动健将，他是这么说的。一个运动健将。

有一个闪闪亮亮的女士从侧面走上台，

拿着另一个箱子——

红色的。

就是她，我祖父低声说。

之前消失的那一个，看出来了吗？就是她。

也许是吧。我只看见

一个闪闪亮亮的女人站在祖母身边。

（祖母拨弄着她的珍珠项链，有些不知所措）

那位女士看着我们笑了笑，然后一动不动。

像个雕像，或是橱窗里的模特。

魔法师拖动箱子，来到舞台前，

他动作十分轻松，

来到我祖母身旁。

他们先谈几句，

比如她从哪里来、叫什么之类的。

他们之前从没见过对吧？祖母摇头。

魔法师打开箱子。

我的祖母走了进去。

也许不是同一个人，祖父想了想说道。

我觉得之前那个女孩头发颜色更深。

我什么都不知道。

我为祖母感到骄傲，但是她只觉得尴尬，一心希望自己没丢丑，

没有哼平时那些歌。

她走进箱子里。他们关上门。

他打开箱子上方的一个小窗口。我们看见了

我祖母的脸。珀尔？你还好吗，珀尔？

我祖母笑着点点头。

魔法师又关上门。

助演女士给了他一个细长盒子，
他打开，拿出一把剑。
刺进箱子里。

然后又是一把，又是一把，
祖父笑着解释道，
刀刃其实收进刀柄里去了，
然后箱子上伸出来一个假的刀刃。

魔术师又拿出一块金属，
将它插入箱子中段。
箱子被一分为二。然后他们两个，
女人和魔术师抬起箱子上半段。
放在舞台上，
我祖母的半个身体在里面。

上半身。

他再次打开箱子上的小门，
我祖母脸上带上十分信任的微笑。

他关门之前，
她就已经通过活板门到舞台下面了。
现在她就是露出来半个身体，
我祖父非常确定地说。

节目结束后她会告诉我们其中的机关。
我希望他别说了，我需要魔法。

箱子上半段还有两把刀，
都在脖子的高度。
你还好吗，珀尔？魔法师问道。跟我们说说，
——你会唱什么歌？

我祖母开始唱《黛西黛西》，
他捧起箱子的上半段，
上头的小门还开着，她唱着《黛西黛西》，
一开始在舞台这头，
然后又到了舞台那头。

是他在唱，我的祖父说。他在用腹语。
听起来像是祖母的声音，我说。
这是当然的，他说。当然是这样。
他很厉害，祖父说。他真的非常厉害。

魔术师再次打开箱子，
现在那个箱子也就是一个帽子盒那么大。
祖母已经唱完了《黛西黛西》，
她正在唱另一首歌：
天啊天啊，我们走吧，司机醉了，马也偷懒。
我们得回去，我们得回去，

回呀回呀回到伦敦去。

她出生在伦敦，时不时会给我讲些她童年时期经历的可怕故事。

比如说闯进她父亲商店里的小孩。

喊着破店破店要倒闭，然后跑走，

她不让我穿黑衬衣，

因为她说这样让她想起东区那些商人。

莫斯利的黑衬衣。她妹妹为此被打得眼圈发黑。

魔法师拿出一把餐刀，

慢慢插进红色帽子盒里。

歌声停下来。

他又把两个箱子拼回去，

他把插进箱子的刀剑之类的一把一把抽出来。

然后打开上半段的小门：

我的祖母还在微笑。

有点尴尬地露出她那口年迈的牙齿。

魔术师关上小门，我们看不到祖母了。

又把最后那把刀抽出来。

再打开箱子大门。

她不见了。

然后他手一挥，红色的箱子也消失了。

机关在他袖子里，祖父虽然这么说，但也不太确定。

魔术师从燃烧的盘子里变出两只鸽子。

接着他在一阵烟雾中消失了。

她在舞台下面，或者在后台，

我祖父说道。

喝杯茶的工夫，她就会带着花回来了。

也许是带巧克力，我希望是巧克力。

跳舞女孩又上场了。

最后喜剧演员又再次登场。

所有人登台致谢。

最终谢幕，祖父说。仔细看，

也许她就在人群中。

没有。他们唱了歌。

你骑着马，

走在浪花之巅，

艳阳当空。

大幕落下，我们离开大厅。

在外面逛了一会儿。

然后去了舞台侧门，

等待祖母出来。

魔术师穿着便装出来了，

闪闪亮亮的女士穿雨衣看起来有点不一样。

我祖父去跟他说话。他耸耸肩，
表示自己不会说英语，然后
他从我的耳朵后面变出了一枚半克朗硬币，
然后消失在雨夜里。

此后我再也没见过祖母。

我们回到家，继续生活。
早餐、午餐、晚餐、茶点，
我们依然吃着黄金牌吐司和银片牌柑橘酱，
还有茶。
后来我回自己家了。

那个夜晚之后，祖父迅速变老，
仿佛很多年月在他身上一闪而过。
黛西，黛西，他唱道，给我你的答案。
如果你是世界上唯一的女孩，
那我就是唯一的男孩。
我爸说跟着那个小货车。
我家里就数祖父唱歌最好听。
他们说他可以去当歌手，
但是他还要洗胶片、
修收音机、剃须刀之类的……

他的兄弟组了个二重唱组合：夜莺，
曾经还上过电视。

他平静地接受了那件事，但是有一天深夜，
我忽然醒来，想起餐厅里还有点甘草糖，
我走下楼。
祖父正光脚站在厨房里，
就他一个人。
我看见他用一把刀刺进盒子里。
你让我爱上你。
我本来并不想。

变 化

I.

稍后，他们就说明他姐姐的死因，是癌症吞噬了她十二岁的生命，她脑子里有个鸭蛋那么大的肿瘤。他是个七岁的男孩，流着鼻涕，剃着寸头，棕色的大眼睛看着她在雪白的医院里死去，人们说："一切都是从那件事开始的。"也许确实是的。

在传记影片《重启》中（二〇一八年，罗伯特·泽梅基斯），他们拍摄了他少年时代的情景，他看着那位不久后将死于艾滋病的科学课教师，然后他们说起解剖灰色肚皮的大青蛙的事情，并且开始争论。

音乐增强，年轻的拉吉特问："我们为什么要解剖它？我们不能让它活着吗？"他的老师（由詹姆斯·厄尔·琼斯扮演）看起来似乎有些羞愧，随后又有了想法，他从病床上抬起一只手，拍拍男孩消瘦的肩膀："有谁能办到的话，那就是你了。"他声音低沉，仿佛嗡嗡作响。

男孩点头看着我们，眼中带着狂热的奉献精神。

但这话从未成为现实。

II.

十一月里阴沉的一天，拉吉特现在是个四十多岁的高个子男人了，他配了一副黑框眼镜，但现在没戴。没戴眼镜让他有种裸露的感觉。他坐在澡盆里练习演讲的结尾，水渐渐冷了。日复一日他正渐渐变得驼背，虽然现在看不出来。他认真考虑自己该怎么说话，因为他不擅长在公共场合讲话。

他的公寓位于布鲁克林，跟另一个研究员和一个图书馆员合租，现在那个公寓已经没人住了。他的那话儿萎缩，在温水里泡着像个坚果。他尽可能缓慢清晰地说："这是否意味着，对抗癌症的战争获得了胜利。"

然后他停下来，设想澡盆另一边的听众可能会提点问题。

"副作用？"他在浴室的回音之中自问自答，"是的，有一些副作用。但是到目前为止我们确信这些副作用都不会导致永久性变化。"

他从破旧的陶瓷浴盆里爬出来，光着身子走了几步，来到洗手台前，剧烈地呕吐了一阵，怯场的感觉像尖刀一样刺穿了他。吐到没东西可吐了，他只能干呕，拉吉特用李施德林漱口水漱了口，穿好衣服，坐地铁去了曼哈顿中心。

III.

据《时代》周刊描述，这是一个"能从根本上彻底改变医学本质的发现，和发现盘尼西林一样重要"。

在影片中扮演成年拉吉特的杰夫·戈德布卢姆说："如果，只是说如果，你能重置基因编码，会怎么样？会得多种疾病，因为身体忘了该怎么应对。编码会变得混乱。程序崩溃。如果……如果你能修复呢？"

电影里，他漂亮的金发女友说："你疯了。"在现实中他没有女朋友，现实中拉吉特的性生活是靠着和AEA-Ajax陪护事务所的年轻男性生意往来完成的。

"嗨，"杰夫·戈德布卢姆说话的语气比拉吉特本人好太多，"这就像是一台电脑。与其逐个排除由程序崩溃造成的错误，不如直接重新安装。反正所有的信息都保持了。我们只需要让身体重新检查RNA和DNA，你可以称之为重新读取程序。然后重新启动。"

金发女演员笑了笑，似乎很开心很热情又十分佩服，于是亲了他，打断了他的话。

IV.

那个女人的脾脏、淋巴结和下腹腔内都发生了癌变——非霍奇金淋巴瘤。同时她还患有肺炎。她同意了拉吉特的建议，接受了试验性治疗。她知道宣传治愈癌症在美国是违法的。直到不久之前她都很胖。现在却轻了很多，拉吉特看着她就想起阳光下的雪人：每天都在不断融合，他觉得她每一天都在不断地变得模糊。

"这不是你想象的那种药，"他对那个女人说，"这是一套化学指令。"她似乎听不懂。拉吉特往她的静脉里注射了两安瓿的透明液体。

很快她睡了。

等她醒来后，癌症已经消失了。但是很快她死于肺炎。

在她死前两天拉古特一直在思考此事该如何解释，治疗方案是无可置疑的，病人长出了那话儿，而且从各方面来看都成了男性。

V.

二十年后，在新奥尔良一间小公寓里（也可能是在莫斯科或曼彻斯特或巴黎或柏林）。今晚将是个不眠之夜。Jo/e要去尽情玩乐。

到底选带衬裙的十八世纪法国宫廷风格波兰连衫裙（玻璃纤维裙撑、带钢圈支撑的红色蕾丝刺绣露背紧身上衣），还是穿模仿菲利普·西尼爵士的宫廷装扮，黑丝绒配银线加拉夫领和裤前褶。再三权衡之后，Jo/e还是选择当女性。还有十二小时准备时间，Jo/e打开一瓶红色药片吃下两片，每个药片上都标记着一个X。Jo/e躺在床上开始纵欲，那话儿渐渐变硬，但是还没到高潮就睡着了。

这个房间很小。到处都挂满了衣服。地上还有盒吃了一半的比萨。Jo/e大声打呼噜，开始变化后，呼噜声消失了，也许是陷入了某种昏迷状态。

Jo/e晚上10点醒来，感觉自己变得柔嫩且焕然一新。Jo/e刚开始参加变装派对时，每次变化后都要彻底检查一次自己的身体，看哪条疤痕消失了，哪条疤痕还留着。现在Jo/e已经很熟练了，穿好裙撑、衬裙、紧身上衣和裙子，新长出来的乳房（是丰满的圆锥形）被挤在一起，衬裙长及地板，于是Jo/e正好可以在裙子底下穿那双足有四十年历史的靴子，那是马滕斯医生的靴子。（你永远不知道什么时候该跑，什么时候走路，什么时候踢人，所以丝绸拖鞋绝对不行。）

带上扑了粉的高耸假发就打扮好了。再喷上古龙水。Jo/e在衬裙中摸索一阵，手指摸到两腿之间（Jo/e没穿内裤，这表达出了真实的欲望，马滕斯医生总是隐藏欲望），然后又摸摸耳朵，希望有好运，也许还能更吸引人呢。十一点零五分，出租车到了门口，Jo/e下楼，参加舞会去了。

明天晚上，Jo/e要再吃另一剂药，工作日里Jo/e的身份是个严肃的男性。

VI.

拉吉特向来只把"重启"带来的性别变化视为一种副作用。诺贝尔奖是奖励他治疗癌症的成就。（绝大部分癌症都可以通过重启来解决，不过还是有例外。）

对一个聪明人而言，拉吉特其实目光极其短浅。有很多东西他都没有预见到。比如说：

有些人宁可死于癌症，也不愿意改变性别。

拉吉特这种化学疗法的注册商品名为"重启"，但它遭到了反对，主要原因是女性身体在重启时要吸收自身组织变成胎儿，而男性是不能怀孕的。绝大部分都引用了《创世记》I：27，"神创造了男人和女人"作为反对的理由。

也有一些组织支持有资质的医生使用"重启"作为治疗方法，这些组织包括：大部分佛教信徒、基督教未来圣徒教会、希腊正教、科学论教会、英国国教（有部分异议）、新版星际迷航粉丝会、自由改革犹太教、美国新世纪联合会。

赞成将"重启"用于娱乐目的的组织：一个也没有。

拉吉特确实意识到"重启"会彻底废除变性手术，不过他从来没有想过会有人因为纵欲、好奇或者逃跑之类的目的而用它。因此他从未想过"重启"和其他类似的化学药物会在黑市流通。在"重启"获得FDA批准，可以商业销售的十五年里，非法销售的假冒"重启"药物（名为"重起"）销量甚至超过海洛因和可卡因，克价也比毒品贵十倍不止。

VII.

拉吉特在六十岁时看到《纽约客》上说，"变化"这个词语已经变成了一个极其下流且禁忌的词。

学生在二十一世纪初文学课上读到"我需要改变"或"是时候改变"或"风向改变"之类的句子时都尴尬地发笑。在英国诺威奇的英语课堂上，一个十四岁小孩说出"改变和休息一样好"，其他一群拖着鼻涕的小屁孩纷纷鼓掌。

标准英语学会的代表写信给《泰晤士报》，对英语中又失去一个美好的词汇表示出深深的遗憾。

几年后，斯特里特姆的一个年轻人推出一款T恤，上面印着"我是变化人！"的标语，结果大受欢迎。

VIII.

杰基在好莱坞西边的繁花俱乐部工作。整个洛杉矶至少有好几十个杰基，甚至可能有好几百个，全国更是有好几千个之多，至于全世界恐怕有数十万个杰基了。

他们中有些在政府部门工作，有些在宗教组织工作，有些从事贸易工作。在纽约、伦敦、洛杉矶等地，杰基这样的人总是站在人群拥挤之处的门口。

杰基的工作就是这样。杰基看着往来的人群，心想：出生男目前女、出生女目前男、出生男目前男、出生男目前女，出生女目前女……

在某个"自然之夜"（也就是未改变过的人参加的活动），杰基会说很多次："抱歉，今晚你不能入内。"杰基这样的人判断准确率达到了97%。《科学美国人》上有一篇文章说，生来就能分辨出生性别的技能也是天生的，只是这种天生的能力在之前都一直没有用处。

凌晨某个时间，杰基下班后在繁花后门的停车场被伏击了。无数的靴子踢上杰基的脸、胸口、头、腹股沟，杰基心想：出生男目前女，出生女目前女，出生女目前男，出生男目前男……

杰基出院后，只有一只眼睛能看见东西，脸、胸口都有大块瘀青，有人送来一大束异国花卉，还附了一张字条，说依然需要杰基来工作。

杰基坐上子弹头火车去了芝加哥，然后又坐慢车去了堪萨斯城，此后一直住在那里，从事房屋粉刷和电器维修工作，他之前就学过相关技术。他再也没有回过洛杉矶。

IX.

现在拉吉特七十岁了。他住在里约热内卢。他非常富有，可以随心所欲地生活，但是他已经不再和任何人发生性关系了。他透过公寓窗户极不信任地看着所有人，他看着科帕卡巴纳海滩上古铜色的身体，内心充满怀疑。

海滩上的人根本不会想起他，就好比感染衣原体的青少年不会感谢亚历山大·弗莱明一样。很多人都以为拉吉特死了。反正他们也不关心他了。

据说有几种癌症进化了，变异到可以不受"重启"的影响。很多细菌和病毒性疾病也不受"重启"影响了。有些甚至会在"重启"后变得更严重。其中一种——某种淋病——甚至有可能利用"重启"过程引导自己，长期存留在宿主的体内，等到性别发生改变时才发作。

西方人的平均寿命依然在增长。

为什么有些自由"重启"人——为娱乐目的服用"重启"的人——会正常衰老，而另一些则看起来没有变老呢？这是科学家感到疑惑的地方。有人声称，没变老的那部分人在细胞层面上其实也已经衰老了。另一些认为还需要观察，目前的情况谁也说不准。

"重启"不会逆转衰老过程，但是有证据显示，"重启"可能会停止衰老过程。很多老人本来是反对为了娱乐目的而服用"重启"，但现在都开始定期服用了——自由"重启"——不管适不适合用药他们都吃。

X.

变现被改叫提现，或者换钱。

发生改变或变得不一样的过程被称为"改换"。

XI.

拉吉特患上前列腺癌死在里约热内卢的公寓里。这时他九十岁出头。他从没服用过"重启"，光是想一想他就觉得很可怕了。癌细胞蔓延到他的骨盆和睾丸。

他按了铃。护士正在照例看肥皂剧，等了一会儿才关掉电视放下咖啡，然后过来看他。

"带我出去呼吸一下空气。"他对护士说道。他声音很嘶哑。一开始护士表示没听懂。于是他又用蹩脚的葡萄牙语重复了一遍。护士依然摇头。

他从床上爬下来——他已经老得缩成了一团，仿佛是个很严重的驼背，而且非常脆弱，一阵风就能吹倒，他慢慢地朝着公寓门口走去。

护士想阻止他，却没能成功。于是护士和他一起走到公寓大厅里，搀着他的胳膊等电梯。他已经有两年时间没离开公寓了，即使是没有得癌症的时候也不出门。他已经什么都看不见了。

护士扶着他走到太阳底下，穿过马路，来到科帕卡巴纳海滩上。

海滩上的人们都盯着这个老迈秃头，身穿古旧睡衣的人，他们透过酒瓶底一样厚的黑框眼镜看着他毫无光泽的棕色眼睛，那双眼睛当初是棕色的。

他也盯着那些人。

他们很美，肤色金黄。有些人在沙滩上睡觉。大部分人都赤裸身体，也有人穿着更能突出和表现裸体的泳衣。

这个时候他明白了他们是什么。

很久很久以后，有人又拍了一部传记影片。在影片最后，老人跪在沙滩上，这是真实的，血从他的睡袍下面流出，浸透了褪色的棉布，在沙滩上形成一摊深色。他看着他们所有人，面带敬畏的神情一个一个地看着，仿佛是一个最终懂得了如何凝望太阳的人。

他死的时候说了一个词，金色的人群围在他身旁，这些人不是男人，也不是女人。

他说："天使。"

看这部传记影片的人也同样是金色的，同样美丽，如同沙滩上那些变化的人一样，他们知道这就是一切的尾声了。

不管怎么说，至少在拉吉特看来，是这样的。

猫头鹰之女

摘自《异教与犹太教异闻录》

约翰·奥布里R.S.S. (1686—87), (p262~263)

这个故事是我听朋友埃德蒙·怀尔德·伊斯科说的，埃德蒙则是听法灵顿先生说的，法灵顿先生则说这个故事已经非常古老了。在戴姆顿这个地方，有个新生女婴半夜被留在教堂门口的台阶上，次日早晨，教堂司事发现了她，她手里拿着一个奇怪的东西——是一块猫头鹰的唾余，能看出是皮毛、牙齿和骨头碎片团在一起，因此必定是猫头鹰吐出来的东西。

村里的老太太说：这女孩是猫头鹰之女，必须烧死才行，因为她不是人类母亲生出来的。但是村里的智者和老人坚决不同意，孩子被带去了修道院（当时天主教已经不怎么盛行了，修道院都没人了，村里的人觉得那里成了恶魔的地盘，修道院塔楼里有斑枭和仓枭筑巢，还有很多蝙蝠），她就被留在那个地方，每天村里都派一个妇人去照顾她。

有人预言这个婴儿肯定会死，但是她没有死，反而一天天长大了，到了她十四岁那年的夏天，她已经成了一个绝美的少女。她日夜都生活在修道院的石墙之中，谁都没见过她，只有每天早晨去照顾她的妇人和她见面。到了某个赶集的日子，一个妇人到处跟人讲那女孩有多美，还说她不会说话，因为她从未学过怎样说话。

戴姆顿的老老少少聚在一起商量道：我们去看看她，谁会知道呢？（看看的意思很可能是指强奸她。）

于是到了满月之夜，男人们谎称要结伴出去打猎，于是一个个溜出家门，在修道院外面碰头，戴姆顿的村长打开修道院的门，他们一个一个进去，发现那个女孩正躲在地下室里，她被外头的噪声吵醒了。

女孩比他们想象的还要美：她的头发是罕见的红色，她穿着白色的袍子，看到那些人的时候，她吓了一跳，因为她此前从未见过男人，只见过给她拿食物的女人，她用她的大眼睛望着他们，发出细微的叫声，仿佛在请求他们不要伤害她。

镇上的人大笑起来，因为他们本来就想作恶，本来就不是什么好人，他们是一群半夜来找她的恶棍。

女孩开始尖叫，但是那些人没有停手，格窗变暗了，月光被挡在窗外，周围传来响亮的扑翅声，但是那些人谁都没去看，他们都忙着在干坏事。

戴姆顿的人们夜里睡觉时候梦见了呼啸声、抓挠声和尖叫声，还有巨大的鸟，他们梦见自己变成了小老鼠。

次日早晨，艳阳高照，村里的妇人们把戴姆顿找了个遍也没见到自己的丈夫和儿子，最后她们来到修道院，在地窖的石板上找到了不少猫头鹰的唾余，其中夹杂着头发、扣子、硬币和骨头碎片，地板上有很多稻草。

戴姆顿的男人们全都消失了。很多年后，有人说在高处见过那个女孩——是橡树或者悬崖顶端那样的高处，但大都是在夜里或者昏暗的时候看到的，谁都不能确定说就是她。

（她身影雪白，但是怀尔德先生忘了村民们到底是说她穿的衣服雪白还是皮肤雪白。）

说真的我也不知道，但这是个好故事，所以我写下来了。

修格斯陈年特酿

　　本杰明·莱斯特得出一个毋庸置疑的结论——写《沿英国海岸徒步旅行》一书的那个女人绝对从来都没有徒步旅行过。这本书现在正在他的背包里，他怀疑就算英国的海岸线跳着舞从她卧室里排队经过，边跳边吹着卡祖笛同时还开开心心地大声唱"我就是英国海岸线啦"，那个作者也认不出来。

　　他参考该作者的指引走了五天，现在已经完全放弃了，他现在脚上全是水疱，背也疼。每个英国海岸的观光景点都有不少提供早饭和住宿的酒店，这些酒店在淡季非常欢迎各路游客。这是书中的建议之一。本把这句话划掉，在空白处写道：每个英国海岸的观光景点都有不少提供早饭和住宿的酒店，酒店老板在九月底就去西班牙或者普罗旺斯或者别的什么地方度假了，店也彻底关门了。

　　他在空白处写了不少批注。比如：任何时候在公路边咖啡店点煎蛋都不需要说两次，还有炸鱼薯条是什么东西？以及不，根本不是。最后一条批注写在一段话旁边。这段话说的是：英国海岸线上风景优美的村庄最欢迎的就是从美国跑来徒步旅行的年轻人。

在这地狱般的五天时间里，本经过了一座又一座村庄，在自助餐厅和咖啡馆一边喝甜味的茶和速溶咖啡，一边看着外头灰蒙蒙的岩石和铅灰色的海，他穿着两件厚厚的毛衣还冷得发抖，到处都下雨，根本没看到传说中的美景。

一天晚上，他铺开自己的睡袋，坐在公交车站的棚子下面，开始翻译旅行手册里描述性的词汇：迷人，他觉得这个意思是难以描述，风景优美意思是虽然有点丑但是不下雨的时候也还行，令人愉快指的是我们从未去过所以不知道别人愉不愉快。此外他还得出一个结论，村子的名字越离奇，那地方就越无聊。

就这样到了第五天，本·莱斯特来到了布特尔北边的一个地方，一个叫印斯茅斯的村子，按旅游手册里的描述这地方既不迷人也不风景优美也不令人愉快。书上没写村里那个生锈的码头，也没写卵石海滩上那一堆堆破烂的捕龙虾罐子。

朝着海的一面有三家提供早餐住宿的酒店挨在一起，分别叫：海景、美好假期和舒布·尼古拉斯，每家店的前厅玻璃上都挂着没通电的霓虹灯牌子，写着"有空房"字样，但大门口都钉着"歇业中"的通知。

朝海的这边没有咖啡店。唯一一家炸鱼薯条店也是关门的。本等着这店开门，等了一下午，灰色的日光都变得昏暗了。最后，一个青蛙脸的矮个子女人沿路走来，她打开商店的门。本问她这家店什么时候营业，她疑惑地看着本说："亲爱的，今天星期一，我们星期一从来不开门。"然后她走进炸鱼薯条店顺手锁上门，本一个人又饿又冷地待在店外头。

本是在得克萨斯州北部一个干燥的小镇上出生长大的：那里唯一的水塘是后院的游泳池，唯一的出行方式是乘坐带空调的皮卡。因此在说英语的国家沿海岸线徒步旅行这个主意对他来说很有吸引力。本的家乡不光气候干燥，它还有着另一重意义上的干燥：早在美国全境实施禁酒令前三十年，它就已经禁酒了。所以本对酒吧的认知就是：那是个罪恶的地方，跟酒馆是一样的性质，只是叫法不同。《沿英国海岸徒步旅行》的作者却说酒吧是体验本地特色、收集当地信息的好地方，每个人都应该"去喝一轮"，有些酒吧也卖食物。

印斯茅斯的酒吧叫作"死灵之书"，酒店招牌上写着店主名叫A.阿尔-哈扎德[1]，有葡萄酒和各种酒精饮料的执照。本想知道这店里卖不卖印度菜，他刚到布特尔的时候吃过一次印度菜，觉得很好吃。他停下来看着"公共酒吧"和"沙龙酒吧"的指示牌，也不知道英国所谓的公共酒吧是不是像公立学校一样的"公共"，最终他还是去了沙龙酒吧，因为这个名字听起来还挺西部的。

那个沙龙酒吧基本上没人。闻起来有股上周洒出来的啤酒和前天的烟灰混合的味道。吧台后面站着个棕黄色头发的胖女人。酒吧一角坐着两位戴灰色长围巾的先生。他们一边玩多米诺一边端着有凹槽花纹的玻璃啤酒杯，小口喝着某种像是啤酒的深棕色饮料，饮料表面浮着一层泡沫。

本走过去问："你们这里卖食物吗？"

那个女酒保挠了挠自己鼻子侧面，然后很不情愿地说，也许能做点乡村菜。

本也不知道乡村菜是什么意思，他只是第一百次地希望《沿英国海岸徒步旅行》一书附英美词汇互译表。"是食物的意思吗？"他问。

她点头。

---

1 洛夫克拉夫特小说中虚构的书《死灵之书》的作者是个名叫阿尔-哈扎德的阿拉伯人。

"好。那就来一份那个。"

"饮料呢？"

"可乐。"

"我们这里没有可乐。"

"那就百事。"

"没有百事。"

"嗯，那有什么？雪碧？七喜？佳得乐？"

酒保的表情更加茫然了。她说："我记得好像还有两瓶樱桃汽水。"

"那也行。"

"一共五英镑二十便士。菜做好了我就给你端上来。"

本在一个有点黏糊的小木桌旁坐下，喝着亮红色碳酸饮料，这饮料的外观和口味都很像化学制剂，他暗自猜想所谓"乡村菜"说不定是用排骨做的，同时满怀希望地想象着，这是道淳朴的菜肴，充满田园风情，就好像农夫赶着牛在夕阳中穿过刚犁过的田野，内心非常确定地知道，自己能吃完烤全牛，甚至都不用给别人分一点。

"来了，乡村菜。"酒保说着把一盘东西放在他面前。

所谓乡村菜原来是一块味道刺激的方形奶酪、一片生菜叶子、一个很小的土豆，上头还有个手指头印子，一堆湿乎乎的棕色东西，尝起来像是酸果酱，一个很小很硬且过期的面包卷，本非常难过也非常失望。他早就有这个想法了——英国人准是把吃东西当作惩罚。他嚼着奶酪和生菜叶子，内心痛骂所有吃"乡村菜"喝"樱桃汽水"的英国农夫。

坐在角落里那两位穿灰色雨衣的绅士结束了多米诺游戏，端起饮料坐到本的旁边，其中一个好奇地问："你在喝什么？"

"据说是樱桃汽水，"本回答道，"但尝起来就跟化工厂废水似的。"

"你这么说真有意思，"比较矮的那位先生说，"真是有意思。我有个朋友在化工厂工作，他从来不喝樱桃汽水。"然后他很戏剧性地停下来，喝了一口他自己那份棕色的饮料。本等着他继续说，但是对话似乎就到此为止了。

为了表示礼貌，本就问："你们二位在喝什么呢？"

比较高的那一个原本有些悲伤的样子，现在开朗起来："啊，你可真是健谈啊。请给我来一品脱修格斯陈年特酿。"

"我也要，"他的同伴说，"为了修格斯特酿我可以去杀人。嗯，这句话当广告语肯定不错。'为了修格斯特酿去杀人'。我要给他们写信说说。他们肯定喜欢这个建议。"

本走到酒保面前，打算要两杯修格斯陈年特酿，再给自己要杯水，然而她已经倒好了三杯深色的啤酒。好吧，他心想，来都来了还能怎样呢，肯定不可能比樱桃汽水更难喝了。于是他喝了一口。那个味道吧，他觉得广告里可能会说是口味醇厚，但要说是谁的口味的话，搞不好是针对山羊的口味。

他付了钱，回到新朋友身边。

"你来印斯茅斯做什么啊？"高个子的人问道，"我猜想你可能是我们的美国同胞，来欣赏著名的英国乡村美景。"

"美国那个地方也是以印斯茅斯命名的，你知道吧。"矮个子那个说。

"美国也有个印斯茅斯吗？[1]"本问。

1　马萨诸塞州的印斯茅斯镇，小说《印斯茅斯上空的阴影》发生的地方。

"有啊，"矮个子说，"那个人写过好多次。那个不能提及姓名的人。"

"什么？"

矮个子扭头看了看身后，用说悄悄话的架势大声地说："H.P.洛夫克拉夫特！"

"我跟你说了不能提他的名字，"另一个人说，随后他啜了口深色啤酒，"H.P.洛夫克拉夫特，H.P.洛夫克拉夫特，该死的浑蛋H.P.洛夫克拉夫特，"他吸了口气，"他懂什么？他懂些什么玩意儿？"

本喝了口啤酒。这个名字有点熟悉，他曾在父亲的车库里那些老旧的黑胶唱片中见过。"他们不是个摇滚乐队吗？"

"跟摇滚乐队没关系。我说的是那个作家。"

本耸耸肩："我没听说过，我基本上只看西部小说，还有技工手册。"

矮个子用胳膊肘戳了戳自己的同伴："听见没，威尔夫？他没听说过。"

"哦，那也没关系。我也看过赞恩·格雷。"高个子说。

"也是。嗯，倒也不是值得骄傲的事情。这位——你叫什么名字来着？"

"本。本·莱斯特。你们是……"

矮个子笑了笑，本觉得他看起来像极了青蛙。他说："我叫塞思，这位是我的朋友威尔夫。"

"幸会。"威尔夫说。

"你们好。"本说。

"我跟你说吧，"矮个子说，"我非常赞同你的意见。"

"是吗？"本回答。

矮个子点点头："对。H.P.洛夫克拉夫特。我根本不知道他有什么厉害的。他根本不会写。"他喝了口啤酒，然后用灵活的长舌头舔掉嘴上的泡沫，"你一翻开书，看看他用的都是些什么词。不可名状。不可名状是什么意思？"

本摇头。他似乎陷入了在英国酒吧跟两个陌生人边喝啤酒边谈论文学的局面。莫非他在自己都没察觉的时候变成了另一个人？啤酒似乎也没那么难喝了，他喝光了一杯，樱桃汽水的怪味消失了。

"不可名状就是怪诞，奇异。特别诡异古怪。就是这个意思。我在字典里查过了。还有凸月。你知道吗？"

本再次摇头。

"凸月就是快要成为满月的月亮。还有他经常用来称呼我们的那个词。叫什么来着？不是个好词，我一时想不起来……"

"浑蛋？"威尔夫说。

"不是。哦，无尾两栖类。对，就是这个。意思是看起来像青蛙。"

"等等，"威尔夫说，"我觉得他们有点像……嗯，像某种骆驼。"

塞思大力摇头："绝对是青蛙。不是骆驼。是青蛙。"

威尔夫喝了一大口修格斯特酿。本也小心地喝了一口，但喝得不太愉快。

"然后呢？"本说。

"他们有两个大鼓包。"高个子的威尔夫坚持道。

"青蛙吗？"本问。

"不。无尾两栖类。鉴于你一般说的都是单峰驼，那种只有一个驼峰。是为了适应长时间在沙漠中旅行。他们就吃那个。"

"青蛙吗？"本问。

"驼峰，"威尔夫用凸出的黄眼睛盯着本，"你听我说。小朋友。在你进入荒无人烟的沙漠三四个星期后，一盘烤驼峰绝对无比美味。"

塞思似乎有些不屑一顾："你从来没吃过驼峰。"

"我很可能吃过。"威尔夫说。

"但是你没吃过，你从来都没去过沙漠。"

"嗯，这么说吧，假如我是个朝圣者，要去往奈亚拉托提普的坟墓……"

"你是指那位夜里从东方而来的古代黑色君王，为人所不知的国王吗？"

"当然是他。"

"我确定一下。"

"你这问题真是蠢。"

"你有可能是在说其他哪个同名的人。"

"这个名字可没那么常见吧？奈亚拉托提普。怎么会有同名的呢？'你好，我的名字叫奈亚拉托提普。你也叫奈亚拉托提普啊，好巧啊。'这种事不可能发生吧。总之，我穿过荒无人烟的废墟，心里想着，为了一盘烤驼峰我愿意去杀人……"

"但是你没去过，对不对？你根本就没离开过印斯茅斯的港口。"

"嗯……确实。"

"那不就得了。"塞思带着胜利的神情看着本，然后俯身在本的耳边说，"他每次喝几杯酒就会变成这样。"

"我听见了。"威尔夫说。

"很好，"塞思说，"说回H.P.洛夫克拉夫特。他写的都是些什么狗屁句子。哼。'凸月低垂，照着达利奇市里那些不可名状的鳞皮无尾两栖类居民。'这是什么意思，嗯？这是什么意思？我跟你说这是什么意思。他的意思就是，月亮快变圆了，住在达利奇市里的人全是奇怪的青蛙。就是这个意思。"

"那另外那个词呢？"威尔夫说。

"什么？"

"鳞皮。这是什么意思？"

塞思耸耸肩。"不知道，"他坦然承认，"但是他用过好多次这个词。"

大家沉默了一下。

"我是个学生，"本说，"学的是冶金专业。"

他正在努力喝完第一杯修格斯陈年特酿。这时候他才惊讶地发现，这是自己第一次喝酒。"你们两位是做什么的？"

"我们是侍从。"威尔夫说。

"伟大克苏鲁的侍从。"塞思骄傲地说。

"是吗？"本说，"那你们主要做些什么？"

"我请客，"威尔夫说，"等一下。"

说完他朝酒保走去，又端了三杯酒回来。"嗯，主要包括，"他说，"其实目前需要我们做的恶事不多。现在不是忙季，侍从确实没什么特别的事情要做。当然，主要是因为他还在沉睡。嗯，其实也不是真的睡觉。要是说得精确一些的话，更像是死亡。"

"'在沉没的莱拉耶大殿内，死亡的克苏鲁正在沉睡，'"塞思插嘴道，"诗人是这么说的。'即使死亡也并非永恒——'"

"'在那荒诞之万古——'"威尔夫也齐声朗诵。

"荒诞的意思是特别古怪——"

"没错。这里的万古不是指你们所谓的普通的万古。"

"'在那荒诞之万古，死亡本身也将死亡。'"

本又喝完了一杯口味醇厚的修格斯陈年特酿，他自己也有些惊讶。不知为何那种针对山羊而言的醇厚口味似乎也没那么难喝。他高兴地发现自己不饿了，脚上的水疱也不疼了，这两位同伴还挺有意思的，他们很有文化，只是名字有点难以区分。他很少喝酒，所以不知道修格斯陈年特酿喝到第二杯都会出现这种情况。

"所以现在，"说话的是塞思，也可能是是威尔夫，"工作比较轻松，主要就是等待。"

"还有祈祷。"说话的不是塞思就是威尔夫。

"还有祈祷。不过很快，就会发生变化了。"

"是吗？"本说，"怎么变化？"

高个子似乎在说出什么巨大秘密一样："嗯，我们的老板，伟大的克苏鲁（现在暂时死亡），但他随时都可能突然醒来，从他居住的海床上起身。"

"到那时候，"矮个子说，"他会打个哈欠，穿好衣服——"

"多半还会上个厕所，真的，没什么好奇怪的。"

"也许再看看报纸。"

"这一切都做完后，他会离开深海，吞下整个世界。"

本觉得这件事好玩极了。"就像吃一份乡村菜一样。"他说。

"没错。没错。说得好，年轻的美国先生。伟大的克苏鲁会把整个世界像一份乡村菜午餐一样吞掉，只留下一块布兰斯顿泡菜掉在盘子边上。"

"就是那种棕色的东西？"本问道。他们说是的，然后他又去吧台买了三大杯修格斯陈年特酿。

他也不记得他们说了多久。他记得自己喝完了酒，跟着新朋友在乡村参观，他们把各个地方都介绍了一番。"我们在这里租录像带，旁边那个大建筑是不可言说之神的无名神庙，星期六早晨，地窖里会举行慈善义卖……"

本跟他们说了自己对导游书籍的看法，并激动地表示印斯茅斯真的风景优美、环境宜人。他说他们两位是他真挚的朋友，印斯茅斯确实令人愉快。

月亮快要变圆了，在苍白的月光照耀下，他的两位新朋友看起来确实像极了青蛙——或者骆驼。

他们三个走到生锈的码头尽头，塞思，或者是威尔夫将海湾底部沉没的莱拉耶废墟指给本看，本突然觉得非常难受，他觉得自己肯定是突然莫名地开始晕海了，于是他趴在金属栏杆上朝着黑色的大海呕吐不已……

然后事情变得稍微有一点奇怪。

本·莱斯特在冰冷的山脚下醒来，他头痛欲裂，嘴里一股怪味。他的脑袋枕在自己的背包上，周围全部是遍布岩石的荒野，没有路，没有任何乡村的影子，更谈不上风景优美、环境宜人、令人愉快、如在画中。

他一瘸一拐跌跌撞撞地走了大概一英里，总算走到附近的公路上，然后又顺着公路走到了加油站。

加油站的人跟他说本地根本没有名叫印斯茅斯的村镇。任何村镇都没有名为"死灵之书"的酒吧。他描述了威尔夫和塞思这两个人，还有他们二位的朋友怪人伊恩，伊恩似乎就睡在附近什么地方，不过也可能是死了，躺在海底。加油站的人回答，他们没有见到吸毒的美国嬉皮士在这附近闲逛，如果有的话最好带他喝点热茶，吃点吞拿鱼黄瓜三明治。如果他真的快不行了，那下午有个叫厄尼的年轻人来上班，他可以带点自家种的大麻过来，本可以吃过午饭后来取。

本掏出《沿英国海岸徒步旅行》一书，想翻到关于印斯茅斯的介绍，证明自己没有胡说，但是他无论如何都找不到那一页了——也不知道究竟有没有那么一页。因为书中间有一页被撕掉了。

然后本打电话叫来出租车，坐车去了布特尔火车站，乘上火车去了曼彻斯特，然后从曼彻斯特乘飞机去了芝加哥，然后换乘飞机去了达拉斯，然后再换乘一架飞机往北，接着租了一辆车回到了自己家。

身在远离海洋六百英里之外让他觉得非常安心，后来他又搬去了内布拉斯加，这地方离海更远。他看到过那些东西，或者说是他觉得自己看见了，那天夜里，在老旧的码头下面看见的东西，他永远忘不了。在那灰色的雨衣下面潜藏着人类不应该知道的东西。鳞皮。他不需要去查字典。他自己就知道。他们是长满了鳞片的。

本回家几周后，将自己批注过的《沿英国海岸徒步旅行》一书寄给了作者和出版商，还对新版本的旅游指南提出了不少意见，写了满满一页纸。同时他也请求作者将被撕掉那一页的内容寄给他，好让他安心。但是时间一天天过去，转眼过了数月、数年、数十年，作者根本没有回复过。本其实暗暗松了口气。

病 毒

有个电子游戏，是别人给我的，
一个朋友在玩，也推荐给了我。
他说，这个游戏很好玩，你也来玩吧。
于是我试了试，真的很好玩。

我从他给我的硬盘上拷贝了这个游戏，
我真想推荐所有人来玩。
每个人都应该来享受一下这份乐趣。
我把相关内容发到了布告板上，
不过主要还是推荐给所有的朋友。

（我也是通过面对面的联系才拿到游戏的。）

我的朋友和我差不多，他们都比较担心病毒，

有些人给了你一个硬盘，等到下周或者十三号星期五，
你的硬盘就被格式化了，存储内容都没有了。
不过这次不会。这个硬盘没联网，很安全。

就连平时不怎么摆弄电脑的朋友都玩起了这个游戏：
你越熟练游戏也会越难，
也许你永远赢不了，但是你确实玩得很开心。
我也玩得很开心。

我花了很多时间玩这个游戏。
我的朋友们也是。朋友的朋友们也是。
你遇到谁都能看出来，
人们顺着旧公路走着，
或者是排队，虽然他们离开电脑，
离开通宵营业的游戏厅。
但是脑子里还在玩游戏，组合图形，
考虑轮廓，把一块一块的色彩摆放到位，
反转新区域里的符号，
听游戏里的音乐。

人们当然会想着游戏，但主要还是玩游戏。
我的最高纪录是一口气玩了十八个小时，
得了40,012分，三次成就。

你会流着眼泪、不顾手腕疼痛地玩，肚子饿也要玩，

一会儿就把这些事情全忘了。

准确来说，只记得游戏。

我脑子里已经装不下别的东西了，装不下了。

我们复制游戏，给朋友。

它超越语言，占据我们的时间，

有时候我觉得自己这几天已经忘了这个游戏。

我想知道电视上放了什么。之前是有电视的。

我想知道罐头食品吃完了会怎么样。

我想知道人们去哪里了。接着我忽然想到，

要是我速度够快，就可以把黑色方块放在红色直线旁边，

形成景象，然后翻转，然后它们就会消失。

清除左边的障碍，

白色泡泡会升起来……

（然后它们会全部消失。）

当电源都彻底消失时，

我会在脑子里玩这个游戏直至死去。

众里寻她千百度

一九六五年，我十九岁，穿着紧身裤，头发长及领子。每次我打开收音机，就会传出披头士的《救命！》。我想像约翰·列侬那样，让所有的女孩都为我尖叫，我随时都准备好来几句愤世嫉俗的话。也就是在那年，我从国王路一个小香烟摊上买了我生平第一份《阁楼》杂志。我鬼鬼祟祟地付了钱，把杂志塞在外套里，偶尔看一眼，确定它没有在我的衣服上烧出一个洞。

那份杂志早就扔了，但是我会一直记得：关于审查制度的冰冷文字、H. E. 贝茨写的短篇小说，还有关于我不认识的一个美国小说家的访谈，马海毛套装和旋涡纹领带的流行趋势，都可以在卡尔纳比街买到。最棒的还是书里的姑娘们，最漂亮的一个叫夏洛特。

夏洛特也十九岁。

那本早已消失的杂志上的每个女孩都差不多，有着完美光滑的肌肤，头发一丝不乱（你几乎能闻到发胶的味道），她们谨慎地看着镜头微笑，眼睛眯起来，透过丛林般茂密的睫毛看着你，白色的唇膏、白色的牙齿、白色的胸部，连比基尼都是漂白过的。我根本没想过她们摆出那些扭曲的姿势其实是为了努力遮掩隐私部位——就算看见了我也不知道。我只看到她们雪白的臀部和胸部，她们纯洁又诱惑的眼神。

我翻到下一页，看见了夏洛特。她和其他人都不一样。夏洛特就是性感本身。性欲就像一袭薄纱或者令人陶醉的香水一样穿在身上。

图片旁边配有文字，我在头晕目眩中读了一遍，"迷人的夏洛特·丽芙今年十九岁……一个新兴的利己主义者，同时也是一个努力的诗人，她给FAB杂志投稿……"这些文字盘绕在我脑海中，我聚精会神地看她的照片，她应该是在切尔西的一间公寓里拍的照——我猜是在摄影师的公寓——我知道我需要她。

她和我同龄。这就是命运。

夏洛特。

夏洛特十九岁。

后来每期《阁楼》我都买，希望能再看到她。但是她没再出现。短时间内没有了。六个月后，我妈妈在我床底下翻出来一个鞋盒，她看了一下，当场勃然大怒，随后把所有的杂志都扔了，接着把我也赶出家门。次日我在伯爵宫廷附近找了个工作和住所，倒也没费什么周折。

我的第一份工作是在艾奇韦尔路上一家电器商行打工。我的工作就是换插头，反正在那个年代大家买得起的电器也就只需要换换插头。我老板说我能学到不少经验。

我坚持了三周。第一次上门服务很刺激——给一个英国影星换床头灯的插头，他因为扮演了说着一口伦敦腔的卡萨诺瓦而出名。我到他家的时候，他正和两个如假包换的时髦女郎躺在床上。我换了插头就走了，非常循规蹈矩，连奶头都没看见，更没有被邀请加入。

三周之后我就被炒了，同时也失去了处子之身。那是在汉普斯特德的一个豪华居所，对象是一个比我大几岁的黑发女性。我跪下来换插头，她爬到我旁边的椅子上擦门框上面的灰。我抬头看，她的裙子下面穿着长袜、吊袜带，然后就什么也没有了。我发现了杂志图片不肯给你显示的那部分内容。

于是我在汉普斯特德的一张餐桌底下完成了第一次。如今你再也见不到女仆了。她们和泡泡车[1]、恐龙一起消失了。

后来我就丢了工作。就连我老板都不信换个插头居然要三个小时，他觉得我肯定是太摸鱼了——我也不打算告诉他其中两个小时我都躲在餐厅桌子下面，因为当时男女主人突然回来了。

接下来我又做了各种工作，但每个都干不长。一开始我去当印刷工，后来当排字工人，然后进了旧康普顿街一家三明治店楼上的小广告公司。

我继续买《阁楼》。杂志上每个人看起来都像是《复仇者》里头的临时演员，不过她们现实中也是那个样子。杂志里的文章都是关于伍迪·艾伦、萨福之岛、蝙蝠侠和越南、甩鞭子的脱衣舞娘、时尚、小说以及性。

西装都用天鹅绒做领子，女孩子们头发乱七八糟。恋物成了新时尚。伦敦城乱七八糟，杂志封面花里胡哨，就算饮料里没有迷幻剂，我们也要假装在嗑药。

一九六九年我又见到了夏洛特，那时候我已经早就放弃找她了。我觉得我都忘了她的模样了。有一天广告公司的主任丢了一本《阁楼》在我的桌子上——那期杂志上有我们的香烟广告，他对那则广告非常满意。我当时二十三岁，前途光明，我负责美术部分，仿佛真的

1　英国五六十年代常见的三轮小汽车。

知道自己在干什么似的，有时候我确实知道。

我不记得配的文字内容了，我只记得夏洛特。茶色的头发做成狂乱的发型，眼神挑逗，那微笑仿佛是已经知道了人生的全部秘密，而且这些秘密就藏在裸露的胸部。这时候她的名字不叫夏洛特了，而是梅拉妮，大概是这类似的名字。旁边的配文说她十九岁。

我当时跟一个名叫瑞秋的舞女同居，住在卡姆登镇的一所公寓里。她是我所见过的最漂亮最惹人喜爱的女人。那天我把夏洛特的照片装在公文包里带回家，然后把自己反锁在浴室里纵欲到头晕目眩。

接下来，我和瑞秋迅速分手。

广告公司破产了——六十年代一切都迅速破产——到一九七一年，我接了一个工作，是给某服装品牌寻找代言人。他们想要那种能传达出全部性感的女孩，仿佛随时准备扯掉衣服一样——如果没有哪个男人先扯掉的话——穿着他们的品牌。我知道谁最合适：夏洛特。

我给《阁楼》杂志打电话，他们表示不知道我在说什么，但是犹豫之下，他们让我跟之前两位拍过她的摄影师联系。《阁楼》的那个人似乎不相信我说的是同一个女孩。

我联系上了那两个摄影师，想打听她是哪家事务所的。

但他们说夏洛特并不存在。

至少肯定联系不上。当然，他们两个都知道我说的是哪个女孩。但是其中一个告诉我，是她来找到他们的，"非常不可思议。"他们会支付模特费用，然后卖掉照片。但是他们没有她的地址。

我当时二十六岁，特别傻。我以为他们是想搪塞我，肯定是别的广告公司想跟她签约，想给她做一场大宣传，所以花钱让摄影师别走漏风声。于是我在电话里大声叫骂，甚至开出高得离谱的价格。

他们叫我滚。

下个月她又上了《阁楼》。这次的造型不再是迷幻挑逗的样子，是经典造型——这些女孩眼中闪烁着能吃人似的光彩。男男女女走在柔焦的玉米田里，一片粉红和金黄。

文章中说她名叫贝琳达。是个古董交易商。那就是夏洛特，没错，不过她头发是黑色的，烫成茂密的卷发。配文写了她的年龄：十九岁。

我给《阁楼》的人打电话，问到了摄影师的名字，那人叫约翰·菲尔布莱奇。我给他打了电话。就跟前两个人一样，他也说不认识夏洛特，但是我已经吸取了教训。我没有在电话里大喊大叫，我说有个工作要找他，而且价钱优厚，内容是拍吃冰激凌的小男孩。菲尔布莱奇是个年近四十的长发男，穿着破旧的皮大衣和帆布鞋，鞋底都开口了，不过他是个优秀的摄影师。拍完了之后，我请他喝酒，我们说起这糟糕的天气、摄影工作、十进制通货，还说起他最近的工作，也就是夏洛特。

"这么说你看到在《阁楼》上的照片了？"菲尔布莱奇说。

我点头。我们都有点喝多了。

"我跟你说那女孩的事情吧，你知道吗？就是因为她，我决定放弃这份诱人的工作，去找份正经工作。她说她名字叫贝琳达。"

"你怎么遇到她的？"

"我就是遇上了，你相信吗？我以为她是哪家事务所的。她来敲门，我心想哎呀，但还是让她进来了。她说她不属于任何事务所，她说她是销售……"他皱起眉头疑惑地说，"很奇怪对吧？我忘了她是来卖什么的了。也许根本不是卖东西的。我不知道。接下来我连自己的名字都忘了。"

"我知道她很特别。我问她愿不愿意当模特。我就是想让她脱衣服，她同意了。咔嚓！五卷胶卷就拍完了。一拍完，她就穿上衣服，头也不回走了，一副随你便的架势。'钱怎么给你？'我问她。'寄来就好。'她回答，然后她就走了。"

"这么说，你有她的地址？"我尽量不流露出感兴趣的样子。

"没有。根本没有。我只是把她的费用存起来等她回来拿。"

我很失望，也不知道他的伦敦腔是真的还是赶流行装的。

"我做好了准备。等照片回来，我知道我能……嗯，拍奶子屁股这种事，不，拍女人这种事，我就不干了。她就是所有的女人了，明白吗？我拍够了。不，这杯我请。我请客。血腥玛丽，如何？我必须说，我很期待我们未来的合作……"

根本没有什么未来合作。

公司被一家更大更老牌的公司收购了，但他们只想要我们的会计部门。他们把核心部门合并到他们公司去，保留了几个最出色的文案人员，其他人就都被解雇了。

我回到自己的公寓，等着工作蜂拥而至，但事与愿违。不过一个朋友的女朋友的朋友一天晚上在俱乐部跟我聊天（那天演奏的人叫大卫·鲍伊，我没听说过。他穿得像个宇航员一样，他乐队的其他成员也穿着银白的牛仔服。我根本没在听他们的歌），接下来我只知道我打算组建一支自己的摇滚乐队，名字就叫钻石火光。如果你不是七十年代经常逛伦敦酒吧的人，你肯定没听说过这个乐队，但他们真的是支好乐队。团结、感情丰富。五个人。其中两个目前已经是世界闻名的超级乐队组合成员。另外两个十五年前就死了，作为无名尸体下葬。他们两个的死间隔不到一周，此事直接导致乐队解散。

我也大受打击。乐队解散后我就隐退了——我要尽可能远离城市，远离这种生活方式。我在威尔士买了一座小农场。我在那里养羊，养山羊，种卷心菜，过得挺开心。要不是因为她以及《阁楼》杂志，也许我至今还住在那里。我不知道它是从哪里来的。有一天早晨，我刚出门就看到院子的泥土里有一本杂志，封面朝下。那是一年前的旧杂志了。她没有化妆，照片像是在一间高级公寓里照的。这是有史以来我第一次看到她的隐私部位，或者说，要是杂志没有艺术地模糊处理、部分失焦的话，我本来是可以看到的。她看起来就像从迷雾中走出来的。

杂志上说她的名字叫莱斯莉。十九岁。

随后我就再也坐不住了。我以超低价卖掉了农场，在一九七六年底最后一天回到伦敦。

我去申请了失业救济，住在维多利亚区的一间政府出租房里，每天中午才起床，然后一直待在酒吧直到下午关门才走，然后在图书馆看报纸，等酒吧再次开门，然后在里头再次待到关门。我靠救济金过日子，存款都拿来喝酒了。

我已经三十岁了，感觉却要老得多。我跟一个加拿大来的金发朋克妹子住在一起，她叫什么我不知道，我们是在希腊街的一家酒吧里认识的。她是酒保，一天晚上，酒吧关门后，她对我说她没地方住了，于是我让她睡在我家沙发上。后来我发现，她才十六岁，之前从来没住过别人家的沙发。她有着石榴一样小巧的乳房，背上文着一个骷髅，发型好似弗兰肯斯坦的新娘。她说她可以做任何事情，但什么都不信。她可以一连好几个小时说世界正在朝着无政府状态发展，还说世界没有希望、没有未来，但是她上床的时候就好像做爱都是她发明的一样。我觉得这样挺好。

她会赤身裸体只戴一个有尖刺的狗项圈爬到床上来，眼睛周围画着浓浓的黑色眼影。有时候她吐口水，我们走路的时候她就直接吐在人行道上，我很讨厌她这样。她让我带她去朋克酒吧，看她吐口水骂人到处乱跳。我真觉得自己老了。有些音乐我还是喜欢的，比如《桃子》之类。我看了性手枪的现场演出。真烂。

后来那个朋克妹子把我甩了，说我是个无聊的老胖子，她又找了个无比肥胖的阿拉伯王室。

她坐上那人送她的大跑车，我在她身后喊："我以为你真的什么都不信呢！"

"我信一百镑一次的口交和貂皮大衣，"她一手拨弄着她弗兰肯斯坦新娘式的发型朝我喊道，"还有黄金震动棒。我信这些。"

于是她奔着石油财富和新衣柜去了，我查看了一下自己的存款，发现自己已经破产——真的身无分文了。但我依然时不时购买《阁楼》。我这六十年代的灵魂依然会被杂志上的肉体深深地震撼并受到极大的刺激。没有任何想象的空间，这一点既吸引着我，又让我厌倦。

到一九七七年尾声，她又出现了。我的夏洛特，她的头发五颜六色，嘴唇猩红，仿佛刚吃完覆盆子。她躺在丝绸床单上，脸上戴着镶嵌珠宝的面具，一只手放在两腿之间，我兴奋至极，几近高潮，一直以来我只想要她：夏洛特。

这次她的名字是缇坦妮娅，她身上披挂着孔雀羽毛。照片旁边小虫子一样的黑色文字写道，她的工作是南部的房地产经纪人，她喜欢敏感、诚实的人。她十九岁。

该死，她看起来就只有十九岁。而我破产了，和其他上百万人一样，无家可归，全靠救济金生活。

我卖掉了所有的唱片、书，只留下四本《阁楼》和大部分家具，我买了一台非常好的照相机。然后给十年前我还在做广告业时认识的所有摄影师打电话。

绝大部分人都不记得我了，至少是嘴上说不记得我了。记得我的那些人都不想要一个不再年轻且没有经验的助手。但是我不断尝试，最终找到了哈里·布里克，一个银发的老男生，在蹲尾区有自己的工作室，还有一帮子很有钱的小男朋友。

我跟他说了我想做什么，他想也没想就说："两小时之内过来。"

"不用面试？"

"两小时。不准迟到。"

我按时到达。

第一年，我打扫工作室，给背景板刷漆，去商店买东西，去街上各处买、借、讨要各种合适的道具。第二年，他让我帮忙弄灯光、场地、烟弹、干冰，还泡茶。泡茶是夸张了——我只泡过一次茶，泡得特别难喝。但我学到了不少摄影知识。

转眼到了一九八一年，世界充满了全新的浪漫气息，我三十五岁，每分每秒都很充实。布里克让我独自看店，他要去摩洛哥度假一个月，那种花天酒地的度假。

她又出现在那个月的《阁楼》上。比以往更加腼腆青涩，她在音响广告和苏格兰旅游广告之间安静地等我。这次她叫晨曦，但是她依然是我的夏洛特，照片是在某处海滩拍的。她十九岁，配文这样介绍道：夏洛特。晨曦。

哈里·布里克在从摩洛哥返回的路上死了，被一辆大巴撞死了。

真的不好笑——他当时正乘坐车辆轮渡离开加莱，打算去车上拿根烟，烟放在他那辆梅赛德斯的杂物箱里。

当天天气很不好，一辆旅游大巴没有固定好（我在报纸上看到，那车属于威根的一家商务合作社，报道是根据他那眼泪汪汪的男朋友讲述而写成的），哈里就被大巴撞死在银色的梅赛德斯车子侧面。

那辆车他总是保养得一尘不染。

读遗嘱的时候，我才发现，这老浑蛋居然把他的工作室留给我了。那天晚上我哭个不停，后来一个星期都醉醺醺的，再后来我就继续开张营业。

当时又发生了一些事情。我结婚了。婚姻持续了三个星期，然后我们就离婚了。我可能不是适合结婚的类型。一天晚上我在火车上被一个格拉斯哥醉汉打了，周围乘客假装没看见。我买了两只水龟和鱼缸，把它们摆在工作室里，其中一只叫罗德尼，一只叫凯文。我成了一个很不错的摄影师。我拍摄日历、广告、各种时尚大片，给小孩和明星拍摄，都是为了工作。

在一九八五年春天，我见到了夏洛特。

星期四，我独自一人在工作室，光着脚没刮胡子。当天是休息日，我打算打扫房间，看看报纸。工作室的门开着，可以通通风，冲淡屋里的烟味和夜里洒出来的酒味，忽然一个女人的声音问："是布里克摄影室？"

"对，"我头也不回地回答，"布里克死了，现在是我管事。"

"我想来当你的模特。"她说。

我转过身，她大约一米七，有着蜂蜜色的头发，橄榄绿的眼睛，她的微笑仿佛沙漠中的清泉。

"夏洛特？"

她的头歪向一边："随你的便。你想给我拍照吗？"

我呆呆地点头。把伞支起来，让她站在一堵裸露的红砖墙前面，用宝丽来试验性地拍了几张。没有化妆，没有布景，只是稍微打光，一台哈苏相机，外加我眼中最美的女孩。

很快她就脱掉衣服。我并没让她这样做。我不记得自己说过任何话。她脱下衣服，我继续拍照。

她什么都知道。如何摆姿势，如何展示自己的特点，如何调整眼神。她沉默地与照相机调情，和站在相机后面的我调情，我绕着她走动，不断按下快门。我觉得自己全程都没有停下来做任何事情，但是我肯定换过胶片，因为那天最终我用掉了十几卷胶卷。

我估计你们在想拍完照片之后发生了什么，你们以为我跟她上床了。要是我说我从来没有睡过模特，这肯定是在撒谎，事实上有时候甚至可以说是模特睡了我。但是我没碰她。她是我的梦，如果我碰了这个梦，它就会消失，像肥皂泡一样。

反正，我真的没碰她。

她临走前我问："你多大了？"她当时正穿上外套拿起包。

"十九岁。"她头也不回地回答，接着就走了。

她没说再见。

我把那些照片寄给《阁楼》，没有其他地方更适合这些照片了。两天后，美编给我打电话说："爱死那个女孩了！她真是充满真正的八十年代风情。给我她的资料。"

"她叫夏洛特，"我回答，"十九岁。"

现在我三十九岁，总有一天我会变成五十岁，而她依然是十九岁。会有别人给她拍照片。

瑞秋，我的那位舞女，嫁给了一个建筑师。

那个加拿大的金发朋克妹子经营了一个跨国连锁时尚品牌。我时不时会给她拍些照片。她头发剪得很短，里头已经有些白发了，现在她是个同性恋。她跟我说她依然喜欢貂皮大衣，但是关于黄金震动棒的那些话是她瞎说的。

我的前妻跟一个不错的人结了婚，那人有两家影碟出租店，他们搬到了斯劳，生了一对双胞胎男孩。

我不知道那个女仆怎么样了。

至于夏洛特？

在古希腊，哲学家们在辩论，苏格拉底喝下毒芹汁，她在给雕塑家当模特，她是抒情诗缪斯埃拉托的原型，她十九岁。

在克里特岛，她胸部涂着油，从公牛身上跳过，场边的米诺斯王鼓掌叫好，有人将她的身影画在酒壶上，她十九岁。

二〇六五年，她躺在旋转地板上拍摄全息照片，有人把她录下来制成现实感官的色情梦境，把她的容貌、声音和气味都锁在微小的钻石矩阵中，她只有十九岁。

一个穴居人用烧过的木棍在洞穴神庙的墙上画下夏洛特的线条，并用泥土和浆果染料涂满颜色，她十九岁。

夏洛特在那里，在所有的地方，所有的时间，在我们的幻想中滑行，她是永远的女孩。

我非常想她，有时候甚至会觉得痛苦。于是就会拿出她的照片看上一会儿，同时奇怪为什么我居然没碰她，为什么当她真正出现的时候我竟然不说话，但我始终想不出答案。

也许这就是为什么我把这件事写下来。

这天早晨，我发现自己额角又多了一根白发。夏洛特十九岁。在某个地方。

只是又一次世界末日

这天天气很差。我在床上醒来，没穿衣服，胃里非常难受，感觉跟下了地狱差不多。我感觉到某种伸展的金属质地的光亮，还有偏头痛一样的颜色，看样子应该是下午。

屋里冰冷冰冷的——真的是冰冷。窗户内侧结了一层薄冰。我的床单都被扯烂了，床上有些动物的毛发。感觉很痒。

我打算下周一周都躺在床上——变化之后我总是觉得很累——但是一阵恶心迫使我不得不爬起来跟跟踉踉地快步走进公寓的小卫生间里。

我刚走进卫生间就快坚持不住了。我扶着门框，身上不停地出汗。可能是发烧了吧，我希望自己没染上什么别的病。

恶心的感觉刺激着我的肠胃。我觉得头晕。我坐在地上，好不容易才抬起头够到马桶，接着就开始吐。

我吐出腥臭的黄色液体，其中有一只狗爪子——我猜是杜宾犬的爪子，不过我不是很懂狗的品种，还有一块土豆皮，一些胡萝卜丁和

179

甜玉米，还有几块没嚼烂的生肉，另外还有几根手指。是很小很白的手指，显然是小孩的。

"该死。"

恶心的感觉减轻了，头晕也好转了。我躺在地板上，鼻子嘴巴里充满恶臭的口水，呕吐时流出的泪水干在脸上。

感觉好些了之后，我从呕吐物里捡起爪子和手指扔进马桶冲掉。

我打开水龙头，用咸味的印斯茅斯自来水漱口，然后把水吐进水槽。又用抹布和厕纸尽可能把呕吐物收拾干净。接着我打开花洒，像个僵尸一样站在浴缸里让热水从身上流过。

我给自己头发和全身都抹上肥皂。肥皂泡变成灰色，我肯定特别脏。我的头发上覆盖着一层污物，像是干掉的血，我用肥皂努力把它洗干净。然后我又站在花洒下面，一直冲到水变冷。

门下面有一张女房东写给我的字条。上面说我欠了两周的房租。说一切答案都在《启示录》里。还说今早我回家的时候弄出了很大的噪声，要是我今后小声点她会非常感激。她还说当古神从海中升起时，地球上的一切渣滓、一切无信仰者、一切人类垃圾、一切废物懒汉都会被清除干净，世界会被冰和深水清洗一新。字条上还说她想提醒我，她给我在冰箱里腾出了一个格子，希望以后我不要在冰箱里乱放东西，谢谢。

我把字条揉成一团扔在地上，跟巨无霸汉堡包装盒、空比萨盒、早就过期干掉的比萨丢在一起。

该去上班了。

我在印斯茅斯待了两周，我不喜欢这里。这地方有股鱼腥味。是个足以让人患上幽闭恐惧症的小镇子，东边是沼泽地，西边是悬崖，镇子中心有个小码头，停着几艘破烂的小渔船，哪怕有夕阳照射，风景也不好看。八十年代还是有很多雅皮士到印斯茅斯来，买一座可以俯瞰港口的漂亮渔夫小屋。现在雅皮士早就走了，渔夫小屋也都荒废了。

印斯茅斯的居民分散地住在镇子里，有些住在镇子周围的停车场里，他们住在那些潮湿的移动小屋里，但是从来都不去任何地方。

我穿好衣服、靴子，又套上外套，离开了房间。女房东不见踪影。她是个矮个子鼓眼睛的女人，话不多，但是钉在门上写给我的字条洋洋洒洒。她这屋子里总有股煮海鲜的味道，总有大罐子放在灶台上炖东西，里面煮的东西要么腿子太多，要么根本没腿。

这座房子还有别的屋，但没人租住。任何脑子正常的人都不会在冬天跑到印斯茅斯来。

房子外面的气味也不好闻。外面更冷，我的呼吸在海滨的空气中形成白雾。街上的积雪硬邦邦的，很脏，云层显示还会下雪。

咸味的冷风从海湾吹来。海鸥发出凄惨的尖叫。我感觉很不好。我的办公室也冰冷冰冷。在马希街至伦格大道的拐角处有一家酒吧，名叫起子，这是一座矮小的建筑，窗户又小又黑，过去两周我路过了无数次都没有进去。但现在我真的需要喝一杯，而且里面可能更暖和。我推开门。

酒吧里头确实暖和。我抖掉靴子上的雪走了进去。里面几乎没人，但有股旧烟灰缸和过期啤酒的味道。两个老年人在吧台旁下棋。酒保在看一本绿色镏金皮革封面的诗集，是阿尔弗雷德·丁尼生爵士的作品。

"嗨，来一杯杰克·丹尼不加冰如何？"

"好啊。你是新来的。"他说着将书内页朝下放在吧台上，把酒倒进杯里。

"看得出来啊？"

　　他笑了笑，把杰克·丹尼递给我。酒杯很脏，上面还有个油乎乎的手指印，我耸耸肩，把酒杯推开了。真的不想喝。

　　"有狗毛？"

　　"也许吧。"

　　"有种说法，"酒保那头红褐色的头发往后梳成油乎乎的背头，"狼人变成狼的时候，只要谢谢他们，或者呼唤他们的名字，就能让他们变回人形。"

　　"是吗？多谢了。"

　　不等我说，他又给我倒了一杯酒。他看起来有点像彼得·洛尔，但是印斯茅斯的大部分居民都像彼得·洛尔，包括我的女房东。

　　我喝了杯杰克·丹尼，那酒精仿佛在胃里烧了一把火，就该这样。

　　"是别人这么说的，我一直不信。"

　　"你信什么？"

　　"烧腰带。"

　　"什么？"

　　"狼人有人皮做的腰带，这是第一次变形的时候，他们在地狱里的主人给的。所以要烧腰带。"

　　下棋的其中一个老人看着我，他眼睛很大且凸出，但是看不见。"如果你从狼的爪印里喝了雨水，就会在满月之时变成狼，"他说，"唯一的解决办法就是杀死那头踩下脚印的狼，并用初次锻造的银子制成的刀砍下它的头。"

　　"初次的银？"我笑了。

　　他的棋搭子，满脸皱纹的秃顶老人，摇摇头以呱呱的声音说了个悲伤的音节。然后他走了一步皇后，又发出呱呱的声音。

　　印斯茅斯到处都是他这样的人。

我付了酒钱，又给了一美元小费。酒保继续看书，没理我。

酒吧外面又飘起大片大片的雪花，落在我的头发、眼睑上。我讨厌雪。我讨厌新英格兰。我讨厌印斯茅斯，不该独自一人来这里，但是我也没找到有什么地方适合一个人去。再说，因为有工作，所以我不得不在这里多度过了几个满月。工作，还有别的事情。

我沿着马希街走过几个小区——和印斯茅斯的绝大部分地方一样，这里到处都是乏味无趣的十八世纪美国哥特式建筑、十九世纪的棕色石头房子和二十世纪晚期预制板加灰色砖头盒子，然后我来到一家用木板封起来的炸鸡店，我从店旁边的石头台阶走上去，拿钥匙打开生锈的安全门。

街对面有一家卖酒的店，有个看手相的人在二楼做生意。

有人用黑色马克笔在金属上写了些潦草的字，写的是"去死"，说得好像去死很简单一样。

楼梯是实木做的，泥灰很脏都脱落了。我的单间办公室在楼顶。

我在任何地方都待不长，所以也不必把我的名字刻在玻璃上。我只是用粗体字将名字写在瓦楞纸板上，纸板钉在门上。

劳伦斯·塔尔博特

调停人

我开门走进自己的办公室。

四下打量了一番，没精神、腐臭、肮脏之类的形容词从我脑海中掠过，但随后就放弃了，算了。这屋子并不讨人喜欢——一张桌子、一把办公椅子，一个空荡荡的文件柜、一扇窗户，透过窗户能清楚地看到卖酒水的店和空无一人的手相算命店。楼下的店铺传来地沟油的味道。也不知道这个炸鸡店关门多久了，我想象着脚下那个空间里，无数黑色的蟑螂爬得到处都是。

"你想象的就是世界的样子。"一个非常低沉的声音说道,低沉得我感觉它在我的胃里嗡嗡作响。

办公室一角有个很旧的扶手椅子。透过经年累月的包浆还能看见椅子的花纹。它是灰色的。

一个胖子坐在椅子里,他半闭着眼睛继续说:"我们疑惑地看着我们的世界,既紧张又不满。我们以为我们是神秘仪式的专家,是被困在我们设计以外的世界里的孤独的人。事实非常简单:有些东西躲在黑暗处想伤害我们。"

他仰着头靠在扶手椅上,手指尖顶着嘴角。

"你会读心术吗?"

椅子里那人有种在喉咙深处低沉振动的缓慢嗓音。他真的特别胖,粗短的手指好像褪色的香肠。他穿着厚厚的旧外套,那衣服曾经是黑的,现在已经是深灰色了。他靴子上的雪还没完全融化。

"也许吧。世界末日是个奇怪的概念。世界在不断走向灭亡,末日在不断被推迟——被爱、或愚蠢或无聊的好运。"

"啊。现在已经太迟了。古神选择了他们的容器。当月亮升起……"

一缕口水从他嘴角留下,拖着一条银丝滴在他领子上。有什么东西从他的领子上匆忙躲进他外套的阴影中。

"是吗?月亮升起后会怎么样?"

椅子里那人激动起来,他睁开两只鲜红浮肿的小眼睛,还眨了几下。

"我梦见我有很多张嘴。"他说。对体形如此大的人来说,现在他的声音太小了,仿佛只有气息。"我梦见每张嘴都独立地一张一合。有些嘴说话,有些窃窃私语,有些在吃东西,有些保持沉默。"

他看了看周围，擦干嘴角的口水，靠在椅子里，迷惑地眨着眼睛："你是谁？"

"我是租这间办公室的人。"我回答。

他突然大声打了个嗝儿。"抱歉。"他用那种有气无力的声音说道，同时从椅子里站起来。他站起来比我矮。他疲倦地上下打量了我一番："银子弹，"停顿片刻后又说，"真是老做派。"

"是啊，"我回答，"确实是的，我根本没想过。天哪，我真该踢我自己一脚。真的。"

"你真会逗老年人开心。"他对我说。

"不是的。抱歉。请你出去吧。这里有人要工作。"

他摇摇晃晃地走出去。我坐在靠窗处书桌边的旋转椅子里，几分钟后，通过失败和犯错，我发现要是往左边转，椅子座位就会和椅子脚分离掉下去。

于是我坐好，等着桌子上的黑色电话响，窗外冬季的天空中光线正一点一点地消失掉。

叮铃铃。

是一个男人的声音：你想安装铝墙板吗？我挂了电话。

办公室里没有暖气。我不知道那胖子在椅子里睡了多久。

二十分钟后电话又响了。一个哭哭啼啼的女人让我帮她找她五岁的女儿，那孩子昨晚失踪了，从她床上被偷走了。家里的狗也失踪了。

我跟她说我不找失踪儿童。我很抱歉，不好的记忆太多了。我放下电话，恶心的感觉又来了。

天已经黑了，这是我到印斯茅斯以来第一次天黑，街上的霓虹灯招牌亮了。招牌上说：埃泽基尔夫人解读塔罗牌并看手相。

红色的霓虹灯光使得飘落的雪花有种鲜血般的颜色。

世界末日被一些细枝末节的行为推迟了。事情就是这样。一直都是这样的。

电话第三次响起。我听出来对方的声音，是那个推销铝墙板的人。"你知道吗，"他用闲聊的语气说，"人变形成动物再变回来肯定是不可能的。我们必须寻找其他解释。可能是去人性化，或类似的某种投影。也许可能是大脑损伤，还有可能是假神经性精神分裂症。很可笑吧。有些病例采取了静脉注射盐酸甲硫哒嗪的方式来治疗。"

"成功了吗？"

他笑了一声："我喜欢你。有幽默感。我们肯定能好好做生意。"

"我已经跟你说了。我不需要铝墙板。"

"我们的生意比铝墙板重要得多，伟大得多。你刚来到这儿，塔尔博特先生，要是我们这就，嗯，怎么说呢，要是我们这就为敌可不好。"

"随你怎么说，兄弟。依我看你只是又一个需要调停的案例。"

"我们要结束这个世界，塔尔博特先生。深潜者将从他们大海的坟墓中苏醒，像吃一颗熟李子一样吃掉月亮。"

"然后我就再也不用担心满月了，是不是？"

"别惹我们。"他刚说完，我吼了他一声。他闭嘴了。

窗外还在下雪。

在马希街对面，正对着我的一扇窗户里站着我所见过的最漂亮的一个女人，她在霓虹灯招牌的红光里盯着我。她竖起一根手指。

我又一次挂了推销铝墙板那人的电话，走下楼，三步并作两步地穿过街道，当然过马路前还是左右看了。

她穿着丝绸。房间里只有一支蜡烛照明，到处都是熏香和广藿香油的臭味。

我进去的时候她朝我笑了笑，示意我坐到她旁边靠窗的座位上。她正在摆塔罗牌，应该是宝石牌形。我靠近的时候，一只优雅的手收起所有的牌，用丝绸裹好然后放进木头盒子里。

屋里的气味让我脑子发晕。我想起来今天还没吃东西，也许是饿得发晕了。我坐在桌子旁跟她面对面，烛光正好照着我。

她伸手拉住我的手。

然后看着我的手，用食指轻轻摸了摸。

"有毛？"她很疑惑。

"嗯，是啊。我的毛很多。"我笑了，希望这是个友好的笑，但是她还是冲我挑起眉毛。

"我看你的时候，"埃泽基尔夫人说，"我看到了一个人的眼睛，同时也看到了一个狼的眼睛。在人的眼睛里看到了诚实、谦逊、无辜。我看到一个正直的人走在广场上。在狼的眼睛里我看到了咆哮和吼叫，夜里的呼喊和啸叫，我看到了一个怪物，鲜血四溅地行走在黑夜里小镇的边缘。"

"你是怎么看见咆哮和吼叫的？"

她微笑起来。"不难。"她说。她没有美国口音。是俄罗斯或者马耳他或者埃及口音。"我们能从心灵的眼睛中看出很多东西。"

埃泽基尔夫人闭上绿色的眼睛。她的眼睫毛很长，皮肤苍白，黑色的头发打着卷从头上垂下来，仿佛在遥远的潮水上漂浮。

"有一种传统方式，"她对我说，"可以洗去不好的形态。你站在清澈流动的泉水中吃白色的玫瑰花瓣。"

"然后呢？"

"黑暗的形态就会从你身上洗掉了。"

"它还会回来，"我对她说，"下一次满月就会回来。"

埃泽基尔夫人说："那么一旦那个形态离开你的时候，你需要在流水中割开血管。当然，感觉会很疼。但流水会带走你的血。"

她穿着丝绸，衣服和丝巾有上百种颜色，即使在昏暗的烛光中，每一种颜色显得都非常明亮鲜艳。

她睁开眼睛。

"好了，"她说，"用塔罗牌。"她打开黑色丝绸包裹，让我洗牌。我洗牌切牌。

"慢点，慢点，"她说，"让它们认识你。让它们爱你，就像……就像女人爱上你那样。"

我整理好塔罗牌，递回给她。

她翻开第一张牌。这一张名叫"战狼"。画面是黑色中一双琥珀色的眼睛，还有红白亮色勾勒出的微笑。

她绿色的眼睛里露出疑惑的神情。那双眼睛绿得仿佛祖母绿。"我的牌里没有这一张。"她又翻开下一张牌，"你做了什么手脚？"

"没有，夫人。我只是拿了一会儿，没做别的。"

她翻开的那张牌是深潜者。画面是模模糊糊的绿色形似章鱼的东西。当我看着牌面的时候，那个东西的嘴——如果那真的是嘴而不是触须的话——在不断蠕动。

她用另一张牌盖住深潜者，然后又拿出一张，接着又一张。其他的卡片全是空白。

"是你干的吗？"她似乎快要哭了。

"不是。"

"你走吧。"她说。

"但是——"

"走。"她看着下面，仿佛是在告诉自己我已经不在了。

我站起来，这屋里充满熏香和蜡烛油的味道，我透过她的窗户看着街对面。一道亮光从我办公室窗户上闪过。两个男人带着手电筒在我的办公室里走动。他们打开空文件柜，到处查看，然后各自就位，一个坐在扶手椅里，另一个躲在门背后，只等我回去。我暗自笑了笑。我的办公室又冷又不舒服，他们必定会等上好几个小时，等到他们自己确信我不会回去了为止。

然后我离开了埃泽基尔夫人的地方，她还在一张一张地翻牌，仔仔细细地看，仿佛原本的画面还会回来似的，我下楼沿着马希街走过去，又走到酒吧。

店里已经没人了，酒保正在抽烟，我进去的时候他立刻把烟掐了。

"那对下棋的人呢？"

"今天晚上他们都有事。应该在海湾。你要什么，杰克·丹尼吗？"

"不错。"

他给我倒了一杯。我认出了上一次的那个手指印。我又捡起吧台上那本丁尼生诗集。

"好看吗？"

那个红褐色头发的酒保从我手中接过书读道：

"深海的惊雷之下，

无尽的深海之中，

那古老者无梦地酣睡

克拉肯在沉睡……"

我喝完了酒："所以呢？你想说什么？"

他绕过吧台，带我站到窗边："那边，看见了吗？"

他指着镇子西边悬崖的方向。我看见那边燃起了篝火，火焰逐渐闪现出铜绿色的光芒。

"他们要唤醒深潜者，"酒保说，"恒星和行星和月亮都已经就位。时机成熟。大陆会沉没，海洋会上升……"

"'世界将被冰与血清洗，多谢你把自己装进冰箱。'"我说道。

"什么？"

"没什么。去悬崖最近的路怎么走？"

"走马希街后面。在大衮教会左拐，一直走到马努科赛特街，然后直走。"他从门背后取下一件外套穿上，"我送你去。我可不想错过看热闹的机会。"

"你确定？"

"今晚镇上没人来喝酒。"我们离开酒吧。他顺手锁上门。

街上很冷，雪纷纷落下，仿佛白色的迷雾。从街上望去，我看不清埃泽基尔夫人是否还在那间挂着霓虹灯招牌的小店里，也不知道那两个不速之客是否还在我的办公室。

我们埋头顶风行走。

在风声中我听见酒保在自言自语。

"挥舞麻木的巨大绿色手臂。"他说道。

"他再次沉睡无数岁月，还会继续沉睡，

在睡梦中孕育巨大的海蠕虫，

直至更新之火灼烧深渊，

那时人类与天使都会看到，

他咆哮着升起……"

说到这里他闭嘴了，我们沉默地走着，大雪刺得我们的脸生疼。

肤浅的死亡，我心想，但没有大声说出来。

走了二十分钟，我们走出了印斯茅斯。离开城区，马努科赛特街也到此为止，接下来就是狭窄的泥巴路，路上满是冰和雪，我们在黑暗中一路上边走边打滑。

月亮还没升起来，但已经有一些星星了。很多。像钻石和蓝宝石碎屑一样散落在夜空中。在海岸上可以看到很多星星，比在城市里看到的多得多。

在悬崖顶端，篝火后面，两个人正在那里等着——其中一个是大胖子，另一个瘦些。酒保从我身边走过去，站在他们旁边，直面着我。

"看哪，"他说，"被献祭的狼。"他的声音里有种非常熟悉的感觉。

我没说话。篝火的火焰是绿色的，自下而上地照着他：经典的鬼火光芒。

"你知不知道我为什么带你上来？"酒保问道。我知道为什么他的声音很耳熟了：是给我推销铝墙板那个人。

"为了阻止世界末日？"

他嘲笑我。

第二个身影是那个坐在我办公室扶手椅里的人。"嗯，如果你能体会到一点末世的意味……"他的声音低沉得能撼动墙壁，眼睛闭着。他睡着了。

第三个身影穿着黑色的丝绸，身上散发着广藿香油的味道。它拿着一把刀，什么都没说。

"今天晚上，"酒保说，"月亮是深潜者的月亮。今天晚上星星各自归位，形成了往日的形状。今天晚上，如果我们呼唤，他们就会出现。如果我们献祭得当。如果我们的呼唤能被听见。"

月亮升起来了，巨大、昏暗、沉重的月亮，在海湾的另一边，下面的海洋深处传来一阵低沉的呱呱声。

月光照在冰雪上，那不是日光，但也能看清。在月光下我看得更清楚了：冰冷的海水中，很多青蛙般的人影浮上海面，仿佛跳着缓慢的水上舞蹈。那下面的男女都好似青蛙。我仿佛看到了我的女房东也在那下面，和其他蛙形人一起呱呱叫着游动。

现在间隔时间太短，还来不及再次变形，前天晚上的事情依然让我感到疲倦，但是在棕色的月光下我感觉非常奇怪。

"可怜的狼人，"丝绸衣服里传来一阵低语，"一切梦想变成了这样：在遥远的悬崖上孤独死去。"

我的梦想是我的事情，我回答，怎么死也是我的事情。但是我不知道自己有没有大声说出来。

月光下我只觉得情绪高涨，我听见海的咆哮，我能听见每一个海浪起伏的声音，在此之上，我听见那些奇怪的蛙形人溅起海水的声响，我听见海湾里的溺亡者在窃窃私语，我听见海洋深处绿色的沉船碎裂的声音。

嗅觉也变得灵敏了。卖铝墙板那人是人类，胖子则有着异族的血。

穿丝绸那人……

还是人形的时候，我闻到过她的香水味。现在在香水味之下，我能闻到一些别的东西，不那么令人头晕，那是腐臭味，是正在腐烂的肉的味道。

丝绸沙沙响。她朝我走来。她拿着刀。

"埃泽基尔夫人？"我的声音变得嘶哑粗糙。很快我就会说不出话了。我不懂这到底是怎么回事，但是月亮越升越高，失去了琥珀色的光芒，我满脑子都是苍白的光芒。

"埃泽基尔夫人？"

"就凭你对我的牌做的手脚，你就该死去，"她的声音冰冷低沉，"那是古老的牌。"

"我不会死，"我对她说，"'即使是心灵纯洁之人，也在夜间祈祷。'记得吗？"

"胡说，"她说，"你知不知道终结狼人诅咒的最古老方法？"

"不知道。"

篝火越发明亮了，将下方的海都照出一片绿色，绿色的海藻，漂浮的野草全都是一片幽绿。

"只需要等到他们是人形的时候，距离下次变形还有一个月的时候，用献祭的刀杀死他们。就这样。"

我转身逃跑，但是酒保追上来，抓住我的胳膊，将我的手腕扭到背后。月光下，那把刀闪耀着银光。埃泽基尔夫人微笑起来。她割开了我的喉咙。

血喷出来四处流淌。随后就不流了……

——我前额突突跳，背后感到压力。所有的喧嚣伴随着"嗷呜呜——"的叫声变成了红色的墙在夜色中朝我扑过来。

——我尝到星星在海水中分解的味道，是咸的，很遥远，还翻涌着泡沫。

——我手指刺痛，皮肤仿佛被火舌抽打，我的眼睛变成黄玉色，我能尝到夜色的滋味。

在冰冷的空气中，我的呼吸如同灼热的蒸汽。

我不由自主地低声咆哮。我的前爪踩在雪地里。

我后退，绷紧身体冲向她。

空气中有股污秽的感觉，像迷雾一样环绕在我周围。我高高跳起，仿佛停在空中，接着有什么东西像肥皂泡一样碎裂了……

我在黑暗海洋的深处，四脚着地踩在湿滑的岩石地面上，那是某个城堡样建筑物的入口，一切都是由巨大粗糙的岩石建成的。石头在黑暗中散发出苍白的微光，那是一种鬼魅般的光芒，像手表指针的光。

我脖子上还沾着黑色的血。

她就站在我面前的入口处。现在她有六七英尺高。她的骨架上依附着被啃食过的肌肉，那些丝绸其实是草，在无梦的深渊深处冰冷的海水中漂荡。海藻像慢慢舞动的绿色面纱一样遮住了她的脸。

她手臂上部的皮肤和肋骨残留的肌肉上长着帽贝。

我觉得自己快被压碎了。我无法思考。

她靠近我。她脑袋周围的水草开始摆动。她的脸就像寿司柜台上那些你不愿意吃的东西，充满各种吸盘、凸起还有海葵的叶状体一般的东西在舞动。在那一堆东西之中，我知道她在微笑。

我后腿一蹬。在这幽深之地，我们打斗起来。周围很冷，很黑。我咬住她的脸，感觉到有什么东西断裂了，然后一撕。

在无尽深渊的底部，这几乎就是一个吻了……

我轻轻落在雪地上，嘴里叼着一条丝绸围巾。其他几条围巾散落在周围。埃泽基尔夫人不见了。

银色的刀也落在雪地上。月光中，我四脚着地等着，全身都湿透了。我抖了抖，甩掉海水。我听见水滴落在火堆上发出嘶嘶的声响。

我觉得眩晕且虚弱。我大口吸气。

下面深深的海湾里，我能看到蛙形人像死尸一样漂在海面上，几秒钟后他们随着潮水来回漂动，随后他们抽搐跳跃，一个接一个地跳进海湾深处消失在海中。

有人尖叫。是那个红褐色头发的酒保，那个凸眼睛的铝墙板推销员，他盯着夜空，云层移动遮住了星星，他在尖叫。叫声中有种震怒，我觉得害怕。

他拿起地上的刀，手指擦掉刀柄上的雪，又用衣服擦掉刀刃上的血。然后他看着我。他大声叫喊。

"你这个浑蛋，"他说，"你为什么这样对她？"

我想跟他说我什么都没做，她依然在海洋深处守卫着，但是我不会说话，只会嚎叫了。

他哭起来。他显得疯狂又失望。他举刀冲向我，我闪到一旁。

有些人就连一点点微小的变化也无法适应。酒保踉跄地从我身边跑过，掉下悬崖消失在虚无中。

在月光下，血是黑的而非红的，他在摔下悬崖的过程中弹了几下，留下了一些模糊的黑色和深灰色痕迹。最终他一动不动地躺在悬崖底部冰冷的岩石上，随后一只手从海中升起，抓住他，慢慢地将他拖进深黑的海中，那过程看起来有些痛苦。

一只手挠了挠我的头。感觉很好。

"她是什么？只是深潜者的化身之一，先生。是一个幻象，一个生造出来的东西，如果你愿意，就把她从深深的海底送上来，制造世界末日。"

我鬃毛倒竖。

"不，结束了——暂时结束了。你打败了她，先生。仪式基本有效。我们三个必须团结一致，趁着无辜者的血在我们脚下流淌，我们应该呼唤神圣的名字。"

我抬起头看着那个胖子，发出疑问的叫声。他睡意蒙眬地拍着我的背和脖子。

"她当然不爱你，孩子。从物质的角度来说，她根本就不存在于物质层面。"

雪又下起来了。篝火熄灭了。

"你今晚的变形纯属偶然。我认为是因为今晚极为特殊，群星的位置和月亮的力量恰到好处，可以将我的老朋友从地底带回来……"

他继续用那种深沉的嗓音说话，也许他在跟我说一些很重要的东西。但我也不懂，因为我觉得越来越饿，他的语言完全失去了意义，只剩一片阴影，我也对大海、悬崖顶端以及那个胖子失去了兴趣。

草地尽头的树林里有鹿在奔跑，在冬夜的空气中我闻到了它们的气味。

最重要的是，我饿了。

第二天一早，我再次醒来的时候没穿衣服。旁边的雪地上有一头吃了一半的鹿。苍蝇爬在它的眼睛上，它的舌头从嘴里垂下来，看上去可笑又可怜，有点像报纸漫画上的动物。

血被染成了荧光红似的颜色，鹿的肚子被撕开了。

我的脸和胸口都黏糊糊的，沾满了红色的东西。我的喉咙上伤痕累累，都结了疤，但还是疼。到下次满月就会痊愈了。

太阳看起来很遥远，小小的，黄黄的，天空湛蓝无云，没有风。我听见远处传来海的声音。

我没穿衣服，觉得很冷，而且沾满了血，又是孤身一人。啊，好吧，我心想，一开始都这样。我这也是每个月一次。

我累得要命，但是还能坚持着去找个山洞或者荒废的谷仓，然后我可以睡上几个星期。

一只鹰低空掠过雪地朝我飞来，它爪子上抓着什么东西。它在我的上方停留了片刻，然后将一只灰色的小章鱼丢在我脚边的雪地上，随后飞走了。那个软绵绵的东西就在地上，触手一动不动地摊开在沾血的雪地上。

我将它作为一个预兆，只是不知道是好是坏，但我真的不在乎。我背对大海，背对印斯茅斯阴霾重重的镇子，朝城市的方向走去。

湾　狼

听啊，塔尔博特，有人在杀我的子民。

罗思说道。他在电话里嘶叫的声音好像海螺壳里的涛声。

去查明谁干的，为了什么，去阻止他们。

怎样阻止？我问。

采取一切手段阻止，他说。你阻止了他们之后，

我不想看到他们再出现。你懂了吗。

我懂了。我被雇用了。

现在你听着：这是二十世纪二十年代的事情，在洛杉矶，威尼斯海滩。

加尔·罗思在那边做生意，卖兴奋剂、注射器和类固醇，还有各种娱乐服务，一时很受追捧。

所有那些健身的孩子，穿三角裤肌肉发达的男孩子，

身材曼妙的女孩有些令人惶恐有些充满诱惑，

所有人都爱极了罗思。他有货。

有关部门得了他的好处，都不管他，

整个海滩就是他的王国，从拉古纳海滩到马里布海滩，

他建起海滨大厅，俊男美女都在里面，

日夜玩乐，竞相炫耀。

啊，那城市崇拜肉体，他们正拥有肉体。

他们举办派对。每个人都参加派对，

到处混乱喧嚣，酒精毒品令人沉醉，

音乐声震耳欲聋，深入骨髓，

那东西就是在这种时候悄无声息地杀死了他们，

那东西不知道是什么。它碾碎他们的头。把他们撕成碎片。

没人听见尖叫，只有怀旧老歌和海浪声震天响。

那年正值死亡金属复兴。

那东西带走了十几个人，十几个尸体，

在大清早拖进海中。

罗思说他认为这是敌对的贩毒集团干的，

布置更多卫兵，让更多直升机和游艇巡逻，

它还会再出现。它确实再出现了，一次又一次出现。

但是照相机和监控都没拍到任何东西。

他们不知道那是什么，但是，

它依然将那些人的四肢、头颈扯掉，

把填充物从隆过的胸部中扯出来，
把嗑药过度的躯体丢在沙滩上，
仿佛某种奇形怪状的小生物躺在沙滩上。
罗思非常伤心：沙滩不再是他的沙滩了，
于是他就给我打了电话。

我跨过几个熟睡的漂亮女孩，
拍了拍罗思的肩膀。
眨眼间，十几把枪同时指着我的胸口和脑袋。
于是我说，嗨，我不是怪物。
至少不是你们要找的怪物。
现在还不是。

我给他看了名片。塔尔博特，他说。
你就是跟我通过电话的那位调停者？
对，我回答。下午说话总有点费劲，
你有一些事情需要调停。
这样吧，我说。
我把你的麻烦处理掉，你就只管支付。

罗思说，好，我们说好了。成交。
我？我认为是欧洲黑手党
你怕他们吗？

不怕，我回答。不怕。

我其实希望自己生活在那个辉煌年代：

如今罗思那些俊男美女都有些瘦，他们都不像从前，

丰满、曲线优美，那些人都是很久以前的了。

黄昏时分派对再次开始。

我对罗思说，我讨厌一开场就放死亡金属。

他说我实际年龄肯定很老。

他们音乐放得很大声，扬声器让海滩都震动了。

我脱下衣服准备行动，四脚着地，

在中空的沙丘上等待。

我等了数个日夜。等啊。等啊。

你和你的人到底在哪里？

第三天的时候罗思问我。我给你的钱你他妈的拿去干什么了？

昨天晚上沙滩上什么都没有，只有一条大狗。

我笑了笑说：到目前为止没有发现问题，不管到底是怎么回事，

我随时待命。

他说，我说了是以色列黑帮。

我从来不信任那群欧洲人。

到了第三天晚上。

月亮巨大，呈现出鲜红色。

他们有两个在玩冲浪。

一男一女，

荷尔蒙终究胜过了毒品。女孩咯咯笑，

海浪慢慢拍着。

要是敌人每晚都来，他们这种行为无异于自杀。

但是毕竟敌人不会每晚都来。

他们在海浪中玩耍，

拍水，开心地尖叫。我听力很好，

（足以听清楚他们的动静）视力也很好，

（足以看清他们的行动）

他们年轻得要命，开心得要命，我简直觉得烦。

对我这样的人来说，最困难的事情是：

这种人就应该收到死亡的礼物。

她先尖叫。红色的月亮高悬在天空，

这是满月后第一天。

我看着她倒在波涛里，

仿佛那水有二十英尺深似的，但其实水深就两英尺。

她仿佛被吸入水底。男孩跑了。

他吓得小便失禁，

尖叫着跌跌撞撞地跑了。

它慢慢地从水中出现，仿佛一个人穿着怪兽电影里的劣质外套
一样。

它扛着那个僵硬的女孩。我打了个哈欠，

像大狗打的那种哈欠，牙齿咔咔作响。

那东西咬掉了女孩的脸，剩下的就丢在沙滩上。

我心想：肉和化学物质，他们一下子就成了肉和化学物质，

只咬一口，

他们就成了肉和化学物质……

罗思的人十分惊恐地跑出来，

手里拿着自动武器。那东西把他们抓起来，

开膛破肚，丢在月光笼罩的沙滩上。

那东西以僵硬的步伐穿过沙滩，雪白的沙子，

粘在它灰绿的脚上、那脚有蹼还有爪。

母亲，世界之巅的母亲，它嚎叫道。

什么样的母亲会生出这种怪物？我心想。

沙滩尽头，我听见罗思在叫喊，塔尔博特，

塔尔博特你个浑蛋！你在哪里？

我站起来，舒展身体，没穿衣服跑向那个怪物。

嗨，我说道。

嗨，狗子，他说。

我要扯掉你的腿塞进你嘴里。

那就不能说"嗨"了，我回答。

我是伟大的阿尔，他说。

你是谁？嗷嗷叫的狗头男孩乔乔？

我要把你打死、撕烂，撕成碎片。

滚开，恶心的畜生，我说。

他看着我，那双眼睛好像吸毒用的针管。

滚开？哼，小子，谁能让我滚开？

我，我回答道。我能。

我专门负责让人滚开。

他茫然地看着我，似乎受了打击，还有些迷惑，

一时间我都替他难过了。

然后月亮从云层中出来，

我开始嚎叫。

他的皮肤苍白如鱼皮，

牙齿尖锐得像鲨鱼牙，

手指间有蹼，还长着利爪，

他咆哮着扑向我的咽喉。

他说，你到底是什么？

他说，啊，不，哦。

他说，喂，该死，这样不公平。

然后他什么都不说了，说不出话了。

一个字也没有了。

因为我撕掉了他的手臂，

手指还在抽搐着想抓住空气，

我把他丢在沙滩上。

伟大的阿尔想跑回海里，我追赶着他。

海浪是咸的，他的血很臭。

在我嘴里是黑色的，我能尝出来。

他想游走，我跟着他不断下潜。

我感觉自己的肺仿佛要炸裂了。

全世界都压迫着我的喉咙、脑袋、胸膛和思想，

怪物们纷纷出现想掐死我。

我们来到一座沉没的海上钻井平台废墟中，

伟大的阿尔必定会在这里死去。

这里肯定是他出生的地方，

这座锈蚀的海中废墟。

我找到他时，他已经奄奄一息。

我可以丢下他，让他慢慢死掉，他会变成奇怪的鱼食。

变成一小碟迷路的朊病毒。一块危险的肉。但是，

我狠踢他的下颌，拔下一颗鲨鱼牙一般尖利的牙齿，

这会成为我的幸运符。

这时她出现了，长满尖牙利爪。

怪物也有母亲，这有什么好奇怪的？

我们大部分都有母亲。

回到五十年前，人人都有母亲。

她为自己的儿子哭泣，哭得非常伤心。

她问我怎么能如此心狠手辣。
她蹲下摸他的脸，然后连连悲叹。
我们谈了一会儿，想找些一致意见。

我们做的事情和你无关。
跟你我之前做过的事情没什么不同。
不管我爱不爱她，有没有杀死她，
她儿子都已经死透了。

我们翻滚在一起，毛皮贴着鳞片，
我的尖牙咬住她的脖子。
我的爪子抓住她的脊背……
啦啦啦啦啦啦啦，这是最古老的歌谣。

稍后，我从海中返回。
大清早罗思已经在等我了。
我把伟大的阿尔的头丢在沙滩上，
细细的白沙一块块地粘在那潮湿的眼睛上。

这就是你的那个威胁，我对他说。
对，他死了，我说。
现在呢？他问。
交钱，我回答。
你觉得他是黑帮的人吗？他问。
还是欧洲黑手党？还是其他什么帮派？

他只是一个邻居，我说。希望你平时不要太吵。

是这样？他说。

是的，我看着那个脑袋回答道。

他从哪里来？罗思问。

我穿上衣服，变身让我觉得很累。

从肉和化学物质里来，我低声回答。

他知道我在撒谎，狼族生来就会撒谎。

我坐在沙滩上望着海湾，

望着天空，黎明变成了白昼，

我开始做起了自己也能死去的白日梦。

我们可以给你批发价

　　彼得·品特从没听说过昔兰尼学派的亚里斯提卜。亚里斯提卜是个不怎么出名的哲学家，是苏格拉底的追随者，此人的观点是，尽可能避开麻烦就是莫大的善行。然而按照这个观点，品特的一生其实过得非常不平静。从各方面来看他都是个很现代的人，只除了一点：他动辄讨价还价，但我们谁没砍过价呢？他从不走极端，他的演讲恰如其分，从来都留有余地。他从不暴饮暴食，喝酒只为社交，除此以外滴酒不沾。他不富裕，但是也不穷。他喜欢大家，大家也喜欢他。以这一切为前提，你能想象在伦敦东区的破烂小酒馆里见到他吗？不仅是见他，而且还发现他跟根本不认识的人立了个"契约"，你能信吗？你可能根本就不相信会在这种酒馆里见到他。

　　直至某个星期五的下午之前，你这种猜测大概都是对的。但是对女人的爱慕能让男人做出奇怪的事情，即使彼得·品特这么无趣的人也不例外。品特发现家住珀利区橡树公寓九号的格温德琳·索普小姐（现年二十三岁）正和会计部门一个油嘴滑舌的年轻人鬼混。对了，这个时候她已经戴着订婚戒指了，那可是枚戒指上镶嵌着细碎的红宝石、含有九克拉黄金，还有一颗应该是钻石的东西（售价37.50英镑），彼得花了整整一个午休的时间去挑选——爱情真的会让男人失去理智。

有了这一惊人发现之后，彼得星期五晚上彻夜未眠，他翻来覆去，总能看到格温德琳和阿奇·吉本斯（克拉玛奇会计部的唐·璜）在自己眼前跳舞游泳——那行为就连彼得都要说太不合适了（如果非说不可的话）。他内心不禁嫉妒愤怒，到了早晨，彼得决定了，这个对手必须除掉。

星期六早晨，他一直在思考要怎样才能联系上杀手，因为据彼得所知，克拉玛奇公司里没有杀手员工（克拉玛奇是雇用了他们三个三角恋成员的百货公司，顺便还提供了戒指），他也没去问别人，因为怕引起注意。

所以整个星期六下午，他都在查找黄页。

他发现，在C字母范围内没有"刺客"这个条目，在S字母范围内也没有"杀手"这个条目，X范围内当然也没有"凶手"。"消除虫害"这个类别看起来沾边，但是仔细看的话，消除虫害的广告里写明了，消灭的对象是野鼠、家鼠、跳蚤、蟑螂、兔子、蛾子、各种鼠患（这一条彼得很有印象，因为他们似乎尤其注意消灭老鼠），其他的彼得都不记得了。即使如此，出于认真谨慎的天性，他还是认认真真查看着"消除虫害"这个条目，在第二页的底部，用小号字体印着一家企业的名字，看起来似乎可能符合他的要求。

具体内容是这样写的："非常谨慎地除去任何令人厌恶或不需要的哺乳动物。凯奇、黑尔、伯克和凯奇。专业老字号。"下面没有地址，只有一个电话号码。

彼得拨通了那个号码，他很惊讶自己居然会打这个电话。他心跳不已，想努力表现出平静的样子。电话响了一声、两声、三声。彼得希望对面最好别接起来，这样他就能忘了这件事，结果那边咔嚓一声，一个轻快的女声说："凯奇黑尔伯克凯奇。您有什么需要？"

彼得很谨慎，没有报上自己的姓名。他说："呃，多大——我是说，你们能够处理多大的，呃，哺乳动物？"

"这取决于先生您需要处理多大的动物。"

彼得鼓起全部的勇气："一个人呢？"

对面的声音依然很轻快，没有丝毫波澜。"当然可以，先生。您手边有纸笔吗？好的。今晚八点，请您去小考特尼街东三号的脏驴酒吧。将一份《金融时报》卷起来拿在手里——粉色的那版，然后我们的员工就会和您碰头。"说完她就放下了电话。

彼得很兴奋。这比他想象的简单多了。他去报亭买了一份《金融时报》，又在他的伦敦万事通手册上寻找小考特尼街。当天下午剩下的时间他一边在电视上看足球赛，一边想象着会计部给那小白脸办葬礼。

彼得花了一些时间才找到那家酒吧。他好不容易才看见酒吧招牌，上面有个驴头，确实非常脏。

脏驴酒吧很小，挺脏的，光线昏暗，好些胡子拉碴的人三五成群地凑在一起。他们穿着灰扑扑有驴子图案的外套，一边警惕地看着周围，一边吃薯条喝吉尼斯黑啤酒，彼得之前从来没喝过这种啤酒。他把《金融时报》尽可能明显地夹在胳膊下面，但是没有人来找他，于是他买了半份姜汁啤酒，坐在酒吧角落的桌边。等人期间也不知道该做什么，于是他就开始读报纸，不过报上的内容他也没看明白，大概是粮食行情、橡胶公司卖东西还有其他短文（但是他也不知道这些短文到底是在说什么），他索性不看报了，就盯着门口。

他等了十分钟，一个小个子匆匆忙忙地冲进来，迅速打量一下周围的情况，就径直来到彼得的桌边坐下。

他伸出手说："肯布尔。凯奇黑尔伯克凯奇的伯顿·肯布尔。我听说你有工作要交给我们。"

他看起来不像杀手。彼得把这个想法说了出来。

"哦，上帝保佑我们。我不负责那部分工作，先生。我只是个销售。"

彼得点头。原来如此。"我们——这里——可以随意交谈吗？"

"当然可以。没有人会注意的。那么，您要处理多少个人呢？"

"就一个。他名叫阿奇博尔德·吉本斯，他在克拉玛奇的会计部工作。他的地址是……"

肯布尔打断他的话："这个稍后再说，先生，希望你不要介意。我们先谈好经济方面的问题。首先，签约要先支付五百英镑……"

彼得点头。他付得起，事实上他原以为价格会更加昂贵。

"……我们还有折扣。"肯布尔继续说。

彼得眼睛都亮了。我之前也说了，他喜欢砍价，常常为了一些折扣而购买自己根本用不上的东西。除了这个缺点以外（我们所有人都有这个缺点），他是个模范青年。"什么折扣？"

"买二赠一，先生。"

嗯……彼得想了一下。也就是二百五十英镑一个人，这价格真是不错。但是有一个问题。"可是我没有其他想杀掉的人了。"

肯布尔似乎挺失望的："太遗憾了，先生。两个的话我们还能便宜些，嗯，加起来一共四百五十镑。"

"真的？"

"一定要说的话，这也是为了让我们的员工有事可做，先生。"

他声音又低下来，"他们真是工作很不饱和。今日不同往昔了啊。真的再没有其他想除掉的人了吗？"

彼得认真想了一下。他不愿错过任何一个优惠特价，但是又真的想不出还希望谁死。他挺喜欢大家的。但是优惠特价啊……

"我说，"彼得说，"能不能让我考虑一下，我们明晚再见面？"

那个销售似乎很满意。他说："当然了，先生。你肯定能想到合适的人选的。"

当天晚上睡觉的时候，彼得忽然想到了答案——一个很明显的答案。他突然从床上坐起来，摸索着拧亮台灯，在一个信封背面写下某人的名字，免得自己忘了。说实话，他觉得自己肯定不会忘，因为写这个名字真是理所当然的事情，只不过半夜的想法有时候靠不住。

他在信封背面写下的名字是：格温德琳·索普。

他又关掉灯，翻个身很快睡着了，做了平静的梦，和谋杀丝毫不相关。

当星期天晚上他又去脏驴酒吧的时候，肯布尔已经在等他了。彼得买了杯饮料坐在他旁边。

"我可以享受优惠了。"他把这话当作打招呼。

肯布尔轻快地点了点头："明智的决定，希望你不要介意我这么说，先生。"

彼得·品特谦逊地笑了笑，是阅读《金融时报》的人才有的那种笑，他作了一个明智的决定。"那就是四百五十镑了，对吧？"

"我刚才说的是四百五十镑吗，先生？哎呀天哪，请您原谅。真的请您原谅，我想成了大批量折扣率了。两个人的价格应该是四百七十五镑。"

彼得那乏味又年轻的脸上很是失望，其中还混合着贪婪。又要多花二十五镑了。但是有一个词引起了他的注意。

"大批量折扣率？"

"当然，但是先生您可能没有兴趣。"

"不，不，我很有兴趣。跟我说说。"

"很好，先生。按照大批量折扣率计算，就是四百五十镑，但这是很大的订单。十个人。"

彼得不知道自己听明白了没有："十个人？十个人才四百五十镑？"

"是的，先生。大订单才有利润。"

"我明白了，"彼得说，"嗯，"他又说，"你明晚可以再来一趟吗？"

"当然可以，先生。"

回家后，彼得找出一张纸、一支笔。写下一到十的编号，然后一一填上名字：

　　1阿奇

　　2格温

　　3……

然后一一写下去。

写完前两个名字之后，他开始咬着笔思考，回忆谁亏待过他，谁不应该活在世上。

他抽着烟，在屋里走来走去。啊！学生时代他有个物理老师，总喜欢找他的碴儿。这人叫什么名字来着？另外，他还活着吗？彼得不确定，但他还是在三号里面写了"阿博特街中学的物理老师"。接下来就简单多了——第四个是他的部门主管亨特森先生，几个月前不肯给他加薪，只是随便意思了一下。

他五岁的时候，有个名叫西蒙·埃利斯的男孩，曾经往他头上泼颜料，还有另一个名叫詹姆斯还是什么的男孩帮忙按住他，另外还有个叫莎伦·哈特夏普的女孩在旁边笑。当时有五个人还是七个人来着。

都是谁呢？

电视上有个播报新闻的人，味味笑的声音特别讨厌。他又在名单上添了一笔。还有公寓隔壁那个女的，养了一条汪汪叫的小狗，老是在大厅里拉屎。她和狗的名字写在了第九个。第十个不知道该写谁。他一边挠头一边去厨房倒了杯咖啡，忽然就跑回来，写上了"我的叔祖默文"。据说这老头很富有，说不定会给彼得留点遗产。（虽然这个可能性不大。）

他对今晚的名单很满意，于是就去睡了。

星期一，彼得在克拉玛奇做着日常工作，他是图书部门的高级销售助理，这个职位其实可有可无。他把名单牢牢攥在手里，揣在衣兜深处，非常享受它带来的权力。他和格温德琳小姐在餐厅度过了愉快的午餐时间（格温德琳不知道他看见她和阿奇躲在储藏室里），甚至在走廊上遇到会计部那个小白脸的时候还朝他笑了笑。

晚上他骄傲地将那张名单交给肯布尔。这个矮个子销售的脸忽然垮下来。

"这里恐怕不止十个人，品特先生，"他说道，"你把隔壁女人和狗算成同一个人了。这是十一个，超过十个了。"——他迅速掏出兜里的计算器，"多出来的费用是七十镑。要不那条狗就算了吧？"

彼得摇摇头："狗跟主人一样坏。不如说狗更坏。"

"那就有点小问题了。不如……"

"什么？"

"不如你凑个批发的量，还能打折。当然，先生您……"

语言是能够操纵人类的，语言能让人开心激动，面红耳赤。比如环保，或者魔法。彼得尤其喜爱"批发"这个词。他靠在椅子上，用有经验的生意人那种老练的态度说："跟我说说看。"

"好吧，先生，"肯布尔轻轻笑了一下，"我们可以给你个批发价，五十个人，每个十七镑，两百人以上每人十镑。"

"要是我想除掉一千个人，你们会不会给我算每个五镑啊？"

"啊，不会的呃，先生，"肯布尔似乎有些惊讶，"你说的那个量，我们一镑一个。"

"一镑？"

"是的，先生。虽然利润低，但是现金流和生产率都很可观。"

肯布尔站起身："明晚再见吗，先生？"

彼得点头。

一千镑。一千个人。彼得·品特总共也没有认识到一千个人。即使如此……还有国会嘛。他不喜欢政客，那群人总是吵吵闹闹说个不停。

既然如此……

一个想法浮上心头。大胆、狂妄、无耻到了极点，但是始终在他心头萦绕不去。他的一个远房表亲跟一位伯爵还是男爵的弟弟结了婚……

那天下午下班回家的路上，他在一家小店门口停下来，这家店他路过了无数次也没进去过。店子的窗户上有个很大的招牌——写的是保证能追溯你的家系，就算你不小心弄丢了一条胳膊，也能帮你找一笊筐有血缘关系的——旁边还有个很豪华的遗传谱系图。

这里的人效率很高，七点刚过就给他打电话通报了最新进展。

如果有一千四百零七万两千八百一十一个人死掉，他，彼得·品特就能成为英国国王。

他根本没有一千四百零七万两千八百一十一英镑，但是他觉得这么大的数目，肯布尔先生肯定有折扣。

确实有。

他连眉毛都没动一下。

"其实，这个价格算下来非常便宜，"肯布尔说道，"因为我们不必一个一个去处理。小规模核武器、适当的轰炸、毒气、瘟疫，把收音机扔进游泳池，消除流浪者。嗯，大约四千镑吧。"

"四千——难以相信啊！"

销售对自己的表现似乎很满意。"我们的员工很高兴接到工作，先生，"他笑着说，"能接待大批量的客户我们十分骄傲。"

彼得离开酒吧时，风吹得很冷，酒吧招牌晃动不已。那东西看起来不像个脏驴子，彼得心想，更像一匹苍白的马。

当天晚上，彼得半醒半睡地躺着，边瞌睡还边念叨着他的加冕礼演讲，这时候一个想法忽然冒了出来，再也不肯消失了。可不可以——可不可以拿到比目前更大的折扣？有没有可能他错过了什么别的折扣？

彼得爬下床，来到电话旁。现在快凌晨三点了，但即使如此……

黄页依然摊开放在上周六他走的时候的那个位置，他拨了那个电话。

电话响了不知道多久。那边传来咔嚓一声，一个无趣的声音说：

"凯奇黑尔伯克凯奇。您有什么需要？"

"希望这时候打电话不会太晚……"他说道。

"不晚，先生。"

"不知道能不能和肯布尔先生说话？"

"请稍等，我去看他有没有空。"

彼得等了几分钟，那边传来隐隐约约的咔嚓声和说话声。

"你还在吗？"

"是的，我在。"

"这就帮你接通，"那边传来嗡嗡一声，接着就是"我是肯布尔。"

"啊，肯布尔先生，你好。很抱歉这个时间打断你睡觉，或者干别的事情。我是，嗯，彼得·品特。"

"有什么事情，品特先生？"

"嗯，抱歉这么晚了还打电话，我在想……要是杀死所有人要花多少钱？全世界所有人？"

"每一个人？全世界所有人？"

"是的。多少钱？这么大的订单，你们肯定有很大的折扣吧？多少钱，杀死所有人？"

"不花钱，品特先生。"

"是不接这种委托吗？"

"我是说，我们免费接这一单。品特先生。我们一直在等待某人提出要求。必须有人委托了才能工作。"

彼得很疑惑："但是——你们什么时候开始？"

"开始？马上开始。就现在。我们早就准备好了，只等有人说起。晚安，品特先生。跟你做生意非常愉快。"

电话挂断了。

彼得感觉很奇怪。周围的一切感觉都很遥远。他想坐下。那个人究竟是什么意思呢?"必须有人要求。"真是太奇怪了。这个世界上从来没有人会免费做事,他很想再给肯布尔打个电话,取消这件事。也许是他反应过度了,也许阿奇和格温德琳一起去储藏室的理由非常普通。他可以跟她谈谈,对,跟她谈谈。明天一早他马上就去找格温德琳谈谈……

外面突然传来一阵噪声。

街上传来奇怪的叫声。猫打架吗?也可能是狐狸。他希望有人扔个鞋子什么的。接着公寓外面的走廊上出现了沉闷的声响,仿佛有人拖拽着重物穿过走廊,接着声音忽然停下。有人敲门,很轻地敲了两次。

窗外的叫声更大了。彼得坐在椅子上,不知为何,他知道自己错过了一些事情。重要的事情。又传来两声敲门声。谢天谢地他晚上总是锁门还要拴上锁链子。

他们已经准备了很长时间,只是没有人提出要求。

那个东西穿过房门,彼得开始尖叫,但是也没有叫很久。

莫考克世界的男孩

那苍白的王子高举黑色的大剑，"这是风暴之剑，"他说，"它会吸走你们的灵魂。"

公主叹了口气说："非常好！这东西能让你变强的话，你就去和龙战士打吧，然后你肯定要杀了我，让你的剑吃我的灵魂。"

"我不想这样。"他说。

"那好吧，"公主说着理了理自己薄薄的袍子，胸口靠在他身上，"这是我的心，"她用手指指着说，"你一定要刺进这里。"

他写不下去了。就是那一天，有人告诉他说他升级了，之后就没什么意义了。他学着不要一年接一年连续地写这个故事。现在他十二岁了。

很遗憾。

作文的要求是"介绍我最喜欢的文学角色"，他选了艾瑞克。他也考虑过要不要选科勒姆、杰瑞·科尼利厄斯甚至蛮王科南，但是最终还是选了梅尔尼伯的艾瑞克，他一向很喜欢艾瑞克。

　　三年前，九岁的理查德先读了《风暴使者》。然后又攒钱买了《唱歌的城堡》（读完之后他觉得这是在骗人，只有一个关于艾瑞克的故事），然后他问父亲借钱买了《熟睡的女巫》，这本书是去年夏天他们在苏格兰度假时，他在一个旋转书架上找到的。在《熟睡的女巫》中，艾瑞克遇到了厄利克斯和科勒姆，他们是永恒战士的另外两个侧面，他们相遇了。

　　读完这本书，他意识到，以后科勒姆的故事、厄利克斯的故事，甚至多里安·霍克莫的故事都是艾瑞克的故事了，于是他买了那些书开始读。

　　但是他们都不如艾瑞克的故事。艾瑞克是最棒的。

　　有时候他坐下来画艾瑞克，想描绘出他的形象。因为书封面上的艾瑞克都和他想象的不一样。他用钢笔在骗来的空白作业本上画艾瑞克。在本子的第一页，他写上自己的名字：理查德·格雷。不准偷走。

　　有时候他觉得他该继续写完他自己的艾瑞克故事。说不定还能卖给杂志呢？但是接着他又想，万一莫考克发现了怎么办？万一惹上麻烦了怎么办？

　　教室很大，摆满了木头书桌。每张书桌都有污损，有划刻的痕迹，烧焦的痕迹，抹灰的痕迹，这是个重要的过程。墙上有块黑板，上面有粉笔画的东西：一个非常准确的男性那话儿，前头还有个Y的形状，代表女性那话儿。

　　楼下的门"砰"的一声，有人跑上楼："格雷，你这个小浑蛋，你在这儿干什么？我们要去下阿克里。你今天要参加足球赛。"

　　"是吗？还有足球赛？"

　　"今天早晨在集会的时候就通知了。名单都贴在比赛的公告板上了。"J.B.C.麦克布赖德是个灰黄色头发戴眼镜的男生，稍微比理查德·格雷有条理一些。他们班有两个J.麦克布赖德，所以这一个要把名字首字母全部写出来。

格雷拿起一本书（是《地心的泰山》）跟着J.B.C.麦克布赖德出去了。外面的云层很灰，似乎要下雨或者下雪了。

人们总是在说他没注意到的事情。他时不时就会走进空无一人的教室，错过比赛，在放假的日子来到学校。有时候他觉得自己住在跟其他人完全不同的世界里。

他去踢足球了，《地心的泰山》被塞在蓝色足球短裤下面。

他讨厌各种洗澡。他不明白为什么要洗淋浴或者盆浴，但还是会洗的。

他冷得要命，比赛也发挥得不好。他踢足球一次都没进过，打棒球也没中过，也没让谁出场过，没做成什么特别的事情，只是在选队员的时候成了最后一个被选中的人，这成了他在校期间一种奇怪的自豪感。

苍白的艾瑞克，梅尔尼伯骄傲的王子，他永远不会在隆冬季节站在足球场边，一心希望比赛赶紧结束。

洗浴室里冒出蒸汽，他瘦瘦的大腿发红还皲裂了。男生们光着膀子哆哆嗦嗦地站成一排，等着冲淋浴然后泡澡。

默奇森先生眼神狂热，满脸褶子，他年龄挺大，几乎秃头了，此时他站在更衣室里，指引男生们依次去冲澡，冲完之后去泡澡。"你，你这个傻小子，贾米森，去冲澡，贾米森。阿特金森，小子，去好好冲干净。斯米金斯，去泡着。戈林，接着去冲……"

淋浴太热了。澡堂又太冷了，而且不干净。

默奇森先生出去了，男生们还是用毛巾打架，嘲笑对方的那话儿长毛了，或者没长毛。

"别闹了，"理查德旁边一个男生嘘声说，"要是默奇回来，他肯定杀了你们。"有人紧张地笑了笑。

理查德转身看了看周围。有个年龄大点的男生有反应了。

理查德赶紧转身。

造假很简单。

理查德能惟妙惟肖地模仿默奇的签名，还能模仿舍监的签名和字迹。他的舍监是个高个儿的瘦子，秃顶，名字叫特雷利斯。多年来他们都很讨厌对方。

理查德用伪造的签名从文具处领到了新的作业本，文具处就是专门分发纸、铅笔、钢笔、尺子的地方，要有教师签名才能领。

理查德在领来的本子上写故事、写诗、画画。

洗完澡之后，理查德迅速擦干身体穿好衣服，他想回去看书，他想回到那个离别已久的世界去。

他慢慢走出大楼，领结歪着，衬衣下摆乱糟糟地扎在裤子里，边走边看格雷斯托克男爵的故事，心想不知道是不是在地心真的有一个世界，有恐龙在飞行，而且永远不会有黑夜。

天色渐渐暗淡，但是还有好些男孩留在学校，有人打网球，有人坐在长椅上玩打栗子游戏。理查德靠在红砖墙上看书，外面的世界消失了，更衣室里的烦心事消失了。

"你太丢人了，格雷。"

我？

"看看你。你的领结歪着。你是学校的耻辱。你就是。"

那个男孩叫林德菲尔德，比他高两级，但是已经跟成年人一样高大了。"看看你的领结。真的，你看看。"林德菲尔德扯了扯理查德绿色的领结，把它拉紧，打成一个硬硬的结。"丢人。"

林德菲尔德和他的朋友走了。

梅尔尼伯的艾瑞克站在学校的红色砖墙边看着他。理查德又把自己的领结扯松。这领结都快卡进他脖子里了。

他在自己的脖子上摸索。

他无法呼吸，但是他根本不在乎呼吸的问题。他担心自己站不稳。理查德忽然忘了怎样站立。他正站着的那块砖头路很软，这倒是让他松了口气，它渐渐包住了理查德。

他们一起站在夜空下，天上有上千颗巨大的星星，旁边有古代神庙的废墟。

艾瑞克那双红宝石般的眼睛正俯视着他。理查德觉得，这双眼睛好像那种特别恶毒的大白兔，曾经有这样一只大白兔，咬断了笼子的铁丝，跑到苏塞克斯乡间去恐吓无辜的狐狸。他的皮肤是纯粹的白色，他的盔甲则是一片漆黑，装饰精美，简练高雅，刻着复杂的图案。他纤细的白色头发在肩头拂动，仿佛被微风吹着，然而周围的空气是静止的。

——这么说你是想成为英雄们的同伴？他问道。跟理查德的想象相比，他的声音显得很轻。

理查德点头。

艾瑞克伸出一根长手指抵着理查德的下巴，抬起他的脸。血红的眼睛，理查德心想，血红的眼睛。

——孩子，你不是他们的同伴。他用梅尔尼伯上层人的话语说道。

理查德知道，他肯定能听懂梅尔尼伯的上层话语，虽然他的拉丁语和法语都学得不好。

——嗯，那我是什么？请告诉我，拜托了。

艾瑞克没回答。他撇下理查德走进了那个废弃的神庙里。

理查德跟在他身后。

在神庙中，理查德发现一场人生正等着他，那人生已经被过过一次了，那人生中还有另一个他。他每进入一次人生加以尝试，他就会被推得更远，离他来的世界更远，一个世界又一个世界，一次人生接着一次人生，流淌成河的梦境和连片的星空，鹰抓着麻雀掠过低矮的草丛，矮小复杂的人群等着他给他们的头脑中装入生命，数千年后，他被卷入一场极为重要的怪异工作，还和一个美丽的人发生了关联，他被爱，得到荣誉，然后又被狠狠一推，然后……

……这感觉就像从深深的游泳池底部浮上来。星星出现在他头顶，然后渐渐远去，分解成了蓝色和绿色，伴随着深深的失望，他变成了理查德·格雷，又一次成为他自己，内心充满陌生的情感。这种感情很特殊，特殊得他自己也觉得惊诧，后来，他意识到这种感情没有名字：这是一种厌恶后悔之情，因为他居然回到了被自己抛弃已久的生活里，他明明已经忘了此次生活，已经死了。

理查德躺在地上，林德菲尔德正扯着他脖子上的小疙瘩。周围还有其他人，大家都俯身看着他，都很焦虑，也很关切，还有些害怕。

林德菲尔德解开领结。理查德挣扎着拼命呼吸空气，让空气钻进自己肺里。

"我们觉得你晕了，不省人事了。"有人说话。

"别说了，"林德菲尔德说，"你还好吗？很抱歉。真的很抱歉。天哪，真对不起。"

一时间，理查德以为是林德菲尔德道歉才把他从神庙里叫出来，回到这个世界上。

林德菲尔德很害怕，很热切，而且急得要命。他之前肯定没有弄死过谁。他扶着理查德走上石阶来到舍监办公室，林德菲尔德解释说，他从糖果店回学校，忽然发现理查德晕倒在路上，周围围着好几个好奇的男孩，他意识到哪里不对。理查德在舍监办公室里休息，别人给他拿了一个大塑料杯，里面装的是可溶解阿司匹林兑的药水，味道很苦，接着就被带到校长办公室。

"天哪，格雷，你看起来很不好！"校长烦躁地抽着烟斗，"我看这不是林德菲尔德的错。不管怎么说他救了你的命。我不想再听人说这件事了。"

"对不起。"格雷说。

"就这样吧。"校长喷出一口烟。

"你选好信什么宗教了吗？"学校的牧师阿利奎德先生问道。

理查德摇头。"有好几个选项呢。"他回答。

学校的牧师同时也是理查德的生物老师。最近他带着理查德全班去了学校对面的小房子，他们班共有十五个十三岁的男孩，理查德十二岁，在房子花园里，阿利奎德先生用锋利的小刀杀了一只兔子，并且剥皮肢解了。接着他用一个脚踏打气泵把兔子的膀胱吹得像气球一样胀，最后膀胱裂开了，孩子们被溅了好些血。理查德吐了，只有他一个人吐。

"嗯。"牧师哼了一声。

牧师的书房里摆满了书。这是为数不多的几个比较舒适的教师书房。

每个周末他都去伦敦北部跟他的表兄弟们一起去上戒律课。教他们的是一个瘦瘦的、禁欲的指挥家，比弗鲁姆还弗鲁姆。此人是个卡巴拉研究家，是保守一切隐秘知识之人。只要提问恰当，他就能跟你谈起卡巴拉的话题。理查德很擅长提问。

弗鲁姆是指非常传统、非常守旧的犹太人。奶和肉不同时吃，有两台洗碗机，分别洗两套餐具碗盘。

不可用山羊羔母的奶烹煮山羊羔。[1]

理查德那几个住在伦敦北部的表兄就是弗鲁姆，不过那几个孩子还是会在放学后偷偷买起司汉堡吃，还拿这事互相吹嘘。

理查德怀疑自己的身体已经彻底被污染了。不过他还是有底线的，那就是不吃兔子。他之前吃过兔子，但不喜欢，多年后他才意识到当时吃了什么。

他曾经以为，每周四学校的午餐都是很不好吃的炖鸡。后来在某一个周四，他在自己的炖菜里发现了一只兔脚，他明白了。后来每周四他就只吃面包和黄油。

在去伦敦北部的地铁上，他看着周围乘客的脸，忽然想其中有没有人是迈克尔·莫考克。

如果他见到莫考克，就会问该怎样返回那座神庙废墟里去。

如果他见到莫考克，肯定会紧张得说不出话来。

在某些夜晚，父母不在家的时候，他会给迈克尔·莫考克打电话。

他打给咨询台问莫考克的电话。

"这里是咨询台，亲爱的，我们没有莫考克的电话。"

---

1 《圣经·申命记》十四章二十五节。

他就甜言蜜语恳求人家，但总是失败，这倒也让他松了口气。要是真的打通了电话他也不知道该说什么。

在"该作者其他作品"那一页，他在莫考克的小说前面都打了勾，表示是他读过的小说。

那年似乎每周都有新的莫考克小说。他在维多利亚车站买了之后就在去上戒律课的路上看。

有几部小说他怎么也找不到——《灵魂小偷》《废墟早餐》——于是他紧张兮兮地按照书后的地址又重新买了。他让父亲给他写了一张支票。

书到了，附带一张二十五便士的账单：书的价格比之前列出来的贵一些。但是他还是买了新的《灵魂小偷》和《废墟早餐》。

在《废墟早餐》的最后有莫考克的个人简介，其中写到他一年前就因肺癌去世了。

一连几周理查德都很不开心。这意味着再也没有新的故事了。

> 该死的简介。它出现后不久，我去看鹰风乐队的演出，我当时晕头转向，人们纷纷朝我走来，我以为自己死了。他们不停地说："你死了。你死了。"后来我意识到他们说的是："我们以为你死了。"
> ——迈克尔·莫考克，在诺丁山的一次访谈，一九七六

永恒战士，永恒战士出现了。莫恩格鲁姆是艾瑞克的同伴，他总是很乐观，与苍白的王子恰好互补，王子总是阴郁灰暗的。

有多重宇宙，到处都有魔法。有平衡的使者，有混沌之神，秩序

之神。还有其他古老种族，他们高大、苍白，有小精灵，有年轻的王国，到处都是和他一样的人，愚蠢、无聊、寻常的人。

有时候他希望艾瑞克能离开黑剑获得平静。但这是不可能的。他们必须在一起——苍白的王子和漆黑的剑。

一旦剑被拔出来，它就渴望鲜血，必须被插进颤抖的肉体中。然后它会抽干受害者的灵魂，让此人的能量滋养艾瑞克虚弱的身体。

理查德被性的问题迷住了，他甚至梦见自己和一个女孩做爱。在醒来之前，肯定是在梦中达到了高潮——那是一种紧张、魔法一般的爱的感受，聚集在你的心里，在梦里就是这样的。

一种深深的、透明的、精神上的幸福感。

他从未体验过能与那个梦相比的事情。

连相似的都没有。

理查德断定，《看那个人》一书中的卡尔·格罗高尔并不是《废墟早餐》中的卡尔·格罗高尔。他在学校小教堂的座椅上读《废墟早餐》的时候，依然有种奇怪的感觉，有种亵渎的自豪感。只要他小心，就没人发现。

他是看书的男孩。永远都是。

他脑子里想着各种宗教。周一至周五早晨去有着木头气味和花玻璃的庄严英国教堂，晚上则是思考他自己的宗教，他给自己制造了一个宗教，有着五颜六色又怪异的万神殿，里面供奉着混沌诸神（有阿里奥奇、西翁巴格等等），他们和DC漫画里的幻影异客并肩而坐，还和泽拉兹尼的小说《光明王》中那个狡诈的佛陀萨姆平起平坐，其中还有吸血鬼、会说话的猫、巨魔，朗格彩色童话中所有怪物都有，一切神话中的生物都在那宏大又混乱的信仰中同时存在。

不过最终理查德还是放弃了自己对纳尼亚的信仰（必须承认，这是有一点遗憾的）。从六岁开始——这相当于他人生的一半——他就笃信纳尼亚的一切，直到去年，他第一百次重读《黎明踏浪号》，忽然意识到，尤斯塔斯·克拉伯变成龙袭击狮子亚斯兰那段令人不快的剧情与《圣经》中保罗前往大马士革途中背叛耶稣的情节惊人相似，只不过瞎眼的不是保罗而是龙……

这就让他想到，到处都有对应，多得远超过巧合的范围。

理查德将《纳尼亚传奇》系列收起来，悲伤地认定，这些都是寓言，作者（这个他曾经信任的人）想对他说教。同样他也不喜欢查林杰教授的故事，这个粗短脖子的老教授居然成了一个唯一灵论者，虽然理查德对于信鬼魂一事没什么意见——他什么都信，没有意见也不觉得矛盾——但是柯南·道尔就是在说教了，通过小说说教。理查德还很年轻，还挺天真的，他坚信作家们都应该是值得信任的，故事之下不应该有任何披着藏着的东西。

至少艾瑞克的故事很真诚。故事之下没有说教：苍白的艾瑞克是一个已经衰亡的部族的王子，沉浸在自怨自艾之中，他手握他的黑剑风暴使者——这把剑呼唤着生命，它吞噬人类灵魂，然后将他人的力量传递给这个孱弱的白化病王子。

理查德一遍又一遍地读艾瑞克的故事，每一次风暴使者插入敌人胸膛时，他都觉得高兴。艾瑞克靠着吞噬灵魂的剑获取力量，理查德对此有种同情的满足感，仿佛沉迷廉价惊悚小说的瘾君子又有了新的好东西一样。

理查德觉得，总有一天五月花出版社的人会来问他要那二十五便士。他再也不敢通过邮购买书了。

J.B.C.麦克布赖德有个秘密。

"你不能告诉任何人。"

"好。"

理查德完全不介意替人保密。数年后，他意识到自己是个装满了古老秘密的储存室，最初让他保密的那些人都忘了他们的秘密了。

他们勾肩搭背地一起走着，穿过学校后面的树林。

理查德根本没问，就在树林里又得知了另一个秘密：三个在学校的朋友都跟镇上的女孩约会过，还互相展示那话儿。

"我不能跟你说这事是谁说的。"

"好。"理查德回答。

"这是真的，但是必须绝对保密。"

"好。"

麦克布赖德最近花了很多时间跟学校的牧师阿利奎德老师在一起。

"每个人都有两个天使：一个是上帝派来的，一个是撒旦派来的。所以当你被催眠的时候，撒旦的天使就占了上风。通灵板就是这个原理，是撒旦的天使控制着。你可以请上帝的天使通过你说话。但是你只有在跟你的天使对话时才能获得真正的启示。他能告诉你各种秘密。"

这是格雷首次意识到，英格兰的教堂也有自己的秘密刊物，是它自己的卡巴拉。

那个男孩像猫头鹰一样眨着眼睛说："你一定不能告诉其他人。要是他们知道我跟你说了，我就有麻烦了。"

"好。"

他们停顿了一下。

"呕。"

"没那么糟，"他们又沉默了一会儿，"你知道吗，阿利奎德先生觉得你很聪明。如果你想加入他的私人宗教讨论小组，他肯定会同意。"

阿利奎德先生的私人讨论组是在学校马路对面他那间单身汉住宅里举行的，每周两次，预备学校结束后，晚上进行。

"我不是基督徒。"

"所以？你还是神学课上第一名啊。"

"谢谢夸奖。对了，我又有一本新的莫考克的书。你没读过的。是关于艾瑞克的书。"

"你没有，没有新书。"

"有。名叫《采玉人的眼睛》。我在布赖顿的书店里买到的。"

"你看完了我能借一下吗？"

"当然。"

天气变冷了，他们手挽手走回去。就像艾瑞克和莫恩格鲁姆一样，理查德心想，新书这事就跟麦克布莱德的天使一样没道理。

理查德曾做过一个白日梦，他在梦里绑架了迈克尔·莫考克，强迫他吐露那个秘密。一定要说的话，理查德也不知道"那个秘密"是什么。是和写作有关的事情，和神有关的事情。

理查德想知道，莫考克的灵感是从哪里来的。

也许是从神庙废墟里得到的，最终他这样想道，但其实他也不记得那个神庙是什么样子的了。他记得有阴影，有星星，还有一种痛苦的感觉，是再次回到他以为早就结束的事物中的痛苦。

也不知道究竟是所有作家的灵感都是这样得来的，还是只有迈克尔·莫考克是这样的。

如果你跟他说，故事都是作家们编的，从脑子里想象出来的，他绝对不会相信。肯定有个类似魔法之源的地方。

难道不是吗?

> 一天晚上,有人从美国给我打电话。他说:"听着,我必须跟你谈谈你的宗教。"我说:"我不知道你在说什么。我根本不信什么宗教。"
>
> ——迈克尔·莫考克,在诺丁山的一次访谈,一九七六

又过了六个月。理查德接受了受戒礼,并且很快就要转学了。一天傍晚,他和J.B.C.麦克布赖德坐在学校外面的草地上看书。理查德的父母要晚一些才会来学校接他。

理查德看的书是《英国杀手》,麦克布赖德看的是《恶魔出行》。

理查德意识到自己正眯着眼睛看书页。现在还不黑,但是他读不下去了。一切都变灰了。

"麦克?你长大了想当什么?"

傍晚很暖和,草地干爽舒适。

"我不知道。也许想当作家吧。像迈克尔·莫考克一样。或者T.H.怀特一样。你呢?"

理查德坐在地上想了想。天空变成了紫灰色,幽灵般的月亮挂在空中,仿佛一个银色的梦。他扯了一把草叶,缠在手指间一点点扯碎。他现在不能也说"当作家。"那样就感觉他在鹦鹉学舌。而且他也不想当作家。真的。他想当别的。

最终他若有所思地说:"我长大后,想当一头狼。"

"这是肯定不行的。"麦克布赖德说。

"也许吧,"理查德说,"到时候就知道了。"

学校窗户一扇接一扇地透出灯光，灯光让紫色的天空显得更黑了，夏季的傍晚温柔又静谧。每年的这个时候，白昼似乎永远不会结束，夜晚也永远不会到来。

"我想当一头狼。不是所有时候都当狼。有时候当。晚上当。晚上我就变成一头狼穿过森林，"理查德仿佛在自言自语，"我不伤害任何人。不是那种伤人的狼。我就在月光里跑啊跑啊，穿过树林，从来不会累，不会喘气，不会停下脚步。我长大就想变成这样……"

他又扯了一根很长的草，一点点把叶子拔掉，然后慢慢地嚼着草茎。

这两个男孩就并排坐在灰色的暮光中，等着未来降临。

冷色调

I.

九点钟被邮递员吵醒了，

但其实那人不是邮递员，而是个卖鸽子的行商，

他叫个不停。

"肥鸽子，纯种鸽子，白鸽子，灰蓝鸽子，活的，活蹦乱跳的鸽子，

你这里的瘦鸽子没法比，先生。"

我说我有鸽子了，想把他打发走。

他跟我说他刚开始卖鸽子，

他曾经在一个很不错的金融安全分析公司工作，

但是后来被解雇了。一台RS232电脑成了预言家。

"但不必抱怨，一扇门关上，另一扇门就会打开，人要与时俱

进，先生，与时俱进。"

他送给我一只鸽子，

（这是为了吸引新客户，先生，

你养我们的鸽子试试，就知道别的都不如我们。）

他哼着歌走下楼梯，

"鸽子啊鸽子，鲜活的鸽子啊。"

十点之后我洗澡刮脸，

（塑料容器里装着油膏，让我青春永驻魅力无穷）

我把鸽子拿进书房，

我在我的旧戴尔310周围画了个新的粉笔圈，

在显示器四角套上保护套，

然后照顾鸽子。

我打开电脑，电脑咔嚓咔嚓地开机，

机箱内的风扇仿佛亘古大海上的风暴一样响。

简直能把可怜的商船都吞没。

最后总算启动完成：

我要，我要做，我要做……

II.

两点钟走路穿过熟悉的伦敦
——至少是熟悉光标删除某些特征之前的伦敦——
我看到一个西装革履的男人
给揣在胸口衣兜里的逻辑便携笔记本喂奶。
它展开的交互界面好像一张大嘴，在他胸前寻找食物，
熟悉的感觉，我看着我自己的呼吸在空气中凝成白雾。

这些日子伦敦冷得像巫婆的奶子，
难以相信这才十一月，
地下传来地铁轰鸣的声音。

神秘的是：地铁如今几乎成了传奇，
只载处女和心灵纯净的人，
首先停在阿瓦隆，然后停极乐之地、祝福之岛。
也许你能收到明信片，也许收不到。
总之，往任何深渊里低头一看就知道，
伦敦下面没有容纳地铁的空间，
我凑着深渊暖手，
火焰不断跳动。

在遥远的地下，微笑的魔鬼看见我了，他挥手，嘴巴一张一合，
就好像是对聋子说话，或者对远处的人或外国人比画。
它的销售技巧非常完美：模仿巨怪，

悄无声息地推销最出乎我意料的软件，

艾伯塔斯·马格努斯，三碟套装，

《所罗门的钥匙》VGA版、CGA版、四色版、黑白版，

默剧

默剧

还是默剧。

游客们凑在裂缝边缘俯瞰地狱，

他们看着被上帝厌弃之地，

（也许那是最严酷的天谴，

在高贵的沉默和孤独中，永恒的折磨也是可以忍受的，

但有一个观众，吃着薯条、薯片、坚果，

一个并不感兴趣的观众……）

他们大概觉得是在参观动物园一样，参观被上帝厌弃之地。）

鸽子在地狱周围飞翔，它上下翻飞，

也许是闪烁的记忆告诉它们，

附近有四头狮子，

有未冰冻的水，上面有个石头人，

游客们挤在周围。

一个跟魔鬼做了交易，为自己的灵魂交换了十口袋空白盘。

一个在火焰中认出了自己的亲戚，于是挥手：

喂！喂！约瑟夫叔叔！尼丽莎，看哪，那是你曾叔祖，你出生之前他就死了，

他就在那下面，在泥沼里，看那些沸腾的泥浆都淹到他眼睛里。

多好的人哪。

他的葬礼上我们都哭了。

跟叔叔打个招呼吧，尼丽莎，朝叔叔挥手。

卖鸽子的人将酸橙枝子放在裂开的人行道上，

然后撒上面包屑等着。

他朝我挥了挥帽子。

"先生，今天早晨的鸽子你还满意吧？"

我表示满意，然后给他一先令，

（他多疑地把金币在手套的金属上蹭了蹭，

检查了是不是纯金，然后在手中握紧。）

我跟他说，星期二，星期二再来。

III.

伦敦的街上满是有鸟腿的小屋子，

它们跨过出租车，在骑自行车的人身上拉屎，

排成一列跟在公交车后面，

发出叽叽喳喳叽叽喳喳叽叽喳喳的声音。

安着铁质假牙的老女人透过窗户往外看，

然后又回头去照她们的魔法镜子，

也许是在雾气和肮脏的空气中，

除尘打扫忙家务。

IV.

老苏豪区，四点钟，

落后的技术成了一潭死水。

每个钟表匠的后门，

都有银色的钥匙，

将魔咒的发条拧紧，

非法堕胎诊所、烟草与催情剂小店。

下雨了。

报童戴着鸭舌帽，驾起皮条客的车子，路由器就是老鸨

收到信号的孩子王开始吵闹，

他们披挂着霓虹灯的小马在灯光下玩耍奔跑，

势利眼的魅魔和娼妓居然还有保质期，

叫到了你的号，就是你的，

知道你的死期就行了。

其中一个朝我抛媚眼

（灯光一闪一灭一闪一灭），

在笨拙的口交之中，噪声吞没了信号。

（我将手指交叉，

要做好预防，对抗女妖，

其效果要么如超导体一样好，要么就只是迷信。）

两个吵闹鬼分吃一份快餐。老苏豪区总让我觉得紧张。

布鲁尔街，小巷里传来"嘶"的一声：梅菲斯特斯揭开他棕色的外套，

内衬的闪光令我目眩（保存在数据库里的召唤符咒，

巫师驱鬼——附赠图解说明），诅咒，然后他说：

想打败敌人？

让庄稼枯萎？

拆散情侣？

污人清白？

破坏政党？

你吗，先生？不，先生？再想想吧，求你了。

只要一点点血，在这里沾个印子，

然后你就能骄傲地拥有一台全新声音合成器，听——

他把一台便携式真力时放在临时充当桌子的手提箱上，

等吸引了一些观众后，他插上音响，

敲下C>，输入GO

然后它发出精确响亮的声音：

东方之王别西卜，地狱领袖，至高无上，庄严宣誓……

我沿着街道赶紧走掉，

幽灵般的纸张，老旧的打印内容一直追着我，

我听见它像个小贩一样念叨：

不是二十，

不是十八，

不是十五，

花了我十二块的夫人啊，撒旦啊，帮帮我。

因为我喜欢你美丽的脸，

因为我想得到你的灵魂。

五块，

好，没问题。

五块。

卖给那位眼睛美丽的女士……

V.

大主教蹲在圣保罗大教堂墙边的阴暗处，

那么矮小，像一只鸟，发着光，哼着 I/O，I/O，I/O.

快六点了，高峰期的车流如在梦中，

不断扩张的记忆挤在我们下面的人行道上。

我把自己的杯子递给一个人。

他小心地接过来，退回到大教堂的阴影中。

他回来的时候，杯子已经装满了。

我开玩笑地说："保证是圣水？"

他在冰冻的土地上画了一个词：所见即所得。

而且没朝我微笑。

（喀喀咕咕，喀喀咕咕）

他咳出灰白黏稠的痰，

吐在台阶上。

我在杯子里看到的是：应该是圣水，但又不能确定。

除非你自己是个塞壬或亡灵，

伴随着"哔"的一声，什么东西从电话听筒里冒出来，

这是魔咒，还是拨错了号码，你可以通过圣水分辨出来。

不久前我把电话装进桶里一桶桶倒掉，

看着那些东西成形，

圣水漫上来，冒出泡泡发出嘶嘶声。

净化、受洗，这是最后裁决。

一天下午，

它们排成了队，被困在我的答录机磁带上，

我把它们拷贝进碟片里，归档陈列。

你想要吗？

听，一切都可以出售。

那牧师需要修面，他冷得发抖。

他那沾满酒渍的僧袍无法保暖。

我给了他钱。

（毕竟不多。

只是水，有些生物就是蠢，

如果你用巴黎水洗礼，

他们会像萨维尼一样消灭掉你，

会一直不停地念叨着耶稣基督，

我所有的邪恶，美丽的邪恶。）

老牧师收下硬币，

给我一袋面包屑，

他坐在台阶上，裹紧衣服。

我觉得在离开之前我应该说些什么。

看，我对他说，这不是你的错。

只是多用户系统。

你不知道。

如果祈祷可以联网，

如果神圣软件上线运行，

如果你能让你这边变得可靠，就像那边一样……

他寂寞地低声说："你能看到的，"

"所见即所得。"他掰开一块圣餐饼，

扔给鸽子，

他根本没想去抓住任何一只鸟。

冷战造就了输不起的输家。

我回家了。

VI.

十点的新闻。吸毒者亚伯正在看。

VII.

一个白影从我眼角掠过——老鼠？
嗯，肯定是某种小东西。

VIII.

睡觉时间。我喂了鸽子。
然后脱衣服。
尝试从网上下载一个魅魔。
也许该和老朋友联系一下
（有很多公用的东西，妓女和波特率都是，
共享软件，没必要付钱，
就连受版权保护的东西也可以被复制，传递，
每样东西都要有价格，我们都有）。
干货、湿货，软件、硬件，
黑色的，深色的，
晚上的，噩梦的……
调制解调器坐在电话旁边，

红色的眼睛。

我让它休息——

如今你不能信任任何人。

你下载，但是根本不知道这些东西从哪里来，

也不知道是谁维护的。

不是吗？你不是怕病毒吗？保护得再好的文件也会受损，

再怎么保护也会坏掉。

在厨房里，我听见鸽子在咕咕叫，

梦见我左手拿刀，

备好坩埚和镜子。

鸽子的血洒在我书房的地板上。

我独自一人睡去，梦里也独自一人。

IX.

也许我夜里醒了，忽然明白了某些事情，

我伸手。

在旧账单背面写写画画。

我的启示，我全新的理解，

我知道这个早晨会暗淡无光，

知道魔法只是夜间的东西，

然后我想起当它还是……

新发现让位给老生常谈，听吧：

在有电脑之前，事情要简单得多。

X.

也不知是走到外面还是梦游到外面，

我听见女巫聚会的野蛮声响，尖啸的风声，磁带嗡嗡作响，金属机械的音乐，

女巫们乘着贫民区的狂风冲向月亮，

然后她们降落在石楠丛中，裸露的腹部闪耀着光芒。

参加聚会不用拿任何东西，因为事先都已经说好了。

婴儿的骨头上还沾着脂肪。

这些东西就是代价，是老规矩，

我看见了，

或者说我以为我看见了

我认出了一张脸，所有人都排着队亲他的屁股，

我们环绕着恶魔，孩子们，牛仔们。

黑暗中，他转身看着我：

一扇门打开，另一扇门关上，

我想每件事都令你满意吧？

我们做力所能及的事情，每个人都有权

老老实实挣钱，

我们都破产了，先生，

我们都失业了，

我们要尽力享受，遭到空袭也得吹口哨，

这就是生意。公平交易，不是抢劫。

那就星期二早晨，先生，我带鸽子来？

我点头拉上窗帘。到处都是垃圾邮件。

它们总能找到你，

这样或那样，它们总能找到你，总有一天，

我会找到我的地铁，我不会付钱，

只说："这是地狱，我想出去。"

然后一切就简单了。

它还会来的，就像漆黑隧道里的巨龙一样。

扫梦人

做完了梦之后，你醒了之后，离开了那个疯狂又辉煌的世界，回到世俗的白天与平凡的工作中，扫梦人就会出现在被你丢弃的梦的残渣中。

谁也不知道他活着的时候究竟是什么。事实上谁都不知道他有没有活过。他肯定不会回答你的问题。扫梦人不说话，他声音粗哑晦涩，一定要说话的时候，他主要谈论天气、前景展望、体育赛事的胜负。他瞧不起他自己以外的所有人。

你刚一醒，他就会来，把王国、城堡、天使、猫头鹰、高山、大海全部清扫干净。他收拾起欲望、爱情和情人，扫走那位不是蝴蝶的圣人、肉质的花朵、奔跑的鹿和沉没的卢西塔尼亚号。他把你梦中遗落的一切都扫走——你在梦中经历的人生，你在梦中凝望一切的眼睛，你永远找不到的考试卷。还有长着尖牙利齿咬你脸的老太太、森林中的修女、从浴缸热水中伸出来的死人胳膊、解开衬衫时趴在你胸口上的猩红色虫子——这些他也一一清扫干净。

你醒来时，梦中遗留的一切他都会全部扫掉，并烧毁，腾空舞台，好让你明天的梦粉墨登场。

如果你遇到他，请善待他。对他要礼貌。不要问他任何问题。他支持的队伍赢了，你要表示恭喜，输了的话要表示遗憾，他谈论天气你要表示同意。对于他的职责要表示尊敬。

扫梦人抽自己手卷的香烟，身上有龙的文身，而且有时候，他会永远不再拜访某些人。

你见过那些人。他们嘴角上翘，眼睛盯着某处，说话含混不清，老是呜呜咽咽的。其中有些穿着破破烂烂的衣服在城里走动，全部家当都夹在胳膊下面。还有些人被锁在黑屋子里，确保他们不会伤害自己。他们没有疯，准确来说失去理智并不是他们最严重的问题。如果你愿意听他们讲话，他们会说：他们每一天都活在自己梦的废墟里。这是比发疯更糟糕的事情。

如果扫梦人离开了你，他就再也不会回来。

外来成分

性病是由不卫生的性行为引起的疾病。染病后持续性的可怕后果则可能是恐惧心理造成的，此种恐惧的心态可能持续数年，影响到身心健康，甚至传递给原本健康正常的后代。这确实是很可怕的，有时候病人会因太过恐惧，而延误了本应迅速就医的时机。

——斯宾塞·托马斯，M.D., L.R.C.S.（爱丁堡）

《家用药物与家庭手术词典》一八八二

西蒙·鲍尔斯不喜欢性爱。不怎么喜欢。

他不喜欢跟其他人同床共枕，他怀疑自己射得太快了。一想到自己的表现可能被人评估比较，他就很不舒服，因为这就像参加驾校考试或者别的什么实践测试。

他在大学里跟别人睡过几次，三年前在纽约某次办公室聚会之后也睡过一次。但除此以外就再也没有了，就西蒙本人看来，这样挺好的。

有一次在工作之余，他忽然想到，自己很愿意生活在维多利亚时代，那个时代教养良好的女性都是卧室里呆板的性爱玩偶：她们解开自己的胸衣，褪下衬裙（露出粉红雪白的肌肤），然后躺下，忍受不雅的肉体接触——她们永远不会想到，自己本来是可以享受这种不雅行为的。

他把这个想法存起来，成为又一个纵欲时的幻想。

西蒙经常纵欲。每天晚上——有时候甚至次数多到他都睡不着觉。他可以控制时间长短，如他所希望的一样达到高潮。在他头脑中，他能占有所有人。电影电视明星、办公室的女人、女学生、色情杂志皱巴巴的书页里走出来的裸体模特，拴着铁链面目模糊的奴隶……

夜复一夜，他们在他面前排队经过。

这样很安全。

一切都在他的脑海中。

完事之后他就睡觉，一切尽在掌握之中，舒适又安全，一夜无梦。至少，他早晨起床时从来都不记得自己的梦。

早晨他被广播叫醒（"两百人死亡，据信还有更多人受伤。现在转给杰克，请他报道天气和交通状况……"）他爬下床，膀胱有些痛，于是跌跌撞撞地走进浴室。

他掀起马桶圈开始小便。小便的感觉如同针扎一样。

早餐后他又尿了一次——不怎么疼了，因为尿量没那么多——午餐前又小便了三次。

每次都很疼。

他对自己说，这不可能是性病。性病是其他人才会染上的病，是从其他人那里得来的病（他想了一下自己最后一次和别人进行的性行

251

为，那是三年前了）。你不可能通过马桶圈染上性病，对吧？那种事情是开玩笑的吧？

西蒙·鲍尔斯二十六岁，在伦敦一家大银行的安保部门工作。工作上他基本没有朋友。他唯一一个现实中的朋友名叫尼克·劳伦斯，是个孤独的加拿大人，最近那人转职到另一家分行工作，西蒙独自坐在员工餐厅，盯着乐高拼出来的达克兰地图，扒拉着蔬菜沙拉。

有人拍了拍他的肩膀。

"西蒙，我今天听说了一个笑话，你想听听吗？"吉姆·琼斯是办公室里的开心果，他是个热情的黑发年轻人，声称自己的内裤上有个专门的口袋放安全套。

"嗯，想啊。"

"听好了。在咖啡店的人的集合名词是什么？"

"什么名词？"

"集合名词。就是一群羊、一群狮子这种。猜得到吗？"

西蒙摇头。

"一群手冲的。"

西蒙露出疑惑的表情，吉姆叹了口气说："手冲。用手啊。天哪，你真是迟钝……"他看见稍远处桌子上有一群年轻女性，于是就端着自己的盘子走过去。

他听见吉姆跟她们又讲了一次那个笑话，这次还加上了受伤的动作。

大家立刻明白了。

西蒙丢下沙拉回去工作了。

当天晚上他坐在公寓起居室兼卧室的椅子里，没开电视，努力回忆自己关于性病的知识。

梅毒，这种病会让你脸上长包，还把英国国王逼疯了。淋病，会流绿脓，也会发疯。阴虱，长在阴部的虱子，它会筑巢，会发痒（他用放大镜看了自己的隐私部位，没有会动的东西）。艾滋病，八十年代的病，为此人们开始宣扬干净的针头和安全的性行为。（但是还有什么比射在一块干净的卫生纸上更安全的行为？）疱疹，跟唇疱疹有关（他对着镜子检查了自己的嘴唇，没有疱疹），再多他就不知道了。

他躺在床上，压根儿没敢纵欲就睡了。

那天晚上他梦见一些没有脸的小个子女人，走在望不到尽头的两排巨型办公大楼之间，仿佛一队工蚁。

接下来的两天西蒙没去管那个疼痛。他希望这就没事了，自己好起来了。但是没有。情况越发糟糕了。小便之后还会继续疼，他的那话儿感觉很粗糙，仿佛从内部肿起来了。

到了第三天，他给诊所打电话预约看病。他很怕跟接电话的女人说自己的症状，但是她什么都没问就约了第二天的时间，西蒙松了口气，说不定还有点失望。

他对银行主管说他嗓子疼，需要看医生。说这番话的时候，他觉得自己脸都红了，但是那个女主管没在意，就直接同意了。

于是他离开办公室，发现自己居然在发抖。

到达诊所的时候，天气阴暗潮湿。没有排队，他直接去见了医生。不是他平时常看的那位医生，西蒙感觉还挺自在的。这个医生是个年轻的巴基斯坦人，跟西蒙同龄，西蒙结结巴巴地解释自己的症状，却被他打断了，他问道：

"尿量比平时多吗？"

西蒙点头。

"流脓吗？"

西蒙摇头。

"很好。可以的话，我希望你脱下裤子。"

西蒙脱了裤子。医生观察了他的那话儿，说道："你确实流脓了，你知道吗。"

西蒙又穿上裤子。

"鲍尔斯先生，告诉我，你认为这是不是从别人那里传染来的，嗯，性病？"

西蒙大力摇头。"我不和其他人发生关系——"他差点就说不和任何人，"这三年都没有过。"

"是吗？"医生显然不信。他有种外国香料的气味，西蒙从未见过谁的牙齿像他这么白。"你得的有可能是淋病，也可能是非特异性尿道炎。非特异性尿道炎的可能性比较大。这种病不如淋病有名，也没有那么疼，但是有一点顽固。只要来点大剂量的抗生素，就能治愈淋病。但是非特异性尿道炎……"他拍了两次手。大声说，"就这样。"

"你不知道吗？"

"具体是哪种吗？天哪，不知道。这事不需要我来检查。我给你介绍另一家诊所，专门治疗这类病。我给你写张字条，你拿去。"他从抽屉里拿出一本印好了题头的便签纸，"鲍尔斯先生，你从事什么职业？"

"我在银行工作。"

"出纳？"

"不，"他摇摇头，"我在安保部门。给另两个助理经理当秘书。"他忽然想起一件事，"不必告诉他们，对吧？"

医生很惊讶："当然不用啊。"

他以圆形手写体认真写了一张字条，上面说：西蒙·鲍尔斯，二十六岁，可能感染了非特异性尿道炎。有化脓。据他描述他三年都未有过性关系。感觉不适。希望医生告知他诊断结果。他签上名字。然后给了西蒙一张名片，上面写的是那个诊所的地址和电话。"给，你去这个地方。不用担心——很多人都有这个问题。你看到这些名片了吗？别担心——你很快就能顺畅排尿了。回家去给他们打电话预约吧。"

西蒙收下名片起身走了。

"别担心，"医生说，"不是什么难治的病。"

西蒙点头，勉强笑了笑。

然后开门出去。

"不管怎么说，肯定不是什么顽疾，不像梅毒。"医生说。

两个老女人坐在门厅的等候区，偶然听见这番对话不禁窃喜，西蒙经过的时候她们饥渴地看着他。

他真希望自己死了。

西蒙在人行道一旁等着回家的公交车，他心想：我得了性病。我得了性病。我得了性病。这想法一遍一遍重复着，像念经一样。

他真该边走路边敲木鱼。

坐车的时候，他尽量不靠近别的乘客。他觉得他们肯定知道了。（从他脸上就能看出来了吧？）与此同时，因为要保密，他也觉得很羞愧。

他回到公寓，直接去了浴室，他本以为自己会在镜子里看见一张恐怖电影里那种腐烂的脸，只剩骨头，还沾着蓝色的霉菌。然而他看到一张红润的银行职员脸，二十多岁，金发，皮肤雪白。

他掏出自己的那话儿，仔细检查了一番。既没有出现坏疽的绿色，也没有出现皮屑的白色，看起来很普通，只是顶部有点肿起，有透明的脓液渗出来。他意识到自己白色的内裤被脓液弄脏了。

西蒙对自己感到气愤，对让他得这个病的上帝也感到生气，这病本来该其他人得才对。

这天晚上，他进行了四天来的首次纵欲。

他想象一个穿着棉质蓝色条纹内裤的女学生，变成了一个女警察，然后是两个女警察，接着是三个。

在达到高潮的时候感觉不疼。然后他觉得仿佛有人将一把剑从他的那话儿里抽出来。

他在黑暗中哭起来，但究竟是因为疼痛还是因为别的什么原因，他也说不出来，他自己也不知道。

那家诊所位于伦敦市中心一座阴沉沉的维多利亚医院。一个穿白大褂的年轻人看了看西蒙的名片，然后收下医生的字条，并让他坐下等等。

西蒙坐在落满棕色烟灰的橙色塑料椅子上。

他盯着地板盯了好几分钟。然后终于盯腻了，又开始盯墙，最后没办法，他只能看周围的人。

他们都是男人，有六七个，谢天谢地——女人都在另一层楼。

在这里最平静的就是那些健壮的建筑工人似的壮汉，他们似乎对自己很满意，仿佛得的不是病而是男子气概的证明。还有几个西装革履的公务员。其中一个看起来很放松，他在玩手机。另一个躲在《每日电讯报》后面，脸很红，似乎很尴尬的样子。有个矮个子，留着稀疏的小胡子，穿着格子外套——可能是卖报纸的人，也许是退休教师。还有个圆胖的马来西亚绅士，一支接一支地抽无过滤嘴香烟，抽完一支就拿烟屁股点燃另一支。在角落里有一对紧张的同性情侣。他们两个都不超过十八岁，看他们打量周围的样子显然是第一次预约。他们手拉手，捏得关节都白了，特别小心的样子。他们很害怕。

西蒙觉得好多了。他觉得不那么孤单了。

"鲍尔斯先生。"前台的那人叫了他。于是西蒙站起来，他知道大家在看着他，所有人都知道他叫什么名字了。一个笑眯眯的红头发医生穿着白大褂在诊室等他。

"跟我来。"他说。

他们穿过几条走廊，进入一扇门（那扇毛玻璃门上用透明胶带贴了一张纸，上面用钢笔写着"J. 贝纳姆医生"），里面就是医生办公室。

"我是贝纳姆医生，"那医生并没有握手的意思，"你的医生写了个字条？"

"那个我交给前台了。"

"哦。"贝纳姆医生说着打开前台给他的文件夹。文件夹旁边贴着一个电脑打印的标签，标签内容是：

> 挂号日：九〇年七月二日，男，90/00666.L
>
> 西蒙·鲍尔斯先生
>
> 六三年十月十二日生，单身。

贝纳姆看完了字条内容，又检查了西蒙的那话儿，从文件夹里抽出一张蓝色的纸，纸的顶部也有同样的标签。

"在走廊里坐一会儿，"他对西蒙说，"护士会叫你。"

西蒙就在走廊里等着。

"它们很脆弱。"坐在他身边一个小麦色皮肤的人,带着一口南非口音,也可能是津巴布韦口音。总之就是殖民地口音。

"你说什么?"

"性病,非常脆弱。你想想吧,感冒的话,只要跟感冒的人待在同一个房间里就会传染上。性病需要温暖潮湿的地方,需要密切接触。"

我这种不是,西蒙心想,但是他没说出来。

"你知道我担心什么吗?"那个南非口音的人说。

西蒙摇头。

"让我妻子知道。"那人说完陷入了沉默。

护士来叫西蒙离开。她年轻又漂亮,西蒙跟着她进入一个小隔间。她拿了一张蓝色的纸张。

"脱下外套,右边袖子卷起来。"

"脱外套?"

她叹了口气:"要验血。"

"哦。"

跟后面的测试相比,验血很简单。

"脱裤子。"护士对他说。她有澳大利亚口音。西蒙的那话儿缩起来,紧紧地缩成一团,看起来灰灰的,皱巴巴的。他忽然很想告诉护士,一般情况下那里要大一些,但是护士拿起一个连着线圈的金属物品,西蒙不禁希望它缩得更小。

他疼得直皱眉。护士将脓液放在载玻片上。然后她指着架子上的一个玻璃罐说:"请你尿在那里面,谢谢。"

"啊?在这里尿?"

她笑了笑。西蒙觉得在这里上班，她可能每天都要听三十几遍这种笑话。

她离开隔间，让他一个人小便。

大部分时候西蒙都很难尿出来，一般他都要等到周围没人了才能尿。他嫉妒那些可以毫无芥蒂地走进厕所，拉开拉链，一边开开心心和周围人聊天一边朝雪白的陶瓷马桶里尿出黄色小便的人。他根本做不到。

现在也尿不出来。

护士又回来了："不行？没关系。去候诊室里再等等，医生很快就会来叫你。"

"嗯，"贝纳姆医生说，"你得的是非特异性尿道炎。"

西蒙点头，然后说："这是什么意思呢？"

"意思是你得的不是淋病，鲍尔斯先生。"

"但我没有跟……跟任何人发生性关系，都三……"

"这个你不用担心。这是一种原发性的疾病——即使不，嗯，不纵欲，也可能得上。"贝纳姆打开书桌抽屉，拿出一瓶药，"每天四次，每次一片，饭前服用。不要喝酒，不要发生性行为，吃完药之后两小时之内都不要喝牛奶，记住了吗？"

西蒙紧张地笑了笑。

"下周复诊。先去楼下预约。"

楼下的人给了他一张红色的卡，上面写着他的名字和预约时间。还有个编号：90/00666.L。

在冒雨回家的路上，西蒙路过一间旅行社。橱窗上的海报画的是阳光灿烂的沙滩，三个穿比基尼的古铜色皮肤美女正在喝饮料。

西蒙从未出过国。

外国让他紧张。

过了几天，疼痛感消失了，四天后，西蒙小便的时候也不疼了。

但是出现了别的状况。

这个状况就像一粒小种子在他脑海中生根发芽。下一次看病的时候，他跟贝纳姆医生说了。

贝纳姆很疑惑。

"鲍尔斯先生，你是说，你感觉你的那话儿不是你的东西了？"

"是啊，医生。"

"我可能没听懂。是说你没有感觉了吗？"

西蒙能感觉到自己的那话儿就在裤子里，能感觉到布料紧贴着皮肉。黑暗中它似乎激动起来。

"不是。我像往常一样能感觉到它。但是就觉得……不一样。就好像它不是我的一部分了，就好像……"他停了一下，"成了别人的东西。"

贝纳姆医生摇头："鲍尔斯先生，这不是非特异性尿道炎的症状——很显然这是某种精神症状，应该交给专业人士处理。呃，可能是对自己的厌恶，因此你内心开始否定自己的那话儿。"

这么说挺有道理的，贝纳姆医生心想。他希望自己是用了正确的术语，当初他没怎么认真上精神病学课程也没怎么好好读课本，也许这就解释了为什么现在他在伦敦一家旧巴巴的性病诊所工作，至少他妻子是这么解释的。

鲍尔斯似乎安心了些。

"我只是有点担心，医生，有点担心而已，"他咬了咬下嘴唇，"非特异性尿道炎到底是怎么回事？"

贝纳姆露出令他安心的笑容："可能是很多种情况的总称，因为我们还不知道它究竟是什么病。它不是淋病，不是衣原体感染。'非特异性'就是这个意思。它是一种感染，对抗生素有反应。这让我想起……"他打开书桌抽屉拿出新一周的药。

"到楼下预约下周的门诊。不要发生性行为。不要喝酒。"

性行为吗？西蒙心想。有了才怪。

但是当他在走廊上从那个漂亮的澳大利亚护士身边经过时，他觉得自己的那话儿又兴奋起来了，变得温热发硬。

下一周贝纳姆又给西蒙看了病。测试显示他还没完全好。

贝纳姆耸耸肩。

"病情持续这么久，有点特殊。你说你觉得不舒服？"

"不。没有。而且我也没看到有脓了。"

贝纳姆觉得累，左眼后面一阵阵钝痛。他低头看了看表格中的测试项目："我觉得你确实还没好。"

西蒙·鲍尔斯在自己的座位上动了动。他有着水汪汪的蓝色大眼睛和苍白忧郁的脸："另外那件事呢，医生？"

医生摇头："哪件事？"

"上周说过的，"西蒙说，"我跟你说过。我觉得我的，呃，我的那话儿不再是我的东西了。"

哦，贝纳姆心想。是这个病人说的。他从来记不住那么多名字、面孔和那话儿，那么多尴尬的神情还有那么多自吹自擂，那些人个个都带着紧张的微笑和悲哀的小毛病。

"嗯，那种感觉怎么了？"

"扩大了，医生。我的下半身感觉都像是别人的东西。我的腿还有脚什么的，虽然能感觉得到，虽然我想让我的腿去哪里它们就去哪里，但是有时候我觉得它们想去别处——如果它们想自己走动的话——它们肯定能走，会抓着我一起走了。

"我自己是阻止不了的。"

贝纳姆摇头。他根本没在听："我们换一种抗生素。其他药不行的话，这种应该没问题。用药后应该也可以缓解你那种感觉——可能是抗生素的副作用。"

那个年轻人盯着他。

贝纳姆觉得自己该说点什么，于是他说："也许你该多出去走走。"

那个年轻人站起来。

"下周同一时间。不要做爱，不要喝酒，吃完药后不要马上喝牛奶。"医生再次嘱咐道。

那个年轻人走了。贝纳姆认真地看着他，但是他走路的姿势没有任何异常。

星期六晚上，杰里米·贝纳姆医生和他的妻子西莉亚去参加了一个专业人士的晚餐会。贝纳姆坐在一个外国精神科医生旁边。

他们就着餐前点心聊起来。

那个精神科医生是个美国人，脑袋尖尖的，看起来像个商船水手，他说："跟别人说你是精神科医生的麻烦之处就在于，接下来整个晚上你都会看到他们在努力表现正常。"他低声笑了。

贝纳姆也笑了，由于他恰好坐在精神科医生旁边，所以确实整个晚上都在努力表现得正常。

晚餐时他喝了很多酒。

喝完咖啡后，他想不出别的什么话题了，于是就跟医生说起西蒙·鲍尔斯的幻觉。（医生名叫马歇尔，但是他对贝纳姆说可以叫他麦克）。

麦克笑了："听起来很有趣。可能只是有一点幻想。不必担心。有可能是由抗生素引起的幻觉。听起来像是卡普格腊斯氏综合征。你听说过吗？"

贝纳姆点头，但转念一想又说："没有。"他不顾妻子撇嘴，给自己又倒了一杯酒，不易察觉地摇摇头。

"嗯，卡普格腊斯氏综合征嘛，"麦克说，"就是发生不好的幻觉。五年前《美国精神病学周刊》上有一篇文章专门讲过。简单来说就是患者会认为他们生活中重要的人——比如家庭成员、工作搭档、父母、恋人等等——都被替换了，注意，是被一模一样的复制人替换了。

"当然并不是患者认识的每一个人都被替换。只是一些人。通常是某一个人。但除此外没有其他幻觉。只有这一件事。有偏执症倾向的人尤其容易出现这种幻觉。"

精神科医生用指甲挠了挠鼻子："两三年前，我自己遇到了这样一个病例。"

"你治愈他了吗？"

精神科医生瞄了贝纳姆一眼，笑得露出大牙："医生，精神方面的问题和性传播疾病不一样，精神科没有治愈一说，只有调整。"

贝纳姆喝着红酒。如果不是喝了酒，他永远不会说出接下来这句话，至少不会大声说出来。"我估计……"他停顿了一下，忽然想起自己少年时代看过的一部电影（叫《外星人入侵》还是什么？），"我估计，肯定没有人去检查一下他们怀疑的对象是不是真的被一模一样的替身替换了吧……"

麦克——马歇尔——管他到底叫什么——非常奇怪地看了贝纳

姆一眼，然后转身跟另一边的人聊天去了。

而贝纳姆呢，就继续努力行为正常（也不知道什么才叫正常），但是他失败了。他真的喝醉了，嘟哝着"该死的殖民者"之类的话，并在晚餐会结束后跟妻子激烈争吵起来，这些都不是他正常的举动。

吵完架，贝纳姆的妻子把他锁在卧室外面。

他睡在楼下的沙发上，盖着皱巴巴的毯子，在内裤里纵欲。

几小时后他被腰上冰冷冷的感觉惊醒了。

于是用衬衣擦了一下，继续睡了。

西蒙开始出汗。

汗水从脸上、额头上滑下来，滴在白色的棉质床单上，他身体的其他部分都很干。

有什么东西逐渐通过一个个细胞占领了他的身体。它轻轻摩擦他的脸，仿佛情人亲吻一样，它在舔他的喉咙，呼吸喷在他脸上。它在触摸他。

西蒙想赶紧下床。但是他动不了。

他想尖叫，但是嘴张不开。他的声带拒绝振动。

西蒙还能看见天花板被过往车辆的灯光照亮。天花板很模糊，他的眼睛还受控制，泪水不断顺着脸颊滚落，把枕头打湿了。

他们不知道我得的是什么病，他心想。他们说我得了其他人会得的病。但是我得的不是那个。我得的是完全不同的东西。

他又一想，一片思想的阴云飘过，黑暗吞没了西蒙·鲍尔斯，或者其实是它抓住了我。

此后不久，西蒙起身洗漱，对着浴室里的镜子仔细看了看自己。

然后笑了，他似乎很喜欢镜中的影像。

贝纳姆微笑着说："很高兴告诉你，我可以给你开一张健康证明。"

西蒙·鲍尔斯坐在椅子里动了动，懒散地点头回答："我感觉好极了。"

他看起来确实很健康，贝纳姆心想。容光焕发的，而且似乎还变高了。他是个很帅气的年轻人，医生心想。"还有那种感觉吗？"

"什么感觉？"

"你曾经跟我说过的。你的身体似乎不属于你的感觉。"

西蒙轻轻挥手。寒冷的天气过去了，伦敦突然热起来，到处都很闷，感觉都不像英格兰了。

西蒙似乎很开心。

"这具身体完全属于我，医生。我很确定。"

西蒙·鲍尔斯（90/00666.L，男，单身）的笑容仿佛全世界都属于他似的。

他走出诊所的时候医生看着他。他看起来也变强壮了，没那么弱不禁风了。

杰里米·贝纳姆医生预约卡上的下一个病人是个二十二岁的年轻人。贝纳姆不得不跟他说他HIV检测呈阳性。我恨这份工作，他心想，我需要休假。

他来到走廊上叫那个青年人，恰好从西蒙·鲍尔斯身边经过，西蒙正和那个漂亮的澳大利亚护士谈话。"肯定是个好地方，"他对护士说，"我想去看看。我想去所有的地方，想见到所有人。"他一只手放在护士胳膊上，而她也完全没有要动一下甩开他的意思。

贝纳姆医生在他们身边停下，他拍了拍西蒙的肩膀说："年轻人，可别再回到这里来了。"

西蒙·鲍尔斯笑了。"你再也不会见到我了，医生，"他说，"至少不是病人。我这就辞掉工作，我要环游世界。"

他们握了握手。鲍尔斯的手很暖和，很舒适，很干爽。

贝纳姆走开了，但还听见西蒙·鲍尔斯在继续跟护士说话。

"肯定会非常精彩。"他对护士说。贝纳姆心想他到底是在说做爱还是在说旅游，或者二者兼有。

"我要好好享乐，"西蒙说，"我已经喜欢上它了。"

吸血鬼的六节诗

我在边境等待着，紧临梦境，
四处阴影缭绕。昏暗空气的气味是黑夜，
冰冷尖锐，我等待我的爱。
月亮褪去一切色彩，露出石质。
她会来，我们会走进这美好的世界，
鲜活起来，因黑暗和鲜血。

这是孤独的狩猎，渴望鲜血，
肉体凡胎终究也可进入梦境，
我不会放弃它而换取整个世界。
月亮汲取黑暗，黑暗的夜。
我矗立在阴影中，看着夜空那石头：
不死啊，我的爱……啊，不死啊，我的爱？

今日睡眠之时我梦见你，爱啊，
对我而言比生命更重要——甚至胜过鲜血。

阳光寻找着我，我在深深的地下，覆盖石质，
比所有的尸体更僵死，但依然怀有梦境，
随后我化作烟雾醒来，就在今夜，
落日迫使我出来，进入这世界。

数百年来，我不断进入这世界，
散布某物，类似爱——
被偷走的吻，又被送回黑夜，
让我满足的是生命，以及鲜血。
到了早晨，我就是个梦，
是长眠地下的冰冷尸体，覆盖着石质。

有时候我的情人们也走进黑夜……
有时候她们继续长眠，依然是尸体，覆盖着石质，
永远不知晓欢愉和鲜血，
永远不曾在阴影中穿过世界，
她们被蛆虫腐蚀，我的爱，
她们低声说你曾醒来，在我的梦中。

我在你的墓碑旁等待，过了半个夜晚
但你不肯离开你的梦境去狩猎鲜血。
晚安，我的爱，我献给你整个世界。

鼠

他们有好多种快速灭鼠的工具，还有好些长期灭鼠工具。有十几个形态各异的传统捕鼠陷阱，其中有一个里甘觉得很像《猫和老鼠》里的捕鼠夹：是一个金属弹簧陷阱，轻轻碰一下就会猛然合拢，夹断老鼠的脊背。货架上还放着其他一些装置——可以让老鼠窒息，或者把老鼠电死，甚至能把老鼠淹死，每一种都安全保存在彩色包装盒里。

"这些都不是我想要的。"里甘说。

"嗯，陷阱就只有这些了。"女售货员说，她别着一个很大的塑料名牌，上面写着"贝姬"以及她很高兴在麦克雷动物饲养专门店为您提供服务，"这里有——"

她向另一个专柜，上面摆着小袋包装的"饿死猫"毒鼠药。一个橡胶小老鼠四脚朝天地躺在柜子顶端。

里甘不由自主地想起之前的事情——格温伸出她漂亮粉红的手，手指微微朝上弯，她问："这是什么？"那是她出发去美国前一周的事情。

"我不知道。"里甘回答。他们在西南部一家小酒店的酒吧里，那里铺着深紫红色的地毯，墙纸是浅黄褐色的。他点了杜松子酒和汤力水，格温小口喝着第二杯夏布利葡萄酒。她曾对里甘说，金发的人只能喝白葡萄酒，因为看起来好看。里甘觉得好笑，但很快意识到她是认真的。

"是死掉的那个东西。"她说着将手掌翻转向下，这样手指头看起来就像某种粉色东西的小腿。里甘笑了。稍后，他付了账，然后他们一起去了楼上里甘的房间……

"不，不要毒药。我不想杀死它。"他对女售货员贝姬说。

她好奇地看着里甘，仿佛他刚才说了某种外语。"但是你刚才说你想要捕鼠装置……"

"我想要那种人性化的陷阱。就像一个走廊那样的。老鼠走进去，门就关上，它出不来了。"

"你要怎样杀死它？"

"不杀死它。我开车到几英里之外放了它。它就不会回来再捣乱了。"

贝姬笑了，看他的眼神仿佛当他是个大可爱似的，又可爱，又傻，但就是特别可爱。她说："你在这里等着，我去找一下。"

她走进一扇写着"员工专用"的门。里甘心想，她屁股真好看，很迷人，隐约有种中西部风格。

他看着窗户。贾尼丝坐在车里看杂志，她是个红头发女性，穿着过时的居家服。里甘朝她挥挥手，但是她没有看他。

贝姬从员工专用那屋里探出头说："有！你要几个？"

"两个。"

"没问题。"她又退回去，接着拿了两个绿色塑料容器出来放在收银台上。里甘在自己的纸币硬币中摸索，努力凑出正确的零钱，他还是很不熟练。贝姬笑着拿起包装盒仔细检查捕鼠陷阱。

"天哪，"她说，"接下来他们还想干什么呢？"

里甘走出商店，热浪扑面而来。

他赶紧回到车上。金属门把手很烫，发动机在低速运转。

他坐上车说道："我买了两个。"车内空调凉爽宜人。

"系好安全带，"贾尼丝说，"你真的该学学怎么在这边开车。"她放下杂志。

"我会的，"他说，"早晚会的。"

里甘很怕在美国开车：感觉就像在镜子里开车似的。

他们没再说话，里甘看着捕鼠器盒子背后的说明。根据这里所说，这种捕鼠器最大的优点就是你永远不会看见、摸到或亲手处理老鼠。门会自动关闭，然后就不用管了。说明书还说，它不会杀死老鼠。

他们回了家，里甘把捕鼠器拿出来，在其中一个里头的最深处放了点花生酱，另一个里面放些烘焙用的巧克力，然后他把这两个东西放在食品储藏室地上，一个靠墙，另一个靠近屋里的洞，老鼠似乎就是从这个洞出入食品储藏室的。

这陷阱只是个小走廊而已。一边有个门，另一边是墙。

那天晚上里甘躺在床上，摸了摸睡梦中贾尼丝的胸，他动作很轻，没有吵醒她。她胸部很丰满。他希望丰满的胸部能激发性欲。

贾尼丝睡得很熟，但还是朝他挪了挪。

他后退了，躺在黑暗中，努力想再次睡着，他想着自己还能干什么。天气很热，很闷。他们住在伊灵区的时候，他绝对很快就睡着了。

花园里传来一声尖叫。贾尼丝动了动，翻身离开他。那声音类似人类。狐狸的声音很像小孩子痛苦时发出的声音——里甘很早以前听过。也许是猫。或者梦中夜行的鸟。

总之是什么东西半夜死了。无疑是这样的。

次日早晨，陷阱弹簧跳起来了，虽然里甘非常小心地打开，里面却是空的。巧克力被咬了。他又把陷阱门打开，重新靠墙放好。

贾尼丝在休息室里哭泣。里甘站在她旁边，她伸出手，里甘紧紧握住她。她的手指很冷。身上还穿着睡衣，没有化妆。

接着她打了个电话。

上午晚些时候，里甘收到一个联邦快递送来的包裹，里面装的是十几张软盘，每个都有编号，方便他检查分类。

他在电脑上工作到六点，面前放着一个金属风扇，那风扇吱嘎作响地转着，搅动热空气。

傍晚时分，他一边做饭一边听广播。"……我的书是想把自由主义者不想让我们知道的事情告诉给大家。"那声音很高很紧张也很自大。

"是啊。有些确实，很难让人相信。"主持人鼓励地说，是那种低沉的广播声调，令人安心舒适。

"当然很难相信，毕竟和你想相信的一切都背道而驰。自由主义者和媒体上的同性恋他们都不想让我们知道真相。"

"嗯，我们都知道。先放一首歌，我们稍后就回来。"

接着就放了一首西部音乐。里甘将频道调至本地的国家公共广播频道，有时候这个频道会播放BBC国际新闻栏目。也许是有人重新调频了，他心想，但是不知道是谁调的。

他用锋利的刀小心翼翼地切开鸡胸肉，一边听歌一边分开粉红的肌肉，切成小条准备油炸。

有人心碎，有人冷漠。歌曲结束了。然后是啤酒广告。然后又开始谈话节目。

"问题在于，一开始谁都不相信。但我得到了文件。我得到了照片。你看过我的书。你会明白的。"

里甘发现自己在想门格勒医生那挂满眼球串的墙。蓝色的眼珠、棕色的眼珠、淡褐色的眼珠……"哇！"他切到了自己的手，于是赶紧把手放进嘴里，舔舔指尖止血，然后冲进浴室找创可贴。

"别忘了，我明天十点要出门。"贾尼丝站在他身后。他从镜子里看着她蓝色的眼珠。她似乎很冷静。

"好。"他给拇指贴上创可贴，盖住伤口，转身看着她。

"我今天在花园里看到一只猫，"她说，"一只大灰猫。可能是流浪猫。"

"可能。"

"你真的不想养个宠物吗？"

"不想。养了宠物更让人操心。我们已经讨论过了，不养宠物。"

贾尼丝耸耸肩。

他们回到厨房。里甘把油倒进煎锅，点上火。然后把粉色的鸡肉条放进锅里，看着它们收缩、褪色、变形。

次日一早，贾尼丝自己开车去车站。穿过城市的车程很长，她准备返回的时候已经没有精神开车了。她身上带着五百美元现金。

里甘检查了陷阱——两个都没有被动过。他悄悄来到走廊上。

最后他给格温打了电话。第一次他拨错了号，他的手指在电话键盘上滑了一下，那一长串数字让他迷惑。他又拨了一次。

一阵铃声后，她的声音传过来了："联办会计事务所。下午好。"

"格温？是我。"

"里甘？是你吗？我正在想你给我打电话就好了呢。我想你。"她的声音很遥远，跨大西洋的噼啪和嗡嗡声让她显得更遥远了。

"话费很贵。"

"你想回来吗？"

"不知道。"

"你夫人还好吗？"

"贾尼丝……"他停了一下，叹气道，"贾尼丝挺好的。"

"我跟我们新的销售经理好上了，"格温说，"是你之后来的。你不认识。毕竟女孩子又能做些什么呢？"

里甘觉得这就是他讨厌女人的原因：太现实。格温一直逼着他用安全套，他不喜欢安全套，格温也一直用杀精剂和子宫帽。里甘觉得某种意义上来说，爱的自发性、浪漫和热情都受损了。他喜欢的性是某种半真实半想象的东西，某种突然的、肮脏的又有力的东西。

他前额开始抽痛。

"你那边天气如何？"格温轻快地问。

"很热。"里甘说。

"真想去你那里。这里下雨下了好几周了。"

他说了些什么很想再次听到她的声音之类的话。然后就挂了电话。

里甘又检查了陷阱，还是空的。

他回到工作室，打开电视。"……这是个小的。就是胚胎。日后她会长大。她会长出小手指，小脚趾——还会有小指甲。"

屏幕上出现一幅画：红色跳动的难以分辨的东西。接着镜头转到笑容灿烂的女人正抱着一个婴儿。

"像她这样的小孩将来会成长为护士、教师、音乐家。他们中的某个人甚至还能成为总统。"

接着又是那团粉色的东西充满了屏幕。

"但这一个小东西再也不会长大了。她明天就会被杀死。她母亲说这不是谋杀。"

他切换频道，最终找到了《我爱露西》，经典垃圾肥皂剧。然后他又回到电脑旁继续工作。

整整两个小时，他在无穷无尽的数据里追查一个价值一百美元的错误，脑袋都开始疼了。他站起来走进花园。

他怀念有花园的生活，怀念整整齐齐的英式草坪和英国庭院草。这边的草都枯萎了，不但是棕色，而且稀疏，树也光秃秃的，还长着铁兰，看起来像科幻小说的生物。他顺着小路走进屋后的树林。一个灰色的东西从一棵树后面蹿到另一棵树后面。

"来，猫咪猫咪，"里甘说，"到这里来，小猫咪。"

他走到树后面仔细看。那只猫——或者其他什么东西——已经跑了。

有个东西刺到了他的脸。他想也不想就拍了下去，放下手才发现手上全是血，原来是蚊子，都被打扁了，还在他手里抽搐。

他回到厨房，给自己倒了杯咖啡。他想念茶，但是离开了英国茶叶就不是那个味道了。

贾尼丝六点左右回来了。

"怎么样？"

她耸耸肩："还行。"

"是吗？"

"是啊。"

"我下周回去，"她说，"检查一下。"

"确保他们没有把任何器材留在你身体里？"

"差不多吧。"她说。

"我做了意大利番茄牛肉面。"里甘说。

"我不饿，"贾尼丝说，"我要去睡了。"她上楼了。

里甘又工作了好一会儿，直至确定数目无误。

他上楼，轻轻走近黑暗的卧室里。借着月光脱下衣服，直接丢在地板上，然后盖上被子。

他感觉到贾尼丝就在自己旁边。她的身体在发抖，枕头湿了。

"贾？"

她背对他。

"太可怕了，"她冲着枕头低声说，"太疼了。他们没给我麻醉剂，什么都没有。他们说我愿意的话可以打一针安定，但是麻醉师早不干了。那女的说他受不了压力，另外无论如何，这将再花两百美元，没有人想要支付……"

"太疼了，"她又哭了，一边抽搐一边说话，那些词语仿佛是从她嘴里被拽出来的，"非常疼。"

里甘下了床。

"你去哪里？"

"我不想听这些，"里甘说，"我真的不想听这些。"

屋里太热了。里甘只穿着内裤下楼，走进厨房，光着脚在乙烯地板上发出黏糊糊的声音。

一个捕鼠陷阱的门关上了。

他拿起陷阱。感觉这东西是以前的三倍重。他非常小心地打开门，两只小眼睛盯着他。皮毛是淡棕色的。他又把门关上，听见里头传来抓挠的声音。

现在怎么办？

他不能杀死它。他什么都不敢杀。

绿色的捕鼠器闻起来有点刺鼻，底部有黏糊糊的老鼠尿。里甘拿着陷阱去了花园。

一阵微风吹过。月亮接近圆满了。他跪在地上，小心地把陷阱放在干草上。

他打开了那个绿色陷阱的门。

"跑啊。"他低声说，在开阔的地方他的声音听起来有些尴尬，"快跑吧，小老鼠。"

老鼠没动。他能看到它的鼻子凑在陷阱的门口。

"来吧。"里甘说。月光很明亮，他什么都能看见，阴暗处都被照亮了，只是没有色彩。

他用脚推了推陷阱。

老鼠冲了出去。它离开了陷阱，然后停下脚步，转身，接着就跳进了树林里。

接着它又停下来。老鼠看了看里甘的方向。里甘确信它真的在看他。它有着粉色的小爪子。里甘忽然有种父亲般的感觉。他若有所思地笑起来。

在灰色的夜色里，老鼠徒劳地挣扎着，被一只灰色的大猫叼在嘴里。然后猫跳进灌木丛里。

　　他想了一下，去追那只猫，想救下那只老鼠。

　　树林里传来一声尖叫，是夜里的声响，里甘觉得那声音好像人声，像女人痛苦之中发出的声音。

　　他用力把捕鼠器扔得远远的。他希望这东西能撞到石头之类的坏掉，但它只是无声无息地落进树丛中。

　　里甘回头往屋里走，并且顺手关了门。

海的变迁

现在正好把这个故事写下来，

现在，海浪冲刷着卵石沙沙作响，

雨水倾斜落下，冰冷又冰冷，噼噼啪啪，

砸在铁皮屋顶上，我连自己说话都听不见，

风在低吼。相信我，

现在我可以爬到漆黑的海浪上，

但是此时乌云密布，去海上就太傻了。

"我们呼唤你，听好，

有人在海上遇险。"

古老的歌谣挂在我嘴边，不请自来，

也许我大声唱了。我也不知道。

我不老，但是当我醒着的时候，就全身疼痛难忍，是古老的大海的病痛。看我的双手。

被海浪磨损，扭曲，

看起来就像风暴之后，我在海滩上找到的东西。

我拿笔的姿势像老人。

我父亲将海称为"寡妇制造者"。

我母亲说海本来就是寡妇制造者，

即使是它像天空一样灰暗平静。母亲是对的。

我父亲在天气晴好的时候被淹死了。

有时候我想，他的骨头有没有被冲上海岸呢，

冲上海岸后，我又有没有认出来呢，

它们一定碎了，被海水打磨光滑了。

我十七岁，成了一个傲慢的年轻人，

认为能让大海乖乖听自己的话，

我向母亲保证我绝不去海上。

她教我经营文具店，日子就这样

在一刀刀一令令纸张中过去，她死后，我获得了遗产，

给自己买了一艘小船。拿上我父亲陈旧的渔网和龙虾篮，

雇了三个船员，他们年龄都比我大。

我永远离开了墨水瓶和笔尖。

有时候收获好，有时候收获差。

冰冷冰冷的海是苦涩的盐水，渔网割破我的手，

绳子也是危险难缠的东西，

我还没有被世界抛弃。当时还没有。

我周围的盐味空气让我确定自己能永远活着。

伴着微风从海面掠过，

太阳在我身后，我将比十二匹马拉着的车还快，从雪白的波浪顶部跑过，

那才是活着的感觉。

海是有情绪的。你很快就会搞清楚。

我写这段话时，她狡诈，带着恶毒的幽默感，

风不断从四面八方吹来，

海浪汹涌起伏。我难以把握她的状态。

我们看不到陆地，但我看见了一只手，

有什么东西从灰色的海里升起。

我想起了父亲，我拿起桨朝那个方向呼喊。

但除了海鸥以外没有任何回应。

它们雪白的翅膀在半空中呼呼作响，然后，

帆桁突然一转，砸在我的后脑勺上，

我记得冰冷的海慢慢地靠近，

包围了我，将我吞没，我成了海的一部分。

我尝到了盐味。我们就是用骨头和海水制成的，

我小时候，书上就是这样写的。

我想起，新生命到来总是以水作为先兆，

我相信那水一定也是咸的——

也许我想起了自己出生的事情。

海面以下的世界非常模糊。冰冷，冰冷，冰冷……

我不相信自己真的看见了她。我不相信。

那是梦，是发疯，或是缺乏氧气，

或是撞了头：她就是这样形成的。

但是在梦中，我看见了她，非常真切，不容置疑。

她像海一样古老，像新生的浪花一样年轻。

她精灵般的眼睛看着我。我知道她想得到我。

据说海里的居民没有灵魂，也许吧，

海就是一个巨大的灵魂，她呼吸吞吐，就像一个生物。

她想得到我。她会得到我，这是不容置疑的。

但是……

他们把我从海里拉了出来，敲打我的胸膛，

我吐出大量海水，吐在墙板上。

我很冷，很冷，很冷，颤抖不已而且觉得恶心。

我双手受损，双腿被扭断，

仿佛是刚从极深的海底出现，

海贝和漂浮木是我的骨头，

我的肌肤之下刻着隐秘的信息。

那艘船再也没回来。船员都不见了。

我住在村里的慈善机构里，

他们说，我们全靠大海的仁慈生活。

很多年过去了。差不多二十年了。

所有的女人都怜悯又轻蔑地看着我。

我屋外风的呼啸变成了尖叫，

雨打在锡皮墙板上，

坚固的墙板砰砰作响，仿佛石头砸在石头上。

"我们呼唤你，听好，

有人在海上遇险。"

相信我，我今晚就能去海上，

用我的双手双膝艰难地爬过去。

进入海水与黑暗中。

见到那个女孩。

让她从我这扭曲的骨头上把肉都吸走，

将我变成某种不会腐坏的象牙白的东西，

某种丰富而奇怪的东西。但这样想也太傻了。

海的声音在对我低语，

沙滩的声音在对我低语，

海浪的声音在对我低语。

我们去看世界的尽头
（朵妮·莫宁赛德，11¼岁）

独立日假期的时候，爸爸说带我们去野餐，妈妈和我想去的地方是跑马场，在那儿骑马，但爸爸说我们要去的地方是世界的尽头，妈妈说，哦，天哪。爸爸说：塔尼娅，孩子现在该去看看那是什么。可是妈妈说不，不，她是想说乔森的极致光芒花园这时节风景正好。

我妈妈很喜欢乔森的极致光芒花园，它坐落于勒克斯，在十二大街和河流之间，我也喜欢那儿，特别是他们会给你土豆条让你喂跳上野餐桌来的小白金花鼠。

白色的金花鼠有个特别的名字，叫白化体。

多洛丽塔·霍斯克说如果你抓住金花鼠的话它就会告诉你命运，但我从没抓住过。她说一只金花鼠说她将成为芭蕾舞演员，最后得上结核病孤零零地在葡萄牙的一所膳食公寓里死去。

我爸爸做了土豆沙拉。

他有个秘方。

我爸爸的土豆沙拉是用新鲜小土豆做的，他把土豆煮熟，然后趁它们还热的时候把他的秘制混合酱倒上去。混合酱里有蛋黄酱、酸奶油，还有像小洋葱似的叫作细香葱的东西，他把这些放在培根油和嗞嗞作响的培根丁里炒过。等它冷了之后就成了世界上最好的土豆沙拉酱，比我们在学校吃的好多了，学校那个简直像白色的呕吐物。

我们在商店边停下来买了水果、可口可乐和土豆条，它们被装进盒子然后丢进车子后面，爸爸、妈妈和我的小妹妹大家一起上了车。我们出发了！

我们从家里出发的时候是早上，然后我们上了高速公路，从大桥上直接过了微光镇，随后很快就黑了，我喜欢黑的时候开车。

我坐在后排一直哼着那些乱七八糟啦啦啦啦啦的歌，于是爸爸不得不说：朵妮乖乖，别再制造噪音了，不过我继续啦啦啦啦啦。

啦啦啦啦啦。

高速公路因为维修关闭了，所以我们按指示牌说的走，牌子上写的是：分流。

妈妈要爸爸在开车的时候把车门关好，她也叫我关好车门。

我们走了一会儿天更黑了。

经过市中心的时候，我从窗户里看见，当我们在路灯下停车的时候，一个长胡子的男人突然跑出来，穿着一件油腻腻的衬衣从车窗边跑过。

经过车子后面的时候，他透过窗户向我挤挤眼睛，那是双老眼睛。

然后他就不见了，妈妈和爸爸开始争论他是谁，他是好运还是噩运。不过这次争论还不坏。

还有很多牌子上写着"分流"，它们都是黄颜色的。

我看见一条街上有个非常漂亮的男的向着我们飞吻还唱了歌，另一条街上有个女的捂着她的一边脸坐在蓝色的灯光下，不过她的脸在流血，湿湿的，还有一条街上只有几只猫盯着我们。

我妹妹发出噜噜的声音，意思就是：看，她说喵咪了。她叫梅丽森，但是我叫她黛茜茜。这是我给她起的秘密名字。是从一首叫《黛茜茜》的歌里来的，歌里唱的是：黛茜茜，给我个回答，我是否因对你的爱而疯疯傻傻，我们结婚不会太时髦，因为我买不起马车，但是骑上双人自行车你会看见甜蜜。然后我们就出城了，到了山区。马路两边像宫殿一样的房子被我们远远抛在身后。

我爸爸就出生在这样的房子里，他又和妈妈开始争论，他说他为了和她在一起放弃了所有的钱。她说哦，那你把它再拿回来不就好了？

我看着那些房子。我问爸爸，奶奶住在哪一座里面。他说他不知道。这是假话。我不知道为什么大人们老是撒谎，比如他们说"我等会儿告诉你"或者"我们再等等"这些话，意思就是：不，就算你长大了我也不告诉你。

其中一座房里的花园里有很多人在跳舞。然后路就开始绕弯，爸爸开车带我们穿过乡村，穿过黑暗。

看！妈妈说。一群人追着一只白色的鹿跑过公路。爸爸说它们特别讨厌，就像长着树枝样犄角的老鼠，是些害人精。撞到鹿的话最麻烦的问题就是它们的角会刺穿玻璃伸进车里，他还说他有个朋友被一只撞破车玻璃的鹿踢死了，那鹿长着尖尖的蹄子。

妈妈说：哦，天哪，就跟我们很想知道这事儿一样。爸爸回答：不过它确实发生了，塔尼娅。妈妈就告诉他：老实说，你没救了。

我是想问追那头鹿的是什么人，不过我还是唱歌算了。啦啦啦啦啦。

爸爸说：别唱了。妈妈却说：行行好，小丫头总得表达她自己。

于是爸爸说：我敢说你也一定喜欢嚼锡箔纸。妈妈问：那又是什么意思？爸爸说没什么，最后我问：我们还没到吗？

马路的一边有几堆篝火，有时候又有几堆骨头。

我们在山的一边停下来。世界的尽头就在山的另一边，爸爸是这么说的。

我想知道它看起来是什么样子的。我们在停车场停好车。然后出来了。妈妈抱着黛西。爸爸提着野餐篮子。我们借着山路两边蜡烛的光芒爬上山。一只独角兽跑到我面前。它白得像雪一样，而且它还用鼻子蹭我。

我问爸爸可不可以给它一个苹果，他说独角兽可能有虱子，妈妈说它没有。我们说话时它的尾巴一直呼呼呼地摇来摇去。

我给了它一个苹果，它用银色的大眼睛看着我，然后打了个喷嚏，像这样——呵——噗，然后跑进山里去了。

小小黛西说：噜噜。

世界尽头看起来是这样子的，像是世界上最美的地方。

地上有个非常大的洞，好些漂亮的人举着棍子和好看的弯刀从里面爬出来，他们都留着很长的金发，看起来像王子，但很好斗。他们中有些有翅膀有些没有。

天上也有个很大的洞，也有东西从那洞里下来，有长着猫头的人，还有像用闪亮亮的宝石做成的蛇，就是像万圣节我戴在头上的那种。我还看见好像巨大的绿头苍蝇似的东西从天上飞下来，它们数量很多，和星星一样多。

它们都不动，只是悬在那儿，什么也不干。我问爸爸它们为什么不动，他说它们动得非常慢，但我不信。

我们到一张野餐桌边坐下。

爸爸说世界尽头最好的一点就是这儿没有马蜂和蚊子。妈妈说在乔森的极致光芒花园里也没什么马蜂。我说跑马场也没多少马蜂和蚊子，而且还有小马，我们可以骑。爸爸说他带我们到这儿来玩也一样。

我说我想过去看看能不能再遇上独角兽，妈妈和爸爸说别走太远。

紧挨着我们的一张桌子边坐着几个戴面具的人。我和黛茜茜过去看他们。

他们为一个没穿衣服却戴了顶可笑的大帽子的女士唱生日快乐歌。她有很多很多花，一直堆到肚子上。我等着看她吹灭蛋糕上的蜡烛，但那儿连个蛋糕都没有。

你不许个愿吗？我问。

她说她已经没什么愿可许了，因为她太老了，我告诉她我上次过生日的时候一口气吹灭了所有的蜡烛，然后花了很长时间想我该许什么愿。我本来想许愿爸爸和妈妈晚上不再吵架，但我最后还是许愿想要一匹席德兰小马，可它始终都没来。

那位女士把我抱起来，说我非常可爱，她简直想吃掉我，连骨头带毛一起。她闻起来好像甜甜的干牛奶。

随后黛茜茜用尽全力大哭起来，那位女士就把我放下了。

我大声呼唤独角兽，但却没看见它。有一小会儿我觉得仿佛听见了号角声，但又觉得那是我的错觉。

接着我们就回去了。我问爸爸过了世界尽头之后又有些什么。他说没什么，什么都没有，因为这儿是尽头。

黛西吐在爸爸的鞋子上，我们赶紧收拾干净。

我坐在桌边，吃土豆沙拉。那个秘方我已告诉你们了，你们一定得做做看，好吃极了。我们喝着橙汁，吃土豆条和嫩蛋水芹三明治，还喝了可乐。

　　然后妈妈对爸爸说了点话，我没听清楚，但是他重重地打了她一耳光，妈妈哭了。

　　爸爸叫我领黛茜去走走，他们要单独谈话。

　　我就去拉黛茜，我说：来，黛茜，过来，雏菊花花。她也哭了，不过我不哭，我已经长大了。

　　我听不见他们说了些什么。于是就去看那些猫脸人，但我已经厌烦了观察他们是不是在缓慢移动。我听见了世界尽头的号角声。嗒嗒嗒。

　　我们坐在石头上，我唱啦啦啦啦啦的歌给黛茜听。嗒嗒嗒的号角声还在我脑子里回响。

　　啦啦啦啦啦啦啦啦。

　　啦啦啦。

　　后来爸爸和妈妈过来了，他们说我们该回家了。但是每件事都正常了。妈妈的眼睛涂上了紫色，看起来有点滑稽，像电视上的人。

　　黛茜说哦咿。我告诉她是的，就是哦咿。我们回到车上。

　　回家的路上没人说话，黛茜睡着了。

　　路边有一只被车撞死的动物。爸爸说那是只白鹿。我想它会不会是独角兽，但是妈妈说你不可能杀得死独角兽，但是我觉得她又在撒大人的谎。

　　到了微光镇的时候我说，是不是如果你把许的愿告诉了别人它就不会实现了？

　　是什么愿？爸爸问。

　　生日愿望，你吹灭蜡烛的时候许的愿。

　　他说：不管你告不告诉别人，愿望都不会实现。他又说，许愿，你不能相信许愿。

我又问妈妈，她说，别管你爸爸说什么，她说话的口气冷冷的，就像派我做事儿的时候叫我全名的那种。

然后我也睡了。

再然后我们就到家了，这时候已经是早上了，我再也不想看世界的尽头了。妈妈抱着黛茜茜，爸爸提着野餐篮子，他们向屋里走去，在我下车之前，我闭上眼睛于是就什么也看不见了。我开始许愿许愿许愿许愿许愿。我希望我们会去跑马场。我希望我们哪儿也不去了。我希望我是别的什么人。

我许愿。

沙漠之风

有个老人，他的皮肤被沙漠的太阳烤得黝黑。

他告诉我，他年轻时遭遇过一场风暴，让他和车队及族人分离，

他翻越石头，穿过沙漠走了两天，

一路上除了小蜥蜴和灰色的老鼠什么都没看见。

但是在第三天，他看到了由丝绸帐篷组成的城市，

颜色是那样鲜艳。一个女人带他进去最大的帐篷，

那是猩红色的丝绸帐篷，她把盘子端到他面前，请他品尝冰冻果子露；

又给他靠垫躺着，她用鲜红的嘴唇吻了他的眉毛。

蒙着面纱的舞者在他面前翩翩起舞，肚皮起伏如同沙丘，

眼睛好似绿洲里深沉的水塘，他们全部身穿紫色丝绸，

戴着黄金的戒指。他欣赏舞者，仆人们端上各种食物，

那葡萄酒白如丝绸，红如罪孽。

酒水入肚，他脑子也疯狂起来，他跳起来，
来到众舞者之间，脚踩沙砾与他们一同起舞，
随着节奏跳跃，他选中了最美的舞者，
将她抱在怀里亲吻她。但是他的嘴唇只贴上了干枯风蚀的骷髅。

每一个穿紫袍的舞者都变成了白骨，但他们仍旧翩翩起舞。
他感觉到这由帐篷组成的城市变成了嘶嘶作响的干沙，
正从他的指缝间流走，他颤抖起来，头埋在自己的斗篷里，
他哭起来，接着就听不见鼓点的声音了。

他说，当他醒来时已经是孤身一人，帐篷消失得无影无踪。
天空碧蓝，太阳灼热。一切都恍如隔世。
他活下来，把这个故事讲给别人。他大笑，露出没牙的牙龈跟我
们说：
他看到了地平线上由丝绸帐篷组成的城市，并在雾中跳舞。

我问他那会不会是海市蜃楼，他说是的。我说也许是做梦，
他表示同意，但是强调那是沙漠的梦，不是他的梦。他对我说，
再过一年左右，等他活得足够长久了，他就会走进风里，
去寻找那片帐篷。他说，这一次，他会永远和他们在一起。

婴儿蛋糕

几年前，所有的动物都消失了。

一天早晨我们醒来，发现动物们都不在了。它们甚至没有留点什么信息，更没有说再见。我们不知道它们究竟去哪里了。

我们想念动物。

我们中有些人认为世界要终结了，但是没有。只是没有动物了而已。没有猫，没有兔子，没有狗，没有鲸，海里没有鱼，天上没有鸟。

只剩人类了。

我们不知道该怎么办。

有一段时间，我们迷茫地四处走动，然后有人说，即使没有动物了也不应该改变我们的生活。没必要改变我们的饮食，没必要戒掉垃圾食品。

毕竟我们还有婴儿。

婴儿不会说话。他们基本不能动。传统意义上来说，婴儿不是智慧生物。

我们制造婴儿。

然后使用他们。

有些被我们吃掉。婴儿的肉软嫩多汁。

我们剥婴儿的皮装点我们自己。婴儿的皮柔软舒适。

有些被用来做测试。

我们用胶带贴住他们的眼睛，往里面滴入洗涤剂和洗发剂，每次滴一滴。

我们划伤他们，烫伤他们，用火烧他们。我们夹住他们往他们的脑子里通电。我们嫁接婴儿，冰冻婴儿，让他们受辐射。

婴儿吸我们的烟雾，他们的血管里流淌着我们的各种药物，直至他们停止呼吸或者血液不再流动。

这当然是艰难的抉择，但也是必要的。

没人能够否定。

动物都不见了，我们还能怎么办呢？

有些人会抗议，这是当然的。但是，总有人抗议。

一切回到正轨。

只是……

昨天，所有的婴儿都消失了。

我们不知道他们去哪里了。也没见到他们离开。

我们不知道没了婴儿我们该怎么办。

但是我们会想办法。人类很聪明。是这份智慧让我们比动物和婴儿更高级。

我们会想出办法。

天堂谋杀案

第四天使说：

我因秩序而生，

于世俗人间护卫此地，

他们因罪行而离去，

因罪行而失却高洁；

故他们应回避这一切，

抑或他们可接受我的炎剑，

我将化身为他们的仇敌，

将他们焚烧殆尽。

——切斯特神迹剧[1]，造物及亚当与夏娃，一四六一

1　神迹剧：流行于中世纪的一种舞台剧，多取材于《圣经》，以展示基督的神迹为内容。

这是真的。

大约十年前，我被困洛杉矶，离家万里。那时候是十二月，加利福尼亚的天气温暖宜人。而英格兰被大雾和暴风雪所笼罩，没有航班往那儿飞。每天我都打电话询问机场，但每天我得到的答复都是再等等。

这种情况持续了将近一星期。

那时我勉强刚刚能算是成年人。现在看来我生命中的某一部分似乎在那段时间丢失了，我觉得不舒服，就好像被硬塞来一份礼物——房子、妻子、孩子们、假期，都是从另一个人那儿接手的。我可以毫不在乎地说，这些东西和我无关。如果每七年你身体里的细胞就彻底更新一次这个说法是真的，那我确实是从一个已经死了的人那里继承了我现在的生命，以往那些过失都已得到原谅并和那人的骨头一起入土了。

我是在洛杉矶，没错。

第六天，我接到以前的女伴从西雅图发来的一条短信：她也在洛杉矶，从朋友那里听说我也在这儿，问我愿不愿意去见她？

我回复她说：当然去。

那天傍晚，当我从旅店里出来的时候，一个小个子的金发女人过来了。那时候天已经黑了。

她盯着我看，似乎是在把我和描述中的样子加以对照，然后她犹豫地叫了我的名字。

"是我，你是廷克的朋友吗？"

"是的。车在外面，来吧，她真的很想见到你。"

她的车是只能在加利福尼亚看见的那种又大又旧像船一样的家伙。闻起来有股外皮开裂脱落的破沙发味。我们就开着它从始发地前往目的地。

那个时候洛杉矶对我而言完完全全是个未知事物；而且至今我也不敢说有多了解它。我对伦敦、纽约、巴黎都很清楚：你围着它兜一圈，或者搭地铁，只需一上午就能搞清楚哪儿是哪儿。但洛杉矶到处都是车。那时候我不会开车，到现在我也不在美国开车。在我的记忆中，洛杉矶就是很多条公路把大家的车子连在一起，完全没有城市形状和城市与人的关系。那些规则的道路和不断重复的构架意味着每当我试图在回忆中把它们视为一个整体时，就只会想起那天夜里我从格里菲斯公园山顶看见的无数不受约束的小光点。远远望去，那是我见过的最美的情景之一。

"看见那幢楼了？"廷克的朋友，那位金发的司机问。那是一幢红砖的立体派建筑，很引人注意但是非常难看。

"看见了。"

"三十年代修建的。"她不无自豪地说。

我礼貌地赞同了几句，暗地里尝试着去理解一个把五十年当作古老的城市。

"廷克很激动。当她听说你也在这儿的时候她真的很激动。"

"我也非常希望再见到她。"

廷克的真名叫作叮叮铃·里士满。是真的[1]。

她和几个朋友住在某个小公寓区，离洛杉矶市中心约一小时车程。

关于廷克，我能介绍的就是：她比我大十岁，三十出头，她有着乌黑的头发和迷人的双唇，皮肤白得像童话中的白雪公主，我第一次见她时几乎认定她是世界上最美丽的女人。

1　叮叮铃是《彼得·潘》里小仙子的名字。

廷克有过一段短暂的婚姻和一个五岁的女儿，名叫苏珊。我从没见过苏珊——廷克在英格兰的时候苏珊和她爸爸一起待在西雅图。

被人叫作叮叮铃的人把自己的女儿取名为苏珊。

记忆是个大骗子。或许有些人的记忆像录影带一样准确地记录了他们每天生活的全部细节，但是我不是这样的人。我的记忆是一堆互不相连的片段勉强拼凑起来的：我记得的部分都非常清晰，但是其他部分就都消失了。

我不记得是怎么到了廷克的住处，也不记得她的室友哪儿去了。

我记得的就是在昏暗的灯光下，我们两个人懒洋洋地并排靠在沙发上。

我们说了一会儿话。离上次见面差不多有一年之久了，但是一个二十一岁的小子和三十二岁的女人之间实在没什么好说的，很快就没有话题了。我把她拉进怀里。

她轻轻地叹了口气贴近我，抬起头让我吻她。在半明半暗的灯光下她的嘴唇几近黑色。我们在沙发上接吻，然后我隔着衬衣抚摸她的胸部，她说："我们不能做，我在经期。"

"好吧。"

"不过我可以用嘴，如果你不介意。"

我点头同意，于是她拉开我的拉链。

等我结束了之后，她立刻起身跑向厨房。我听见她在水槽边吐的声音还有冲水的声音。我有点奇怪既然她这么讨厌那味道为什么还要做？

然后她回来了我们又并排坐在沙发上。

"苏珊在楼上睡觉，"廷克说，"她是我活着的意义。你想去看看她吗？"

"去看看吧。"

我们到了楼上。廷克带我走进一间漆黑的卧室。里面四壁都贴满了小孩子画的画——蜡笔画的长翅膀的精灵和小宫殿——一个金发的小女孩睡在床上。

"她非常漂亮。"廷克一边说一边亲了我。她的嘴唇仍旧黏黏的。"像她爸爸。"

我们下了楼，没什么可说的也没什么可做的。廷克打开了大灯。我第一次注意到她眼角的皱纹，和她芭比娃娃般的脸很不相称。

"我爱你。"她说。

"谢谢。"

"我送你回去如何？"

"你不介意把苏珊一个人留在家里？"

她耸耸肩，我最后一次把她拉进怀里。

晚上洛杉矶只有灯光，以及阴影。

我的记忆在这里又有一个空白。我不记得后来发生了什么。她肯定送我回到住处了——不然我怎么回来的呢？我甚至不记得和她吻别过。也许我只是站在人行道上看着她开车离开。

也许。

但是我确实记得回到住处后我就站在门口，没进去，没去洗澡，没睡觉，只是什么事都不想做。

我不饿。我不想喝酒。我不想看书或者说话。我不敢走太远，怕迷路了，洛杉矶重复不断的图形会令人迷惑，把我卷入其中然后再也找不到出路。洛杉矶市中心对我来说都是一个模式，一连串重复的社区：一座加油站、几座房子、一个小型购物中心（包括炸面包圈店、照片冲印店、干洗店、快餐店），重复到把人催眠，而购物中心和房子的细小变化只是加深强调这种结构而已。

我想起廷克的嘴唇，然后在外套兜里掏了一阵摸出一盒烟。

我点了一支，深吸一口气，在夜间温暖的空气中呼出蓝色的烟雾。

我住的地方外面有棵矮小的棕榈树，我决定在看得见这棵树的范围内稍微走远些抽烟，或者思考点问题，不过我累得根本不想思考。我感觉非常无欲，非常孤独。

差不多一条街开外有条长凳，我去那儿坐下。把烟头用力扔到人行道上，看着它溅出橙色的小火星。

忽然有人说："我问你买支烟吧，伙计，这儿。"

拿着二十五分硬币的手伸到我面前。我抬头看。

虽然我一时说不出那人的年龄，但他看起来不老。大概将近四十岁或者四十多。他穿着一件破旧的长外套，在黄色的路灯光下看不出颜色，他的眼睛是深色的。

"给，两毛五，应该是个好价。"

我摇摇头，从口袋里掏出万宝路给了他一支："收着你的钱吧。拿去，免费的。"

他接过烟。我又递给他一盒火柴（上面是色情电话广告），他点燃了烟，又把火柴还给我。我没接。"留着吧。在美国总能弄到很多火柴。"

"嗯。"他在我旁边坐下抽他的烟。抽到一半的时候他把烟在地上摁灭了，然后把剩下的半支夹在耳朵后面。

"我不怎么抽烟，"他说，"但是扔掉就太浪费了。"

一辆车冲过来，在马路上玩漂移。车上是四个年轻人。坐前排的两人一边大笑一边抢着去抓方向盘。车窗都破了，我听见他们在笑，坐在后排的两个人大声嚷嚷："嘿，浑球！你他妈的在搞啥？"而且还能听见他们的收音机放着摇滚音乐。我不知道那是什么歌。车子绕过街角不见了。

很快那些噪声也跟着消失了。

"我欠你。"坐在我旁边那人说。

"什么？"

"我欠你些东西。你给我烟和火柴。但不要钱，所以我欠你。"

我耸耸肩，发窘地说："没什么，只是支烟。我是想，如果我给别人烟的话，那么以后如果我没烟了别人说不定也会给我烟。"我笑笑，向他表示我没这个意思，虽然我是这么想的，"别介意。"

"嗯，你想听个故事吗？真实的事情。从前故事很值钱。而现在……"——他耸耸肩——"……却不太值钱。"

我坐回长凳上，晚上很暖和，我看了看表：快到凌晨一点。在英格兰寒冷刺骨的新一天差不多开始了：工作日总是由那些战胜风雪去上班的人开始的；另一些无家可归的老人则会在晚上被冻死。

"当然了，"我对那个人说，"当然想，给我讲吧。"

他咳嗽了一下，露齿微笑——他的白牙在黑暗中闪耀——然后他开始讲故事。

"我记得的第一件事情是那个词。那个词是上帝。有时候，在我真正下来了之后，我会想起那个词，它在我脑中回响，它创造我，令我成形，赐我生命。

"那个词给了我身体，给了我双眼。我睁开眼睛，便看见了银色之城的光芒。

"我在一个房间里——银色的房间——里面什么也没有，除了我。我面前有一扇落地窗，高至天花板，可以向天空的方向打开，透过窗户我能看见城里的螺旋形尖塔，而城市的边缘，是黑暗。

"我不知道我在那儿等了多久。我记得那时我不怎么耐心。当时我像是在等着被召唤;我知道在某个时候我会被召唤。而如果我等到一切结束却永远不被召唤的话,那也是好的。但是我定会被召唤,我很确定。到那时候我便会知道我的名字和任务。

"透过窗户我可以看见银色的塔尖,螺旋状的塔尖上有很多窗户,从那些窗户里我可以看见像我一样的人。因此我知道我看起来是个什么样子。

"看着我现在的样子你想不出来,那时候我很漂亮。但那之后我就离开那个世界下来了。

"那时候我更高些,还有一对翅膀。

"长着珠母色羽毛的大而有力的翅膀。它们从我的肩胛处长出来。非常美丽,我的翅膀。

"有时候我会看见其他像我一样的人,那些人离开他们的房间去完成自己的任务。我看着他们飞过天空,从一个塔尖到另一个塔尖,完成我无法想象的任务。

"城市上方的天空景色壮观。尽管没有阳光但它永远是亮的——也许是由这座城本身照亮的;但是光线一直在变换。这时是白锡色的,然后是黄铜色,接着是淡金色或者柔和宁静的紫水晶色……"

那人停下来看着我,他的头转向一边。他的眼睛里有种闪光令我颇为害怕:"你知道紫水晶吗?一种紫色的小石头。"

我点头。

我觉得裆部不大舒服。

突然间我觉得这个人大概不疯;这个念头比他真是疯子还令人不安。

他又接着讲:"我不知道在房间里等了多久。不过那时候时间没有任何意义。我们有世界上所有的时间。

"然后事情终于发生了，路西法来到我的房间。他很高，翅膀非常壮丽，全身的羽毛完美无瑕。他的皮肤是海雾般的颜色，卷曲的头发呈银色，还有那双深邃的灰色眼睛……

"我说是'他'，但你应该知道我们全都没有性别，"为了讲得清楚，他比画着，"这里光光的，什么都没有，你知道。"

"路西法闪耀着光芒。我是说，他从身体中发着光。所有的天使都是。他们自身都发着光。在我的房间里，路西法明亮得像暴风雨中的闪电。

"他看着我，叫我的名字。

"'你是拉格尔[1]，'他说，'上帝的复仇之翼。'

"我低下头，因为我知道这是真的。这就是我的名字，就是我的任务。

"'现在有一件……错事，'他说，'头一次发生这种事。需要你去。'

"他转过身飞上天空，我跟在他身后穿过银色之城到了城市边缘，那里是城市的尽头黑暗的开始；它就在那儿，在无边的银色高塔之下，我们降落到街道上，然后我看见一个死去的天使。

"那尸体躺在银色的人行道上，已经完全毁坏了。它的翅膀折断了压在下面，一些散落的羽毛落进银色的排水沟里。

"尸体已经快要彻底变暗了。一丝光线间或在其中闪烁，眼睛、胸腔和毫无性征的腹股沟处偶尔冒出一两点冷冷的火光。生命就要彻

1　拉格尔：复仇之翼，其名字Raguel意为"神之友"。拉格尔是对法律的破坏者加以惩戒的天使。也是与路西法一同堕落的大天使之一。

底离去了。

"血溅在它的胸口，把翅膀上的羽毛染成猩红。即使死去，它仍然很美。

"简直令人心碎。

"路西法对我说：'你必须查明是谁，为什么犯下此罪，让神的复仇之翼降临那罪人。'

"他等于什么都没说。我已经知道了。追捕和惩罚就是我存在的目的，是我本身，从一开始就是。

"'我还有别的工作。'路西法说。

"他用力扇动了一下翅膀，升上天空；一阵强风把死去的天使的羽毛吹到街对面。

"我蹲下仔细检查尸体。所有的光芒都熄灭了。它现在是个暗淡无光的东西，一个拙劣的天使像。银发环绕着它那张完美的中性脸庞。一只眼睛还睁着，露出宁静的灰色眼珠。它的胸膛和两腿之间都光滑无物。

"我把尸体抬起来。

"这个天使的后背惨不忍睹。翅膀断裂扭曲，后脑勺上有个洞，整个尸体无力地下垂，我想它的脊柱大概也完全碎了。天使的后背全是血。

"它的胸口处有血迹，我用手指试了试，很轻易就能穿过伤口。

"他是掉下来的，我推测，他在掉下来之前就已经死了。

"无数的窗户排列在街道两旁，我望着这座银色的城市。是你干的，我暗想，不管你是谁，我一定会把你揪出来。我要让你承受上帝的惩罚。"

那人把烟从他耳朵后面取下来，划根火柴点燃。我立刻闻到一股烟灰缸里烟屁股的味道，又辣又刺激，他放下那半支烟，呼出一口蓝色的雾气。

"第一个发现尸体的天使叫作法纽埃尔。

"在存在大厅里我见到了他。这座螺旋塔就在离尸体不远的地方。大厅上方悬挂着……蓝图，差不多就是……这一切的模型。"他用夹着烟头的手指指夜空，停在周围的车和整个世界，"你知道，宇宙万物。

"法纽埃尔是个高级设计者；他手下有很多天使合作完成造物的细节。我站在大厅地板上望着他。他悬在半空中的模型下面，不时有天使飞下来排队耐心地等着他解答问题或确定某些项目或评价他们的工作。不过他离开他们飞了下来。

"'你就是拉格尔，'他的声音又高又尖，'找我有事吗？'

"'是你发现尸体的？'

"'可怜的卡拉瑟？确实是我。我当时正好离开大厅——因为我们最近正在做的东西有几个概念需要再推敲一下，我把它叫作'懊悔'。我当时打算离城市远一点——我是说飞高一点，不是到外面的黑暗中去，我不会那么干，虽然有传闻说……呃，对，我当时是要飞向高空然后思考。

"'我离开大厅，然后……'他停了下来。作为天使来说他是个下级天使。他的光也很弱，不过他的眼睛非常聪慧非常明亮，我是说真的非常明亮。'可怜的卡拉瑟，他怎么能这么对待自己呢？为什么呢？'

"'你觉得他的死是自杀？'

"他看起来很迷惑——无疑是吃了一惊。'但确实是吧。卡拉瑟在我手下工作，当他定义的概念被正式命名的时候，将会被引入这个宇宙。他的小组为现实基础做出了不小的成绩——维度是一个，睡眠也是，还有其他不少。

　　"'那真是了不起的工作。我个人认为他在定义维度方面的一些建议真的堪称天才。

　　"'不管怎么说，他最近正在开展一个新项目。是非常重要的一个——经常和我合作的那些人都参与了，甚至包括扎菲尤。'他往上看了一眼，'但是卡拉瑟的工作没什么进展。他最近的一个项目非常重要。他和撒拉奎尔最近把一些本来无足轻重的东西提升到……'他耸耸肩，'不过这不重要。总之就是这个项目逼得他自杀的。但是我们任何人都没料到……'

　　"'他最近的项目是什么？'

　　"法纽埃尔看着我：'我不知道是不是应该告诉你。所有的新概念都必须保密，直到制作完成之后才能被说出来。'

　　"我感觉我的外貌改变了。我不知道该怎么向你说明这一变化，但是那一瞬间我不是我自己——我是某些更宏大的东西，我的形体也变化了：我变化成我的使命。

　　"法纽埃尔无法面对我的目光。

　　"'我是拉格尔，上帝的复仇之翼，'我宣布，'我直接为上帝服务。我的任务就是查明此事原委，并令神的复仇之翼降临于罪人。我的问题必须回答。'

　　"那个小天使颤抖着飞快地说：

　　"'卡拉瑟和他的搭档正在研究死亡。生命的终点。生理上的完结和精神上的存在。他们把这两者放在一起。但是卡拉瑟在工作上总是考虑得太多——我们合作研究焦虑那段时间实在很辛苦。那是在他设计感情的时候……'

"'你认为卡拉瑟之死是为了研究那种现象？'

"'也可能是这现象困扰着他。或者只是他研究得太过深入了。嗯。'法纽埃尔握着手指，用那双极明亮的眼睛盯着我，'我希望你不会把这些设计告诉无关的人，拉格尔。'

"'发现尸体的时候你在干什么？'

"'我说过的，我从大厅出来，然后就看见卡拉瑟仰面躺在路上。我问他在干什么，他不回答。然后我注意到有些液体流出来，卡拉瑟似乎不愿意，或者说没办法和我说话。

"'我害怕了，不知道怎么办才好。

"'然后路西法出现在我身后。他问我出什么事儿了。我就对他说了。并且让他看了尸体，然后……他变幻了形态，他开始与上帝通话。那个时候他异常明亮。

"'然后他说他会去找专人来处理这类事件，于是就离开了——我想他是去找你了。

"'既然现在卡拉瑟的事有人处理了，而且他的命运和我也没多大关系，那么我就去工作了，我对懊悔又有了新的看法，从结构的不同角度来理解——大概会很有价值。

"'我想也许不应该让卡拉瑟和撒拉奎尔小组继续死亡的工作了。我得和扎菲尤确定一下这件事，他是我的高级合作人，也许他会接手。他在思考方面的工作非常优秀。'

"这时候已经有很多天使在等着法纽埃尔了。我估计他已经把知道的一切情况都告诉我了。

"'卡拉瑟和谁合作？最后看见他的人会是谁？'

"'我想你可以去问问撒拉奎尔，不管怎么说他们是搭档。现在，很抱歉……'

"他去了助手们那边，向他们提出建议，确认工作，并修改。"

那人说到这儿停了下来。

街上很安静，我清楚地记得他耳语般的声音，蟋蟀轻声叫着。有只小动物——大概是猫或者浣熊之类，甚至可能是豺狗——它从停车场的一块阴影迅速蹿到街对面的另一块阴影里。

"撒拉奎尔在环绕着存在大厅的最高处夹层的画廊里。正如我说过的，整个宇宙就在大厅的中央，它发着光，闪烁着，非常明亮。向上延伸着，非常……"

我第一次打断他，问道："你所说的那个宇宙，那是指什么？某种图表？"

"类似，但不完全是。它是个蓝图；不过是等比的，就悬挂在大厅里；很多天使在它周围日夜工作着。制作重力、音乐、群星等等东西。它不是真正的宇宙，当时还不是。但当完成了之后，它会成为真正的宇宙。到时候它就会被正式命名。"

"但是……"我斟酌着词句好讲明我的疑惑。那人打断我。

"别担心。就当它是一个使你生活更轻松的模型，或者地图。或者——叫什么来着？原型。对，一个像福特T型车那种的宇宙。"他笑了一下，"你明白了吗？我告诉你的这些事情都是翻译过的了；你应该能够理解。不然我没法继续讲这个故事了。你还想听吗？"

"想。"它是真是假都无所谓，我只是想知道这个故事的结局。

"好。那么闭嘴好好听。

"于是我去最高层找撒拉奎尔。那儿没人——只有他一个，和不少纸张，还有些发光的小模型。

"我对他说：'我是为卡拉瑟的事情来的。'

"他看着我。'卡拉瑟不在这儿，'他说，'我希望他一会儿就

能过来。'

"我摇摇头。

"'卡拉瑟不会再过来了。作为一个精神体他已经停止存在了。'我说。"

"他的光芒变得苍白，眼睛睁大了：'他死了？'

"'这正是我要说的。你对这件事有什么看法？'

"'我……这件事太突然了。我的意思是，他一直在谈论……但是我不知道他会……'

"'慢慢说。'

"撒拉奎尔点点头。

"他站起来走向窗户。从那里看不见银色之城——只有城市的反光和天空在我们身后的空间里延伸，在那之外是黑暗。撒拉奎尔说话的时候，从那黑暗中吹来的微风轻柔地拂过他的头发。我只看见他的背影。

"'卡拉瑟很……以前很……我应该这么说，对吗？以前。他以前很投入。也很有创造力。但这对他来说远远不够。他总想弄清楚所有的东西——体验所有他自己制作的东西。他从来不满足于简单的创造——他想理解体会那些东西。他想知道全部。

"'这在我们研究物质特性的时候倒不成问题。但是当我们开始设计一些指定情绪的时候……他就太过入迷了。

"'偏偏我们最近的项目是死亡。是最困难的一个——我想它是重大项目之一。它很有可能成为定义生命和非生命的属性：如果不死亡的话他们便可以只满足于简单存在，而死亡的话，那么他们的生命就有了意义——这是生命不可逾越的界限……'

"'所以你认为他是自杀？'

　　"'我想他会那么干。'撒拉奎尔承认。我走近窗户向外眺望。下面，很远处，有个白色的小点。那是卡拉瑟的尸体。我已经叫了人来收拾。不过我们的人到底会怎么处理它呢；反正会有人处理的，某些负担着清理垃圾任务的人。我知道那不是我的任务。

　　"'你怎么知道？'

　　"他耸耸肩：'我很清楚。他最近总在问这些问题——关于死亡的。要是光订立规则而不亲身体验，我们怎么知道制作这东西是对还是错呢？'

　　"'那么你不想知道吗？'

　　"撒拉奎尔转过身，第一次看着我：'不，我们的任务是：讨论、完善、制作生命和非生命。我们现在把它们分开了，那么当一切开始时，它就能像闹钟一样准确工作。没错，我们现在在做死亡。毫无疑问它是我们的着眼点。在生理的方面、情感方面、哲学方面……

　　"'还有模型。卡拉瑟对我们在存在大厅里做的这些模型有自己的看法。这些结构、形体都将成为生命和事件，一旦开始就必须持续到它们的末日。对我们来说是这样，也许对它们也一样。毫无疑问他认为这样也是他应遵循的模式之一。'

　　"'你很了解卡拉瑟吗？'

　　"'和我们其他人互相了解的差不多。我们在这儿见面，一起工作。有时候我穿过城市回到我的住处，有时候他也这么做。'

　　"跟我说说法纽埃尔。"

　　"他撇嘴笑起来：'他很官僚。干得少——什么事都不做，功劳却揽在他一个人身上。'尽管画廊里没人，但他压低了声音，'跟他说话你就会知道爱是他一个人的功劳。他最大的功劳就是确保工作都做完了。扎菲尤才是高阶设计者中真正的思想家，不过他不到这里来，他只在自己的房间里冥想，间接地解决问题。如果你需要和扎菲尤说话，你就得去找法纽埃尔，然后法纽埃尔再把你的问题转告扎菲尤……'

"我打断了他。'路西法怎么样？跟我说说路西法。'

"'路西法？天使长？他不在这儿工作……不过他偶尔来大厅检查——检查造物的情况。他们说他直接向上帝汇报。我从没和他说过话。'

"'他知道卡拉瑟吗？'

"'我觉得不知道吧。他只来过两次。我在别处见过他，从这儿。'他晃晃翅膀尖，指向窗外的世界，'他在飞的时候。'

"'飞向哪里？'

"撒拉奎尔似乎想说些什么，但是他改变了注意。'我不知道。'

"我望着银色之城以外的黑暗。

"'以后我可能还会来和你谈话。'我告诉撒拉奎尔。

"'没问题。'于是我转身离去，'阁下？你觉得他们会不会重新给我派一个搭档？研究死亡？'

"'不，'我对他说，'至少我是不会的。'

"银色之城的中心是座公园——游乐和休息的地方。我在河边找到了路西法。他正站着，看河里的流水。

"'路西法？'

"他点点头。'拉格尔，有什么进展吗？'

"'也许有一点。我想问你几个问题，你不介意吧？'

"'完全不。'

"'你是怎么发现尸体的？'

311

"'确切地说，不是我发现的。我看见法纽埃尔站在街上。他看起来很苦恼。我就问他出什么事了，他让我看了死去的天使。然后我就来找你了。'

"'我知道了。'

"他蹲下将一只手伸进清凉的河水里。水流绕着他的手溅起水花。'就这样？'

"'不全是。你在公园里干什么？'

"'这和你无关。'

"'有关系，路西法。你在这儿干什么？'

"'我在……散步。我经常散步。就是边走边想问题。试着去理解。'他耸肩。

"'你在城市边缘走？'他停顿了一下，然后说'是。'

"'目前为止我就只问这些。'

"'你还和谁谈过话？'

"'卡拉瑟的老板和搭档。他们都觉得他是自杀——自己终结生命。'

"'你还打算和谁谈话？'

"我抬头看。天使城的螺旋高塔林立在我们头顶。'也许是所有人。'

"'所有人？'

"'如果有必要，我会的。不查清整个事件我不会停下来，直到上帝的复仇之翼笼罩那个罪人。不过我得告诉你一些我知道的东西。'

"'是什么？'水珠像钻石一般从天使路西法的指尖上滴下来。

"'卡拉瑟不是自杀。'

"'你怎么知道的?'

"'我是复仇之翼。如果卡拉瑟死于他自己之手,'我向众天使之首解释道,'我就不会被召唤,难道不是这样吗?'

"他没有回答。

"我说完飞向永恒的晨曦之光中。

"你不再来支烟吗?"

我摸出红白的烟盒递给他一支。

"多谢。

"扎菲尤的房间比我的大得多。

"那房间不是用来等待的地方。是用来居住、工作、用来活着的地方。里面是一排排的书、卷轴和纸张,还有绘画和挂在墙上的图像,是画,我在那之前从没见过一张画。

"屋子中央有一张很大的椅子,扎菲尤就坐在那儿,双眼紧闭,头向后仰。

"当我走近时,他睁开眼睛。

"我从未见过别的天使拥有比这更明亮的双眼,它们仿佛明白所见以外之物。我想这可能是由于他看事物的方式,我不知道怎么解释。此外他没有翅膀。

"'欢迎你,拉格尔。'他的声音听起来很疲倦。

"'你就是扎菲尤?'我不知道为什么要这样问他,我的意思是,我知道大家的名字。这是使命的一部分,我想是的。辨识能力。我也知道你是谁。

"'是的。如你所见,拉格尔,我没有翅膀,这是事实,但是我的使命不需要我离开这个房间。我一直在此,沉思。法纽埃尔向我报告,就各种问题征求我的意见。他问我问题,我就思考,偶尔我能

够提出一些微不足道的建议。这就是我的使命。正如你是复仇之翼一样。'

"'是的。'

"'你是来询问有关卡拉瑟之死的？'

"'是的。'

"'我没有杀他。'

"他这么说的时候，我立刻得知这是事实。

"'你知道是谁干的吗？'

"'那是你的任务，不是吗？发现谁杀了那可怜的家伙然后使上帝的复仇之翼降临于罪人。'

"'是的。'

"他点头。

"'你想知道些什么？'

"我沉默片刻，回想这一天听到的所有证言。'你是否知道，当尸体被发现之前，路西法在干什么？'

"年迈的天使望着我。'我可以提出一个猜测。'

"'是什么？'

"'他那时正在黑暗中漫步。'

"我点头。现在我脑中有个大致的轮廓了。几乎抓住了关键。于是我又问了最后一个问题：

"'你可以给我讲讲爱吗？'

"他给我讲了。我想我全都明白了。

"我返回卡拉瑟的尸体所在处。一切都被清理掉了，血被擦干净，散落的羽毛也被收起来扔掉了。银色的人行道上没有任何迹象表明这里发生过事故。但我知道它确实发生过。

"我扇动翅膀一直飞到存在大厅的塔尖顶部。那儿有一扇窗户，我进去了。

"撒拉奎尔在工作，他正把一个没有翅膀的人形放进小盒子里。盒子的一侧有个八条腿的棕色生物的模型。另一侧是白色的花朵。

"'撒拉奎尔？'

"'嗯？哦，是你。你好。来看这个。假如你死了，然后要被，我们假设一下，要被装进这个盒子再埋进土里，你得把什么放在头上好——是蜘蛛好还是百合好？'

"'百合好，我觉得。'

"'对，我也这么想。但是为什么呢？我希望……'他伸手摸摸下巴，低头看着那两个模型，先把其中一个放在盒子上面，然后又试着把另一个放上去。'事情太多了，拉奎尔。有很多事情要做。而我们在这件事情上只有一次机会，你知道。只会有一个宇宙——我们不可能一直尝试到正确无误为止。我真希望能理解这事对他为什么这么重要……'

"我问他，'你知道扎菲尤住哪里吗？'

"'知道。我是说，我从没去过，只是知道他的住处。'

"'很好。到那儿去一趟。他正等着你。我稍后也去。'

"他摇头，'我还有工作。我不能……'

"我感觉到使命降临。我俯视着他，说道：'你必须去。现在就去。'

"他什么也没说，只是看着我倒退了几步走近窗户，然后转身展开翅膀。我一个人留下。

"我来到大厅中间的天井，然后任自己落下，从宇宙模型的中间穿过：它在我身边闪耀着，陌生的色彩和形体毫无意义地翻腾又消逝。

"当我接近底部时，我拍打着翅膀放慢速度，轻轻降落在银色的地板上。法纽埃尔站在两个急于和他讨论的天使之间。

"'我不管它在审美上有多美妙，'他对其中一个说，'我们就是不能把它放在中心位置。背景辐射会令任何形式的生物都无立足之地，不管怎么说，它太不稳定了。'

"他转向另一个。'好吧，我们来看这个。嗯。这就是绿色，对吗？和我想象的不尽相同，但是，嗯，先把它放这儿吧，我稍后还给你。'他从那个天使手里接过图纸，干脆地叠起来。

"他转向我。他的态度唐突无礼。'什么事？'

"'我得和你谈谈。'

"'哦？好吧，不过快点。我还有很多事。如果是关于卡拉瑟之死的话，我已经把知道的都告诉你了。'

"'确实和卡拉瑟之死有关。但是我现在还不和你说，不在这里。去扎菲尤的房间，他正等着你。我稍后也去。'

"他好像有话要说，不过最终只是点点头就向大门走去。

"我也打算离开，不过还有些事情。我拦住做绿色的那个天使。'告诉我点事情。'

"'如果我知道的话，阁下。'

"'那个东西。'我指着宇宙，'它的目的是什么？'

"'目的？什么目的？它就是宇宙。'

"'我知道它叫宇宙。但是它是干什么用的？'

"他皱起眉头。'它是计划的一部分。上帝希望如此；他需要如此这般，这些维度、这些属性和要素。我们的使命就是按主的意志把这些造出来。我相信主知道宇宙的作用，但是主不告诉我。'他的语气温和，有些吞吞吐吐的。

"我点点头，然后离开了。

"城市上空，一队天使正排成方阵练习盘旋俯冲。他们每人手握一把拖曳着明亮火光的炎剑，非常耀眼。他们在庄严的粉色天空中非常整齐划一地飞翔着。看起来非常美丽。就像——你见过夏天傍晚大群的飞鸟在空中舞蹈？来回飞舞盘旋着，飞聚在一起然后又分开，你刚觉得了解了他们的阵形，但马上又发现你不了解，而且永远也没法了解，就像那样？那方阵就像这样，只是更美。

"我头顶是天空。我的脚下是明亮的城市。我的家。城市之外是黑暗。

"路西法在队伍下面一点，监督他们演练。

"'路西法？'

"'什么事，拉格尔？你发现凶手了吗？'

"'我想是的。你可以和我一起去扎菲尤的住处吗？我叫其他人在那儿等我们，我好把事情解释清楚。'

"他想了想说'当然。'

"他抬起那张完美的脸庞看着天空中那些正在演练慢速回转的天使，他们彼此都保持着完美的节奏和距离。'阿撒兹勒！[1]'

"一个天使离开圆环；其他的很快重新调整了位置，填补了他离开的空缺，你完全看不出他缺席。

"'我走开一下。你来发令，阿撒兹勒。让他们保持队形。他们还得好好练习。'

"'是的，阁下。'

---

1 阿撒兹勒：名字Azazel意为"神之强者"，地位仅次于路西法的堕落天使。引诱人类出卖灵魂的魔王代表。曾化身为蛇引诱夏娃吃下智慧果。（也有一说是路西法化身为蛇。）

"阿撒兹勒到路西法刚才的位置上，看着天使队伍，路西法和我离开前往城市。

"'他是我的副司令，'路西法说，'光明与热烈的阿撒兹勒会跟随我到任何地方。'

"'你为什么要训练他们？'

"'战争。'

"'和谁？'

"'你是什么意思？'

"'你要和谁开战？这里有别人吗？'

"他看着我；他的眼睛清亮而诚实。'我不知道。但是他命令我们组成军队。于是我们必须做到最好。为了他。上帝永无过失，他智慧无比，拉奎尔。不可能有别的选择，不管——'他说到这儿就停下来了。

"'你要说什么？'

"'没什么。'

"'嗯。'

"然后直到扎菲尤的住处我们都没再说话。"

我看了看表，那时已经快凌晨三点了。洛杉矶的大街上泛起一股寒气，我打了个冷战。那个人注意到了，他停下故事问："你没事吧？"

"我没事。请继续讲吧，我都听入迷了。"

他点点头。

"他们都在扎菲尤的房间里等我们，法纽埃尔、撒拉奎尔和扎菲尤。扎菲尤坐在他的椅子里。路西法在窗户边坐下。

"我走到屋子中间，然后说：

"'我很感谢大家到这里来。你们知道我是谁，也知道我的使命。我是上帝的复仇之翼，上帝的手臂。我是拉格尔。

"'天使卡拉瑟死了。我必须查出他的死因，谁杀了他。我已经查明了。天使卡拉瑟是存在大厅的一个设计者。我得知他非常优秀……

"'路西法。告诉我，在遇见法纽埃尔和尸体的时候你在干什么？'

"'我已经告诉你了，我在散步。'

"'你在哪里散步？'

"'我不觉得这点和你有什么关系。'

"'告诉我。'

"他沉默了。他比我们任何人都高，高而且骄傲。'很好。我正在黑暗那边散步。我已经在黑暗里散步好几次了。在城市之外更有助于我崇敬我们的城市。我能发现它是多么美丽，多么完美。没有任何事物比我们的家园更迷人、更完美。不会有人想去别的地方。'

"'你在黑暗中做什么，路西法？'

"他盯住我。'我散步。还……黑暗中有些声音。我听见了那些声音。他们许诺我一些东西，向我提问，向我耳语并且恳求我。但我不理会它们。我保持自我凝视着城市。这是唯一能锻炼我的方法——让我自己身处某些考验中。我是天使军的首领，我是天使中的首席，我必须证明自己。'

"我点头。'你之前为什么不告诉我这些？'

"他低头看着我。'因为我是唯一一个在黑暗中行走的天使。因为我不希望别人也去黑暗中：我足以挑战那些声音并以此考验自己。但其他人并不这么强。他们可能屈服、堕落。'

　　"'谢谢,路西法。这些足够了。'我转向下一个天使,'法纽埃尔。你从什么时候起开始独占卡拉瑟的成果带来的荣誉?'

　　"他的嘴唇动了动,但是没出声。

　　"'什么?'

　　"'我没有占据别人的荣誉。

　　"'但你确实因爱而备受赞美。'

　　"他眨眨眼睛。'是的,是这样。'

　　"'那你可不可以向我们大家解释一下爱是什么?'我问道。他不大自在地看了我们一眼。'它是一种对其他生命的深层吸引与被吸引之情,通常由热情与渴望构成——一种和另一人在一起的需要。'他干巴巴地说,好像背诵数学公式一样,很教条。'我们对上帝和我们的造物的感情就是爱……寓于其他事物之中。爱也可能成为破坏平等原则的冲动,我们……'他突然停下来,然后又接着说:'我们为此感到很自豪。'

　　"他机械地说着。已经完全不指望我们会相信他了。

　　"'谁完成了爱的主要工作?不,不用回答。我先问问其他人。扎菲尤?法纽埃尔向你请教爱的细节的时候,他说是谁在负责?'

　　"没有翅膀的天使温和地微笑着。'他告诉我那是他的项目。'

　　"'谢谢,阁下。现在,撒拉奎尔,爱是谁的工作?'

　　"'我的。我和卡拉瑟的。或者说更多是他的,不过是我们一起设计的。'

　　"'你知道法纽埃尔说爱是他的成果?'

　　"'……是的。'

　　"'而你也默认了?'

　　"'他……他说将给我们一个很好的项目,完全由我们负责。他

说如果我们不揭穿他就给我们一个大项目——然后他实现了诺言。他给我们死亡。'

"我转向法纽埃尔。'怎么样？'

"'是的，我声称爱是我的成果。'

"'但它是卡拉瑟的。卡拉瑟和撒拉奎尔的。'

"'是的。'

"'他们最后的项目——在死亡之前？'

"'是的。'

"'好吧，暂时就这些。'

"我走到窗边，看着银色的高塔以及黑暗。然后说道：

"'卡拉瑟是个了不起的设计者。如果他有什么失误的话，那就是他把自己完完全全地投入到工作中去了。'我转向其他人。撒拉奎尔颤抖了，光点在他的皮肤下不停地闪烁。'撒拉奎尔？卡拉瑟爱着谁？谁是他的爱人？'

"他看着地板，然后抬起头，炫耀般骄傲地微笑着。

"'是我。'

"'你愿意告诉我其中详情吗？'

"'不。'他耸肩，'但是，我大概必须得讲。那么好吧。'

"'我们在一起工作。当我们开始设计爱时……我们相爱了。那是他的主意。我们一有空就去他的住处。我们互相抚摸，拥抱，倾吐着爱慕之情，并且发誓要永远相爱。他的幸福远比我的幸福重要。我为他而活。当我独自一人时，我默默重复他的名字，除了他什么也不想。'

"'当我和他在一起的时候……'他看着脚下。'其他什么都不重要。'

"我走近撒拉奎尔，抬起他的下巴，盯着他灰色的眼睛。'那你为什么杀了他？'

"'因为他不再爱我了。当我们开始设计死亡的时候，他……他完全沉浸在工作中。他不再是我的了。他已经属于死亡了。如果我不能拥有他的话，那么他的新情人定然欢迎他的到来。我无法忍受他的存在——我受不了他靠近，受不了我自己明白他对我漠不关心。这是最令人伤心的。我想……我希望……如果他离开的话我就不会再想着他了——不会再痛苦了。'

"'所以我杀了他。我刺死了他，然后把他的尸体从我们在存在大厅上方的窗户里扔出去。但是痛苦没有停止。'他叹息着。

"撒拉奎尔拨开我的手。'现在，该做什么？'

"我感觉到使命降临了；我的使命占据了我。我不再是一个个体——我是复仇之翼。

"我靠近撒拉奎尔把他抱住。贴上他的嘴唇，舌头伸进他口中。我亲吻了他。他闭上眼睛。

"随后我感到体内的变化：开始燃烧，非常明亮。我从眼角看见路西法和法纽埃尔因光芒刺眼而扭头躲避；但扎菲尤一直看着。我的光芒变得越发明亮，直到它喷薄而出——从我眼睛里，从我胸腔里，从指尖，从口中，喷出白亮的火焰。

"白色的火焰渐渐吞没撒拉奎尔，他紧紧地抓住我，燃烧殆尽。

"很快他就消失了。彻底地消失了。

"我感到火焰离我而去。我再次变回我自己。

"法纽埃尔抽泣着。路西法脸色苍白。扎菲尤坐在椅子里平静地看着我。

"我转向法纽埃尔和路西法。'你们见识到了复仇之翼，'我对

他们说，'希望这对你们是个警告。'

"法纽埃尔点点头。'是的。哦，是的。我……我得离开了，阁下。我必须回到我的岗位。可以吗？'

"'去吧。'

"他跌跌撞撞地走向窗户，随即拼命拍打着翅膀飞入光芒中。

"路西法来到银色的地板上撒拉奎尔曾经站着的地方。他跪下来，仔仔细细地检查地板，仿佛正试图找到被我毁灭的那个天使的某些残留，一撮灰或者骨头或者烧焦的羽毛，但是什么也没有。他抬头看着我。

"'这不对，'他说，'这不公平。'他哭泣着；泪水从脸颊滚落。撒拉奎尔也许是第一个尝试了爱，而路西法则是第一个流泪的。我永远忘不了。

"我无动于衷地看着他。'这很公平。他杀害了别人。上帝便杀掉他。你为这使命来召唤我，现在我完成了。'

"'但是……他爱了。他应该得到原谅。应该有人来帮助他。他不应该就那样被毁灭。那是错误的。'

"'这是主的意愿。'

"路西法站起来。'那么也许主的意志并不公正。也许黑暗中的声音才是对的。这种事情怎么可能是对的？'

"'它就是对的。这是上帝的意志。我只是完成使命。'

"他用手背擦去眼泪。'不。'他很坚决地说。同时缓缓地摇摇头，'我必须好好思考此事。我走了。'

"他走到窗边，飞入天空。

"只剩下我和扎菲尤在房间里。我走过去。他向我点点头。'你出色地完成了使命，拉格尔。现在你不回房间去等待下一次召唤吗？'"

　　长椅上那个人转向我：他直视我的眼睛。到此时为止，从他的讲述来看，他似乎完全没有注意我；他只是专注于从前的自己，用只比自言自语好一点点的方式讲自己的故事。现在我感觉就像他刚刚发现了我，刚意识到他在对我说话，而不是空气或者洛杉矶市。他说：

　　"我知道他是对的。但我不能马上离开——不是我想留下。我的使命尚未完全离去；我还没有彻底完成任务。随即它降临了；我看到整个事件。像路西法一样，我也跪下。我以额头触及银色的地面。'不，主啊，'我说，'还没有。'

　　"扎菲尤站起来。'起来吧。对天使来说这样做不合适。这不正确。站起来！'

　　"我摇头。'父亲，您不是天使。'我低声说。

　　"扎菲尤一言不发。有一阵子，我的心跳都快停止了。我很害怕。'父亲，我被派去调查谁应为卡拉瑟之死负责。我知道了。'

　　"'你使用了复仇之翼，拉格尔。'

　　"'您的复仇之翼，主。'

　　"他叹了口气再次坐下。'唉，拉格尔。关于造物的问题其实在于他们做得比计划的好太多了。我想知道你是怎么认出我的。'

　　"'我……我不敢肯定，主。您没有双翼。您一直在城市的中心，直接观察着造物。当我毁灭撒拉奎尔时，您没有躲避光芒。您知道太多的事情。您……'我想了想，'不，我不知道。如您所说，您创造了我。但我只是在路西法离开的时候才知道您是谁，以及我们在此完成此事的意义。'

　　"'你明白了什么，孩子？'

　　"'谁杀死了卡拉瑟。或者，至少，谁是幕后操作的人。比如

说，是谁明知卡拉瑟对工作极端投入却还安排他和撒拉奎尔一起设计爱？'

"他非常温柔地和我说话，就像大人装着一本正经的样子和小孩交谈，'为什么要有人"幕后操作"呢，拉格尔？'

"'因为事情不会无故发生；而所有的原因都在于你。你安排了撒拉奎尔，没错，他杀了卡拉瑟。不过他杀了卡拉瑟之后我就可以毁灭他。'

"'这么说你毁灭他是错的了？'

"我直视他那双无比古老的眼睛。'这是我的使命。但是我不认为这是公正的。我想，也许要我来毁灭撒拉奎尔是为了向路西法展示神的不公。'

"他笑了，'那么我安排此事有什么理由呢？'

"'我……不知道。我不理解——不比我理解你为什么创造了黑暗和黑暗中的声音更多。但你这么做了。你令这一切发生。'

"他点头。'是的。是我做的。路西法必然对撒拉奎尔之死加以深思。然后——加上其他原因——会促使他行动。可怜的路西法。他所走的路将是我所有孩子中最艰难的；因为他将在计划中扮演一个伟大的角色。'

"我依然跪在诸天使的创造者面前。

"'现在，你要做什么，拉格尔？'他问我。

"'我必须回到我的住处。我的使命完成了。我用了复仇之翼，惩戒了罪人。这就够了。但是——主啊？'

"'说吧，孩子。'

"'我觉得不洁。我觉得污浊。好像被玷污了。也许这是对的，因为一切都在你的允许下进行。但有时候，你的手段沾满血污。'

"他点头，仿佛赞同我的话。'如果你愿意，拉格尔，你可以忘记今天发生的一切。'然后他又说，'但是，不管你忘记还是不忘记，你都不可以向其他天使说这件事。'

"'我不会说的。'

"'这是你的选择。但是有时候你会发现忘了它，事情会简单得多。遗忘有时会带给你某种自由，现在，如果你不介意的话，'他坐下，从地板上的纸堆里拿起一份文件翻开，'我还有工作要完成。'

"我站起来走向窗户。我希望他会叫我回去，向我解释计划的每一个细节，把它改得好一些。但是他什么也没说，于是我毫不犹豫地离开了。"

那个人沉默了。他长时间地沉默着——我听不见他的呼吸——时间长得令我紧张，我担心他是不是睡着了或者死了。

但是他站起身。

"给你了，伙计。这就是给你的故事。你觉得它值两支烟和一盒火柴吗？"他很郑重地问，完全没有讽刺的意思，似乎这故事对他很重要。

"值得。"我回答，"完全值得。可是后来又怎么样了呢？你是怎么……我是说……如果……"我问不下去了。

黎明之前，街上仍然很黑。路灯一盏接一盏地熄灭了，清晨的天空勾出他的轮廓。他把手插进衣兜里。"后来？我离开家，迷了路，回家的路总是非常漫长。有些时候你做了自己后悔的事情，却无法挽回。时代变了。你一走门就关上了。你只能继续走。明白吗？

"最后我来到这里。大家都说没人一开始就待在洛杉矶。对我来说这话真是对得不能更对了。"

随后，我还没搞清楚是怎么回事，他就弯下腰轻轻地亲了我的脸。他的胡子茬很粗很扎人，但是他的气息甜美得令人惊讶。他冲着我的耳朵低声说："我没有堕落。不管别人怎么说，就我所见，我还在干我的工作。"

我脸上被他碰到的地方像火烧似的。

他站直了说："但我还是想回家。"

我坐在长椅上看着那人沿着灰蒙蒙的街道离开。他仿佛从我这里取走了什么东西，但我不记得是什么东西。总之我觉得有些东西消失了——可能是赦免，或者是无罪，我说不清是什么、从哪里消失的。

某个地方的一幅拙劣图画里画着两个天使在一座完美的城市上空飞翔；图画上有个小孩的手印把整个画面沾上了血红的污渍。这图画我无法忘记，却不明白它是什么意思。

我站起来。

天色太暗了我看不清楚表，但我想这一天我都不会睡觉。我回到棕榈树旁边我的住处，冲了个澡然后坐着。我想着天使的事情想着廷克的事情；我想知道爱和死是不是成双成对出现的。

次日，飞往英格兰的航班正常了。

我觉得奇怪——缺乏睡眠使我陷入一种颇为悲惨的境地，仿佛任何事情都索然无味而且也差不太多；全都无所谓，现实状况显得俗套乏味。坐出租车去机场简直是场噩梦。我觉得又热又累、焦躁不安。在洛杉矶的大热天里我穿了件T恤，大衣自始至终都压在行李箱底部。

飞机上很挤，不过无所谓。

空姐捧着一叠报纸穿过走道：《先驱论坛报》《今日美国》，还有《洛杉矶时报》。我拿了一份《时代》，但是单词都从我脑子里滑走了。我完全不知道看了些什么。不，不完全是。报纸某一版报道了一起三重谋杀案：两个女人和一个小孩被害。报上没提名字，我不知道这篇报道为什么会这样登出来。

很快我睡着了。我梦见和廷克做爱，但血从她嘴唇和紧闭的双眼里流出。那血黏且冷，我立刻被飞机上的冷气惊醒了，嘴里有股很难受的味道。我的舌头和嘴巴都很干。我从打开的椭圆形舷窗看出去，窗外的云朵令我想起（不是第一次了），那些云朵实际上是在另一个世界，那里的人都知道自己想要什么而且也知道怎么回到起点。

看云是我在飞行中最喜欢做的事情。这样令人感觉非常接近死亡。

我裹紧飞机上发的薄毯子又睡了一会儿，却不记得做了什么梦。

飞机降落在英格兰机场后，又一阵暴风雪袭来，机场供电因此中断了。我独自站在机场电梯里，四周漆黑的空间也变得拥挤。一盏昏暗的应急灯突然亮了起来。我使劲按红色的警报铃，直到电池没电了才停下来，我穿着洛杉矶的T恤在银色的小空间里瑟瑟发抖。我的呼吸在空气中结了霜，我抱着胳膊让自己暖和些。

电梯间里只有我一个人，但即使如此，我还是觉得很安全。很快就会有人来强行打开电梯门。还会有人来把我弄出去，然后我就能回家了。

白雪·镜子·苹果

　　我不知道她是什么东西。我们谁都不知道。她出生的时候杀死了自己的母亲，那可绝对不是难产造成的。

　　人们说我充满智慧，但其实我根本没什么智慧，我只能预见到智慧的一些碎片，从水塘或者镜子的玻璃碎片里看到一些凝固的瞬间。如果我真的有智慧，我绝不会尝试改变我见到的东西。如果我有智慧，我在遇见她之前就该自杀，甚至根本不会去认识他。

　　作为一个智慧的人，或者如他们所说，一个女巫，我曾在梦里见到他的脸，并且余生都常常回忆起来，十六年来我总是梦见他，最终，一天早晨，他策马在桥上停下脚步，问我叫什么名字。他扶我骑上他的高头大马，我们一起来到我的小屋，我的脸埋在他的金发中。他向我索取我最珍贵的东西，那是国王的权力，无从拒绝。

　　晨曦中，他的胡子是红铜色的，我了解他，但不是作为一个国王，因为我根本不懂国王是怎么回事，我只是作为情人了解他。他从我这里得到了他想要的一切，那是国王的权力，但是第二天他又来了，晚上也来了，他的胡子那么红，他的头发那么金黄灿烂，他的眼睛蓝得像夏日的天空，他的皮肤受到充足的日晒，呈现出柔和的麦穗棕色。

他女儿还很小，我搬进宫殿的时候她顶多五岁。小公主已故母亲的肖像挂在塔楼上她的房间里，一个高个子的女人，头发像乌木一样黑，眼睛是栗色的。她和她苍白的女儿俨然是两种人。

那女孩不和我们一起用餐。

我不知道她在宫殿的什么地方吃东西。

我有我自己的房间。我丈夫是国王，他也有他的房间。他想要我的时候就会传召我，我就去找他，取悦他，同时也从他身上获得快乐。

在我搬进宫殿数月后的一天晚上，她来到我的房间。她六岁了。我当时正借着灯光刺绣，油灯的烟雾很重，阴影跳动不已，我眯着眼睛才能看清。当我抬起头时，她就站在那里。

"公主？"

她没说话。她的眼睛漆黑，头发也一样黑，嘴唇却比鲜血还红。她抬头看着我微笑。即使是在昏暗的油灯之下，她的牙看起来也很尖。

"你离开房间做什么？"

"我饿了。"她像个孩子一般地说。

当时是冬天，新鲜食物只是温暖阳光中的梦，不过我有一串苹果，去核晾干的苹果，就挂在我房间的横梁上，我摘下一个苹果递给她。

"拿去。"

秋季是用来干燥存储的季节，是让大家摘苹果、炼鹅油的时间。

冬天是饥饿、死亡、下雪的时间，现在正是仲冬节，我们给一整头猪涂上鹅油，并在猪肚子里塞上秋天采摘的苹果，然后或是用炉子烤，或是串在烤肉扦子上烤，然后我们就着油渣大吃一顿。

她接过那个晾干的苹果，然后用锋利的黄牙齿开始咬。

"好吃吗？"

她点头。我一直有点怕这个小公主，但是在那一刻，我轻轻抚摸她的脸颊，让她温暖。她看着我笑了——她很少微笑——然后她尖利的牙齿咬住了我的拇指，然后咬在虎口处，她在吸血。

我颤抖起来，又害怕又惊讶，但是她一看我，我就不说话了。

小公主紧紧咬住我的手，又舔又吸。最后她吃饱了，离开了我的房间。在我的注视下，她咬出来的伤口迅速闭合、结疤，然后完全好了。第二天就成了一个老旧的疤痕，说不定是童年时代我用小刀不小心割伤的。

我被她控制住了，完全任凭她操纵着。我吓坏了，她不只是喝血。那天晚上过后，我每到天黑就把门锁好，还用橡木门闩把门顶住，我让铁匠打造了一些铁栅栏安装在我的窗户上。

我的丈夫、我的爱人、我的国王，他找我的次数越来越少，我和他在一起的时候，他总是心不在焉、无精打采的样子，而且总是迷迷糊糊的。有一次他突然暴躁起来，然后哭了。我起身紧紧抱住他，他终于不哭了，然后像个孩子一样睡了。

他睡着后，我摸着他的皮肤。他身上满是老旧的伤痕。但是我不记得在曾经亲热的时候见过这些伤，我印象中只有一个，在他身体侧边，是他年轻时候被野猪顶的。

很快他就成了一个影子，是我当初在桥上那个爱人的影子。他瘦得皮包骨，整个人苍白发青。他临死的时候我就在他身边，他双手冷得像石头，眼睛是白茫茫的蓝色，他身上从头到脚都布满了早已愈合的细小伤痕。

他轻得几乎没有重量了。地面冻得硬邦邦的，我们没办法为他挖掘坟墓，只能围着他的尸体堆起大小石块，这是个纪念性的墓，因为他死时全身都不剩什么东西了，鸟和野兽都不会来吃。

我成了女王。

但我太年轻了，很愚蠢，从出生至今我才经历了十八个夏天而已。如果放在今天，我绝不会做那样的事情。

如果是今天，我要把她的心挖出来，当时我也这样做了。但如果是现在，我还要砍掉她的头和四肢。我还要让人把她的内脏都挖出来。然后我要在城中心广场上，亲眼看着刽子手用风箱把火烧得白热，把她的肢体一块一块扔进火里烧掉。我要让弓箭手包围整个广场，任何从火里飞出来的鸟或者动物都要被射死，渡鸦、狗、鹰、老鼠全都不能放过。不看着她被烧成灰，我绝对不眨一下眼睛，我要看着她的骨灰像雪花一样被风吹散。

但我当初没有这样做，我们都会为自己的错误付出代价。

他们说我被骗了，那不是她的心脏。而是动物的心脏——是鹿或者野猪的心脏。他们是这样说的，但是他们都错了。

也有人说（这是她散布的谎言，不是我说的），我拿到那颗心脏之后就吃了它。谎言混合着真话像雪一样四处飘散，覆盖了我所记住的、看见的东西，形成了大雪之后一片陌生的景物，她把我的人生变成了那种样子。

我的爱人也就是她父亲，去世的时候大腿上有很多伤痕，下体周围也满是伤痕。

我没有跟他们一起去。他们趁着白天她睡觉的时候抓住她，那是她最虚弱的时候。他们带着她去了森林深处，掀开她的衣服挖出她的心脏，然后把她的尸体丢在一条沟渠里，等着森林吞没她。

森林是个幽暗的地方，是数个王国的交界处，谁都不会傻得宣布自己对那片森林有管辖权。很多法外之人住在森林里。强盗和狼都住在森林里。你可以骑行十几天穿过森林而不见一个人影，但是有很多双眼睛无时无刻不在盯着你。

他们把那颗心脏给我了。我知道那是她的心脏——猪或者鹿的心脏绝不可能离开了身体这么久还在跳个不停，只有她的心脏才会这样。

我拿着它去了我的房间。

我没有吃了它。我把它挂在我床上方的横梁上，用一根绳子把它跟花楸木果子串在一起挂着，那些果子是橙红色的仿佛知更鸟的胸膛，绳子上还串着很多头大蒜。

外面下雪了，掩盖了我的猎人们的足迹，也覆盖了她那躺在森林里的小尸体。

我让铁匠把我窗户上的铁栅栏取掉，每天下午我都会在自己的房间里待一会儿，在冬季午后短暂的日光里，我眺望森林直至天黑。

我之前也说了，有居民住在森林里。其中有一些会离开森林参加春季集市，那些居民都是贪婪、凶狠、危险的人，有些是矮人和侏儒，或者驼背，还有一些是长着巨大牙齿眼神空洞的傻子，有些人的手指间长着蹼，有些长着蟹脚似的爪子。每年积雪融化，他们就从森林里溜出来参加春季集市。

我还是小女孩的时候曾在集市上工作，当时我很怕那些森林居民。我能通过一盆平静的水给参加集市的人算命。等年纪大一点了，我学会了用镜子占卜——那是一片背面镀银的玻璃，是一个商人送给我的谢礼，因为我透过一瓶墨水中的倒影找到了他走失的马。

集市上的摊贩都很怕森林居民，他们都把货物固定在摊位的木板上——不管是姜饼还是皮带，全都用大铁钉钉在木板上。他们说，要是不把货物钉住，森林居民就会直接抢了就跑，一边吃抢来的姜饼一边挥舞皮带。

森林居民其实是有钱的，他们这里凑一枚硬币那里凑一枚硬币，有时候硬币因为年代久远且被埋得太久，已经变绿了，硬币上那些头像就连我们这里最年老的人也不认识。他们也会以物易物，集市就是这样运转的，卖东西给侏儒和法外之人，卖东西给强盗，强盗（如果他们小心谨慎的话）去打劫森林以外其他地方来的商人、吉卜赛人，或者去猎鹿。（根据法律，猎鹿也属于抢劫。鹿是女王的财产。）

时间慢慢过去，我的臣民都说我的统治十分贤明。那颗心依然挂在我的床上翻个儿，夜里它轻柔地跳动。也不知道有没有人为那孩子伤心，至少我是没有见到的：她是个恐怖的东西，那个时候大家都以为彻底摆脱她了。

接着又过了好几次春季集市，应该是五次，一次比一次凄惨潦倒。出来买东西的森林居民越来越少。那些来参加集市的人看起来无精打采迷迷糊糊的。摊主都不用把货物钉在板子上了。到第五年，只有少许几个森林居民来参加集市，是几个胆战心惊、身上长毛的人，除此以外就没有别人了。

集市结束后，管理员带着他的男仆来见我。在我当上女王之前我就见过他。

"我来见你并不是因为你是女王。"他说。

我没说话，我只是听着。

"我来见你，是因为你有智慧，"他又说，"你还小的时候，只看了看一瓶墨水就找到了走失的马驹。你长大之后，看了一眼你的镜子，就找到了和母亲走散的婴儿。你知道各种秘密，你能找到隐藏的真相。女王陛下，是什么把森林居民带走了？"他问道，"明年恐怕就没有春季集市了。外国的旅行者也越来越少，森林居民几乎绝迹。再这样下去，明年我们就会饿死了。"

我命令侍女把我的镜子拿来。那是一件简单的东西，就是背面镀银的玻璃片，我把它包在鹿皮里，放在我房间的箱子里。

她们给我拿来了，我看着镜子：

她十二岁，不再是个小孩了。她的皮肤还是那样苍白，眼睛和头发都像煤炭一样黑，她的嘴唇血红。她依然穿着上次离开城堡时穿的衣服——那身衣服已经很短了，缝补过很多次。她还穿着一件皮子斗篷，她的小脚上没穿靴子，只是套了两个皮袋子。

她站在森林里一棵树的旁边。

我用意念的眼睛看着，我看到了她从一棵树跳到另一棵树，像动物一样——比如蝙蝠或者狼。她在追踪某个人。

她从树后看着他。到了晚上，他准备露宿，收集树枝准备生火，还掏了个知更鸟的窝作为引火物。他带着一个打火匣，用燧石敲打铁片，这样就溅出火星，火就燃起来了。他掏的那个鸟窝里有两颗蛋，他生吃了。但是这点东西显然不够他这样大块头的人吃。

他坐在篝火旁，接着她就从藏身之地出来了。她坐在他的对面，在篝火中看着他。他已经很久没见过其他人了，于是他示意她过来。

"你知道是什么让旅行者不敢靠近我们的城市吗？森林居民到哪里去了？"集市的管理员问道。

我用鹿皮盖住镜子，对他说我会亲自处理此事，让森林重获安宁。

我很怕她，但我必须去。我是女王。

愚蠢的女人才会去森林里抓那个生物，我曾经很愚蠢，但不希望第二次再犯一样的错误。

我花了一些时间研究古书。又花时间请教吉卜赛女人。（她们穿过我国再翻越高山去南方，却决不肯走西北方向穿过森林。）

我弄清楚了各种事情，需要的东西也都一一备齐，第一场雪飘落时，我开始准备。

我独自赤裸身体站在宫殿最高的塔楼上，那里仿佛连接着天空。风把我的身体吹得冰冷，我全身从胳膊到大腿到胸部都是鸡皮疙瘩。我拿了一个银盆子，一个篮子，里面放着银刀、银别针、几个钳子、一身灰袍子，还有几个绿色的苹果。

我把它们放好，站在那里。我在塔楼上，没穿衣服，夜空和冷风让我显得很卑微。要是有任何人看见我，我就会挖出那人的眼睛，不过没有人看。云层涌上天空，下弦月时隐时现。

我拿起银刀割开左臂——一次、两次、三次。血滴进盆子里，在月光下鲜红的血仿佛是黑色的。

我又打开项链上的小瓶子，倒了些粉末进去。那是一种棕色的粉末，用干草药和一种特殊的蛤蟆皮外加其他一些东西制成的。粉末让血变得黏稠，又让它不凝结。

我拿起三个苹果，用银别针依次在苹果皮上扎满小孔，然后放进银盆子里，让它们在血里泡一会儿。这时候今年的第一片雪花落下来了，落在我的皮肤上，落在苹果上，落在血里。

黎明到来，天空亮起来，我穿上灰袍，用银钳子从银盆里拿起红苹果，将它们一一放进篮子里，我很小心不让自己碰到苹果。盆子里什么都没有了，我的血和棕色的粉末都不见了，只剩下一点黑色的残渣，像块锈迹一样留在里面。

我把盆子埋进土里。然后给苹果施展魔法（就像很多年前，在桥上那次，我给自己施展魔法一样），于是它们就成了世界上最美的苹果，果皮闪耀着鲜红的光彩，那是新鲜血液的温暖色泽。

我拉起袍子的兜帽遮住脸，然后拿上缎带和各种漂亮头饰放在芦苇编的篮子里，盖住了苹果。我独自走进森林，找到了她的住所：是一座很高的沙石质悬崖，上面有很多深深的山洞，洞深得直抵岩层。

悬崖表面长着树木，还有一些岩石，我轻轻地从一棵树走到另一棵树，没有踩到任何枯枝落叶。最后我找到了藏身之地，我一边等待一边观察。

几个小时后，一群矮人从洞里爬出来——他们丑陋、畸形、长满了毛，是这个国家的古老居民。如今你很少见到他们了。

他们消失在树林里，谁都没有发现我。其中一个虽然还朝我藏身的岩石撒尿，但也没看见我。

我等着。再没有人从洞里出来了。

我去洞口，装出苍老嘶哑的嗓音朝里面叫喊。

我虎口上的旧伤疤开始突突地跳。她从黑暗中走出来了，她独自一人，全身赤裸。

没有任何东西能破坏我的继女那雪白完美的肌肤，除了左胸那个疤痕。那是很久以前她的心脏被挖出来时留下的疤。

她盯着我，我的脸藏在兜帽里。她十分饥饿地看着我。我用嘶哑的声音说："缎带，好太太，漂亮的缎带正配你的头发……"

她笑着示意我过去。我手上的伤疤牵扯着我朝她走去。我按自己的计划行事，但是我所做的其实比计划的更多：我扔下篮子像个干瘪的卖货老太太一样尖叫，然后我就跑了。

我的袍子和森林的颜色一致，而且我跑得很快，她没有追上我。

烟与镜

我回到宫殿。

我没看镜子。但是我们可以想象，那女孩回到洞里，她又饿又生气，忽然发现我的篮子还在地上。

她会做什么呢？

我希望她首先把玩那些缎带，把它们缠在她乌黑的头发里，或者苍白的脖子上，也许还会系在纤细的腰上。

然后，她会好奇地掀开篮子里的布，看里面装了什么，她会看到那些红红的苹果。它们闻起来就像新鲜的苹果，同时也有着鲜血的味道。而她正好饿了。我想她会拿起一个苹果贴着自己的脸颊，感受那冰冷光滑的触感。

她张开嘴深深地咬下去……

我已经回到我的房间，那颗心脏依然挂在房梁上，和苹果、火腿、风干的香肠挂在一起，它已经停止了跳动。它就安安静静地挂在那里，一动不动，毫无生命特征，我又一次感觉安全了。

那年冬天的雪很厚，很久之后才消融。春天到来时我们都饥肠辘辘。

那年的春季集市稍微热闹了一点。森林居民人数依然很少，但毕竟来了，森林以外地方的旅行者也来了。

我看到住在森林洞穴里的那几个小毛人，他们想买玻璃、水晶块、石英岩，正在讨价还价。他们花银币买下玻璃——无疑是我女儿抢来的。随后他们要买东西的消息传开了，城里的居民纷纷回去把家里的幸运水晶拿来，有些还拿来了整块的玻璃。

我想把这些小矮子都杀掉，但是没有动手。只要挂在房梁上的那颗心脏还是冰冷死寂的，我就还安全，森林的居民也就安全，城里的人们也是安全的。

我到了二十五岁，距离我的继女吃下毒苹果已经过了两个冬天，那位王子来到我的宫殿。

他很高，真的很高，有着冷淡的绿眼睛和黝黑的皮肤，这是山那边的人特有的。

他带着一小队人马而来，规模足以保护他，但对其他国王来说则不值一提——比如我——并不会把他当作潜在的威胁。

我很务实，我觉得应该为我国寻找盟友，应该开拓疆土，让国土从森林一直延绵到南方的大海，我想念我那金发大胡子的爱人，他已经死去八年了，那天夜里我去了王子的房间。

我并不是贞洁的女人，但不管别人怎么说，我已故的丈夫，曾经的国王确实是我的第一个爱人。

次日一早他就带着所有随从离开，骑马去了森林。

我想象着他的腰，他骑马时内心一定郁郁不乐。我想象他苍白的嘴唇紧紧抿在一起。我想象他的小队骑马穿过森林时，最终看到了我那个继女的玻璃水晶坟墓。苍白。冰冷。赤裸地躺在玻璃之下，勉强成年，死了。

我想象他和那些小毛人讨价还价——给他们金子和香料来交换水晶坟墓里的这具尸体。

他们是自愿拿走金子的吗？还是因为他带着一群人还骑着马还拿着利剑和长矛，小矮人们知道自己别无选择？

我不知道。我不在那里。我没有占卜。我只能想象……

一双手搬开压在她尸体上的那些玻璃石英。那双手轻轻抚摸她冰冷的脸颊，移动她冰冷的胳膊，惊喜地发现这具尸体还很新鲜柔软。

他把那块苹果从她喉咙里摇出来了吗？还是在他撞击那冰冷的尸体时，她缓缓睁开了眼睛？她是否张开嘴，鲜红的嘴唇张开，黄色的利齿扎进他黝黑的脖子，血，包含着生命的血顺着她的喉咙流下，冲走了那块苹果和我的毒药？

我只能想象，我什么都不知道。

我只知道，那天夜里我醒来，发现她的心脏再次开始跳动了。咸味的血从半空中滴在我脸上。我坐起来，手上的伤口抽搐着传来灼痛，仿佛我用石头砸了自己的拇指根部一样。

门被敲得砰砰响。我害怕了，但我是女王，我不能露怯。我打开门。

先是他的随从走进屋把我围起来，他们拿着利剑和长矛。

然后他进来了，他朝我脸上吐口水。

最后是她走进我的房间，就像她六岁那年我刚当上女王的时候一样。她没变。没什么大变化。

她扯下挂着她心脏的那根绳子。她把花楸木的果子一一扯掉，又扯下大蒜——这么多年过去，大蒜都干了。最后她拿起自己怦怦跳动的心脏——那是个小东西，和小山羊或者母熊的心脏差不多大——那颗心在她手中跳动着流出鲜血。

她的指甲一定和玻璃一样坚硬，她用指甲沿着那条紫色的伤痕划开胸口。她胸口突然就开了一个洞，没有血。她舔了舔自己的心脏，血顺着她的手流下，她把心脏放回胸膛里。

我看着她做了这一切。我看见她胸口的肌肉再次愈合，紫色的伤疤消失了。

她的王子似乎有一点担心，但是他伸手搂住她，他们并排站着似乎在等待什么。

他们对我说他们要结婚，两个王国会合二为一。他们还说，我将出现在他们的婚礼现场。

屋里变得很热。

他们会对民众说我的坏话，一点点真话作为基础，然后混合大量谎言。

我被绑起来，关进了宫殿底下一座石牢里，整个秋天我都在那里。今天他们带我离开牢房，把我身上的破烂衣服扒掉，把身上的污秽洗净，然后把我身上的毛发全部剃掉，接着他们给我涂满鹅油。

下雪了，他们扛着我——两个人分别抓着手，另外两个人分别抓着腿——完全没有遮掩，四肢伸展着，在寒冷中穿过冬季的人群，他们把我带到这座窑炉旁。

我的继女和王子站在一起。她看着我，我处境不堪，她却没说话。

他们大声嘲笑着把我扔进炉子里，我看到雪花落在她苍白的脸上，没有丝毫融化。

他们关上了窑炉的门。这里越来越热，外面的人开始唱歌欢呼敲打炉壁。

她没有笑，没有嘲讽，没有说话。她没有冷笑，也没有转头。她只是看着我，有那么一瞬间，我看到自己的影子映在她眼中。

我没有尖叫。我不会让他们满意。他们可以夺走我的身体，但我的灵魂和我的故事只属于我，并会和我一起死去。

读客®
科幻文库
跟着读客读科幻，经典科幻全看遍

太空歌剧、赛博朋克、奇幻史诗……

中国、美国、英国、俄罗斯、波兰、加拿大、日本、牙买加……

读客汇聚雨果奖、星云奖、轨迹奖获奖作品

精挑细选最顶尖的科幻奇幻经典

陪伴读者一起探索人类文明的过去、现在和未来

亿亿万万年，直至宇宙尽头

打开淘宝，扫码进入读客旗舰店，
下一本科幻更经典！